Özcan Akyol

EUS

Een schelmenroman

2023 Prometheus Amsterdam

Voor Roos

Eerste druk 2012
Tweeëndertigste druk 2023

Elke gelijkenis met bestaande personen en/of situaties berust op louter toeval.

Deze uitgave is tot stand gekomen door bemiddeling van Sebes & Van Gelderen Literair Agentschap, te Amsterdam.

Omslagontwerp Jan van Zomeren
Foto omslag Marco Bakker
Foto auteur Marloes Bosch
Zetwerk Mat-Zet bv, Huizen
www.uitgeverijprometheus.nl
ISBN 978 90 446 4457 9

De duivel haalde even z'n schouders op en keek naar de stationsklok. Tien minuten over zevenen. Hij gaapte achter z'n hand. De eeuwigheid schoot niet op.

Nescio, *Dichtertje*

Kut.

Ik kon zijn vuistslagen niet meer ontwijken.

'Niet doen,' schreeuwde Meltem, 'laat hem met rust!'

Maar hij was niet voor rede vatbaar.

Die hufter dook op me af en sloeg en schopte tegen mijn lichaam.

'Jij bent met mijn vrouw naar bed geweest. Dat vergeef ik je niet. Je moet boeten.'

Hij friemelde met z'n rechterhand in de binnenzak van zijn leren Pall Mall-jas.

Ik trakteerde hem in 'n reflex op een flinke uithaal, raakte zijn borstkas en een enorme pijnscheut trok door mijn hele lichaam.

Er verscheen een vals glimlachje op zijn smoel.

Het was een mes. Die hufter droeg een mes op zak…

BOM
BILI
BOM

1

Het arbeidersvolk in de Bergpoortstraat lag al te slapen en het schorriemorrie van seksclub Isabelle voerde geheime gesprekken op straat, toen mijn oudste broer, ruim na bedtijd, de longen uit zijn lijf holde, op zoek naar onze vader.

In het vierde café trof hij hem aan met een paar van zijn Turkse vrienden, die mijn vader kende van de doppenfabriek. Daar werkten zij sinds 1974 in de productiehal. De meesten waren door een vertegenwoordiger van het bedrijf geronseld tijdens een speurtocht door de bergen van Turkije. Ruim tien jaar geleden. Ze werden gekeurd op leeftijd en postuur.

Toen mijn broer het dranklokaal inliep, zat Turis strontlazarus aan een tafeltje. Met zijn benen gekruist. Hij dronk raki, rookte Drum en luisterde naar een besnorde man die een krakkemikkige saz bespeelde. De aanwezigen zongen om de beurt mee met liedjes die over liefdesverdriet, heimwee en de dood gingen.

Mahir trok aan de arm van onze vader. 'Papa, hij is er... De baby is er!'

Vader wierp een onderzoekende blik op mijn broer, keek hem streng aan en vroeg: 'Wie ben jij nu weer?'

Net toen mijn broer met betraande ogen wilde verklaren wie hij was, bemoeide een andere stamgast zich met het gesprek. 'Gefeliciteerd, Turis. De jongste telg is er. Hoera!'

Langzamerhand begon iedereen te begrijpen wat er aan de hand was. De mannen vielen elkaar in de armen, zongen ter ere van het pasgeboren kind en jongleerden Mahir in het rond. Dat rondgooien van mijn broer ging trouwens snel vervelen. Ergens halverwege verslapte de concentratie en landde Mahir keihard op de tegels. Hij was wel meteen van zijn melktanden verlost.

'We drinken de hele nacht...' brulde vader. 'Maar niet op mijn kosten.'

De volgende ochtend klonk de bel. Moeder lag nog in het ziekenhuis, daarom stoof mijn oudste broer in zijn Longstreet-pyjama naar de gang. Hijgerig deed hij open. Kosta, mijn andere broer, was intussen ook wakker.

'Is jullie papa thuis?' vroeg de gesluierde buurvrouw. 'En waarom zijn jullie niet op school?'

Mijn broers haalden hun schouders op.

'Ga papa maar wekken,' zei ze. 'Er is telefoon uit Turkije.'

Vader weigerde zelf een telefoon aan te sluiten. Dat vond-ie zonde van het geld. Iedereen in onze straat had er eentje, zelfs de mensen op wie hij neerkeek, die hij iedere avond tijdens een bacchanaal beschimpte en uitmaakte voor grote schooiers, maar hij gaf onze familie in Turkije het telefoonnummer van de buren. Als je gebeld werd, kostte dat immers niets.

Terwijl mijn oudste broer Turis aan de onderkant van zijn voet kietelde, hield Kosta een glas water boven het hoofd van de huistiran. Hij liet de inhoud druppelsgewijs op zijn kop vallen. Dat had-ie onze moeder ook heel vaak zien doen.

Uiteindelijk werd hij wakker. 'Wat doen jullie, klootzakken?!'

'Papa, de buurvrouw staat voor de deur, er is telefoon... En wanneer mogen we ons broertje zien?'

Vader strekte zich uit en liet een scheet. 'Broertje?' Het duurde even voor hij het weer wist. Overmand door schaamtegevoelens kleedde hij zich snel en onhandig aan.

Turis ontving de telefonische felicitaties uit het thuisland, waste zijn gezicht, ordende zijn haar met brillantine en stiefelde naar het ziekenhuis, met aan elke hand een van mijn broers.

Daar zouden wij elkaar voor het eerst ontmoeten.

2

Ik ben geboren en getogen in de Koekstad, een niet al te grote plaats langs de IJssel, precies op het grensgebied van twee oostelijke provincies. Mijn vader kreeg van de fabriek een arbeidershuisje toegewezen in een industriestraat. Bijna in het centrum. Vlak voor ons kot liep een treinspoor. Daar reed vier keer per dag een goederentrein overheen. Hij vervoerde meestal dode dieren.

Een paar huizen werden bewoond door Hollanders, maar dat waren rare mensen. Maatschappelijk mislukte losers. Wij noemden hen aso's. Zij noemden ons batsen. Dat zit zo: de meeste Turken hebben platte achterhoofden. Een bats is een schop. Een schop is plat. Krijg je een knal met het blad van de bats op je kop, dan heb je een plat achterhoofd.

Mijn achterhoofd is niet plat.

De enige slaapkamer in huis deelde ik met Mahir en Kosta. Mijn ouders sliepen beneden op de slaapbank. De ruimte was zo klein dat ik mijn plekje alleen kon bereiken door over de bedden van m'n broers te lopen. Het zorgde zo nu en dan voor problemen, omdat zij mij niet zo mochten – kinderlijke jaloezie van twee knakkers die de aandacht van hun ouders niet wilden delen met de nieuweling. Ze vielen me aan. Vaak op een strategische manier, zodat ik niet kon vluchten.

Ik dolf telkens het onderspit omdat ik als tenger jongetje krachteloos en daarbij nogal bangig was. Die sukkels schopten net zo lang tot ze die ene voltreffer hadden uitgedeeld. Mijn vader haalde zijn schouders op als ik voor de zoveelste keer huilend van de trap liep, op zoek naar wat troost. Het huishouden viel onder de verantwoordelijkheid van moeder, net als de kinderen. Hij zou keihard werken en voor het geld zorgen, zoals dat van hem werd verwacht. De rest was niet belangrijk.

Toch liet Turis zich vrij rap afkeuren. Zijn werkzame leven in Nederland duurde amper vijftien jaar. Pijnscheuten in de onderrug, liet hij de bedrijfstolk voor de arboarts vertalen. Maar van die rugproblemen hebben wij nooit iets gemerkt. Hij was vooral werkschuw. Liever lui dan moe. Dat idee.

Daarnaast had-ie een obsessie met geld. Als hij op een slinkse manier wat centen kon uitsparen, vergat vader de tucht en orde die hij dagelijks tot ons predikte. Zo moest ik regelmatig bij Vroom & Dreesmann op de uitkijk staan terwijl hij de prijskaartjes van schoenendozen verwisselde. Met die truc nam hij elk kwartaal schoenen ter waarde van veertig gulden mee voor maar vijftien piek.

Als er visite was, pronkte hij heel trots met zijn nieuwe schoeisel. Dat hij het warenhuis voor een paar joetjes had opgelicht vertelde hij er nooit bij. Dat zouden zijn vrienden, van wie sommigen volgens de islam leefden en diefstal als een enorme zonde zagen, streng veroordelen.

Door die gierigheid mochten we maar één keer per week douchen. Op donderdag. Dan moesten we met zijn drietjes sámen onder de lauwe straal. Mijn moeder poetste en boende onze magere lichamen zo schoon mogelijk, constant met een half oog op de keukenklok, die ze vanuit de badkamer kon zien. Ze was bang dat ze de limiet van een kwartier zou overschrijden. Langer douchen stond vader niet toe.

Dat vonden we toen niet eigenaardig – wij wisten niet beter. Het was zoals het was. Als benjamin van het gezin begreep ik sowieso weinig, omdat ik nu eenmaal altijd de dans ontsprong en de meeste besognes in het huis aan me voorbijgingen. Mahir daarentegen was regelmatig de pineut.

Als mijn vader weer eens starnakel zijn eigen bankafschriften doornam, concludeerde hij bijna altijd dat de bank een fout had gemaakt. Natuurlijk was dat nooit een fout die voor hem gunstig uitpakte. De volgende ochtend toog hij met Mahir naar de Rabobank, gedreven door woede en restalcohol. Hij schopte er net zo lang stennis tot de bankemployé de politie belde en vader en mijn broer naar buiten werden geëscorteerd.

Thuis was Turis dan niet te genieten. Hij zette het op een zuipen en vervloekte alles en iedereen, inclusief zijn gezin, dat hem naar eigen zeggen van zijn vrijheid en jeugd had beroofd. Verdrietig liet-ie zijn kop hangen.

Wie niet beter wist, zou bijna medelijden met hem krijgen.

3

Na schooltijd dumpte iedereen zijn rugtassen thuis en speelden we samen op straat, net zo lang tot de eerste ouders begonnen te schreeuwen voor het avondmaal. Tot grote irritatie van de blanke buurtbewoners overigens, die het geroep maar hinderlijk vonden, temeer omdat de batsen het bijna tegelijkertijd deden, alsof ze het van elkaar afkeken.

Het populairste spel op straat was BOM BILI BOM – tikkertje met een bal. Mijn beste vriendje Ata had het in de wijk geïntroduceerd, na een lange zomervakantie in Turkije, veel langer dan toegestaan omdat zijn ouders hem in april al hadden ziek gemeld. Deze zomer zou ik voor het eerst ook naar dat vreemde land gaan. Ik vond het allemaal best spannend. Volgens mijn broers was het een andere wereld.

Argeloos zaten we op 'n dag te knikkeren op het plein, toen ineens Odin, de valse herdershond van een buurvrouw, in de verte opdoemde. Met lichte tred begaf het dier zich naar het centrale punt van de straat, juist de plek waar wij de meeste tijd doorbrachten. De hond blafte drie keer en raasde op ons af. Hij wilde iemand bijten. Via regenpijpen en raamtralies klommen we allemaal op daken, op de vlucht voor de meest gevreesde inwoner van de hele buurt, het hoofdpersonage van veel kindernachtmerries.

Tot mijn geluk richtte het mormel al zijn aandacht op Dilek. Een klein, dikkig meisje dat naast Club Isabelle woonde en nu veel te laat anticipeerde op het gevaar, waardoor ze niet meer weg kon komen. Ze werd in haar arm gebeten. Krijsend probeerde Dilek zich los te wurmen van Odin, terwijl wij vanaf verschillende daken stonden toe te kijken. Een paar kinderen moesten huilen. We schreeuwden om hulp.

'Godverdomme! Laat die bats met rust, Odin,' klonk het opeens.

Het was buurman Theo. De dorpsgek. Hij had een alcoholistenkop en ondanks zijn gevorderde leeftijd liep-ie nog steeds vijf krantenwijken. Theo greep Odin vast aan zijn nekvel, trok z'n kaken uit elkaar en schopte het beest met de onderkant van zijn voet.

Op dat moment kwam het baasje van Odin uit haar tuin sjokken. 'Is die boef nu weer ontsnapt?' vroeg ze aan niemand in het bijzonder. Intussen lag Dilek nog steeds kermend van de pijn op de grond, niemand ontfermde zich over haar. Onze ouders waren al net zo bang voor Odin als wij.

De hond werd teruggebracht naar zijn hok en voorzichtig verlieten wij onze schuilplekken. 'Goede reis, buurman kosja,' riep Kosta. Hij stond in soldatenhouding voor buurman Theo en salueerde hem. Dat had die ouwe mafketel, de zelfbenoemde burgemeester van de wijk, ons geleerd. Hij wilde met kosja eigenlijk 'komşu' zeggen, het Turkse woord voor buurman.

'Goede reis, kleine klootzak. En nu op de plaats rust!' We rukten in en speelden verder.

Omdat mijn vader een pesthekel had aan alle Turken in de buurt, zonder aanwijsbare reden, had-ie besloten dat buurman Theo deze zomer op ons huis moest passen.

Dat liet die pipo zich geen twee keer zeggen. De dag voor ons vertrek kwam hij gretig luisteren naar de instructies van vader, die in eerste instantie alle plantjes in het huis aanwees en meteen daarna naar de drankkast liep.

Ondanks een poging van Turis om zijn hele voorraad leeg te drinken, moest hij tot zijn grote teleurstelling een paar ongeopende flessen achterlaten in Nederland.

'Ik lust dat bocht toch niet,' zei Theo, 'zeg dat maar tegen je vader.'

Mahir vertaalde de geruststellende woorden en vader schaterde van het lachen. 'Zeg maar tegen dat hoerenkind dat ik hem weet te vinden als m'n drank verdwenen is.'

'Mijn vader zegt dat hij u vertrouwt.'

De twee gaven elkaar een hand en dronken twee beugelflesjes leeg.

De volgende dag zouden we met een kennis van vader vertrekken. Tegen een kleine vergoeding wilde hij ons meenemen. Zijn gezin woonde nog in Turkije, dus er was genoeg ruimte in de bus.

4

In de Volkswagen Transporter zat ik naast moeder. Eerst scheurden we met de bus over een paar Duitse snelwegen, zo hard dat ik me angstig aan haar vlezige arm vastklampte. Mahir en Kosta speelden onverstoorbaar op de Game Boy die ze van een schoolvriendje hadden geleend.

Na Duitsland en Oostenrijk volgden de kronkelwegen van de Balkan.

Vader hield voorin zijn maat gezelschap en draaide elk kwartier twee sjekkies. De bus stond blauw van de rookpluimen. Uit de speaker van de autoradio klonk gekraak van een scheel gedraaid cassettebandje.

'Vind je het spannend?' vroeg Mahir.

Ik knikte verlegen.

'Het is daar heel leuk, hoor. Die mensen eten elke dag vlees en zijn allemaal familie van papa en mama.' Hij kon het weten. In Turkije was hij geboren.

'Heb je daar ook vriendjes?' vroeg ik.

'Ja!' Mijn oudste broer liet negen vingers zien. 'Zoveel.'

Moeder vertelde anekdotes over haar dorp. Mijn broers verkneukelden zich om haar verhalen, maar ik begreep er geen klote van, daar was ik nog te klein voor. Om niet uit de gemoedelijke toon te vallen lachte ik maar een beetje mee. Nog liever zou ik een potje Tetris spelen op de Game Boy, maar het apparaatje bereikte mijn handen nooit.

Hoe oostelijker we kwamen, des te warmer het in de Transporter werd. De hele bus stonk naar okselzweet. Bijna drie dagen waren gepasseerd, maar we hadden nergens kunnen douchen. Alleen in tankstations en wegrestaurants waste moeder zo goed als het kon de viezigheid van mijn gezicht. Ik schaamde me telkens kapot. Er stond een vrouw in het herentoilet. Mijn moeder. Andere mensen keken mij schamper aan, die vonden me natuurlijk een baby.

We werden na zeventig uur gedropt voor een groot huis. Ons huis!

Mahir en Kosta sprongen uit de bus. Ze wilden de boel meteen verkennen. Ik hield een handje van moeder vast en zette duizelig 'n voet op de harde rotsgrond. Het enige wat ik rook was de geur van verbrande benzine.

De volgende ochtend, het was amper acht uur, werd er hard op het raam geklopt. Ik schrok wakker. De anderen sliepen nog. Aarzelend bewoog ik me op blote voeten naar de houten deur. De sleutel hing aan de binnenkant van het slot. Ik draaide hem voorzichtig naar rechts.

'Welkom, donkere jongen. Zijn je ouders thuis?'

Er stond een besnorde man voor mijn neus. Hij droeg een overall en hield 'n koord vast dat om de nek van een lammetje hing.

'Mèh,' mekkerde het beest. 'Mèh.'

Vader kwam naast mij op de drempel staan, wreef met zijn palmen de slaap uit zijn ogen en verwelkomde onze gast. Ze voerden een kort gesprek over iets wat ik niet snapte, doorspekt met cijfers en guldens, terwijl ik angstvallig het lammetje bekeek.

Turis liep naar de slaapkamer en keerde terug met wat biljetten in zijn hand. Brommend vertrok de man, omdat-ie waarschijnlijk minder poen kreeg dan hij hoopte.

'Dit lammetje heb ik voor jou gekocht,' zei vader. 'Dan hoef jij je ook niet te vervelen.'

Moediger dan ik eigenlijk was legde ik een hand op de kop van het beest. Het stak zijn neus in de lucht en likte aan mijn vingers.

Daarna viel alle schroom van me af. In mijn korte broek en met ontbloot bovenlijf liep ik naar buiten. Het lam huppelde achter me aan. Onze tuin was enorm groot, de perfecte speelruimte voor een kleuter en zijn eerste huisdier.

Een paar minuten later kwamen mijn broers ook naar buiten.

'Van wie is dat schaap?' vroeg Kosta.

'Van mij.'

'Niet waar,' zei Mahir.

'Wél. Ik heb het van papa gekregen.'

Nadat ze het verhaal binnen hadden geverifieerd keerden ze stampvoetend terug in de tuin, met blikken vervuld van hatelijke jaloezie. Dat vond ik overdreven. Van mij mochten ze ook met het beestje spelen.

In het dorp waren geen winkels of speelplaatsen. Alles was er primitief. Vertier moesten we zoeken in de ondiepe beek die voor het huis liep en waar kleine visjes in zwommen.

Maar de meeste tijd bracht ik natuurlijk door met mijn lam. Ik at elke avond bewust mijn bord niet leeg, al had ik nog zo'n honger, zodat ik de kliekjes later naar hem kon brengen. Als vader boodschappen had gedaan in de grote stad, snaaide ik altijd wat voedsel uit de tassen terwijl hij voor de ventilator het zweet van zijn voorhoofd wiste. Na vijf weken was het lam zo groot dat ik er met mijn ranke lichaam op kon zitten. Moeiteloos vervoerde hij me door de tuin. Mahir en Kosta bezagen het spektakel afgunstig. Zij waren veel te fors voor de rug van het dier.

In de laatste week van de vakantie, tijdens de noen, was het afgelopen met mijn geluk. Dezelfde man die het beest had gebracht stond ineens in onze tuin, net toen vader een kapotte stoel aan het repareren was en ik hem assisteerde. Er hing een sigaret achter zijn oorschelp. In het textiel van zijn overall, ter hoogte van de knieën, zaten een paar opgedroogde bloedvlekken, sporen van zijn laatste slachtoffers.

'Zeg maar dag tegen het schaap, Eus,' zei vader.

Ik keek hem niet-begrijpend aan.

'Morgen zie je hem weer. Maar dan op de barbecue.'

Ik stoof naar binnen, op zoek naar mijn moeder, die in de keuken het middageten aan het klaarmaken was. Mijn broers kwamen naast me staan en legden beiden een troostende hand op mijn schouders.

'Ja,' zei Mahir. 'Ze eten hier nu eenmaal elke dag vlees. Ik zei toch.'

Terwijl de tranen uit mijn ooghoeken bleven lekken, besloot ik eigenhandig een stokje te steken voor de naderende moord op mijn lam. Ik schoot de slippers van mijn moeder aan, trok een sprint door de tuin en achtervolgde de slager die met mijn huisdier langs de beek liep. Samen verdwenen ze in een schuurtje, opgetrokken uit vermolmd hout en zonder dak. Mijn broers hadden me achtervolgd en ingehaald. We liepen met zijn drietjes naar het hok.

Er was een klein raam. Ik keek erdoorheen.

De slager sloot zijn ogen en sprak een paar woorden tot Allah, daarna zweeg hij even. Vervolgens sneed-ie de hals van mijn lam open, in één vloeiende beweging. Het beest spartelde, vocht tegen de pijn en zeeg neer op de bebloede tegels. Het gorgelde wild en hulpeloos. Dood. Ik moest zo hard huilen dat ik duizelig werd.

Mijn broers brachten mij weer naar huis. Vader lachte om mijn jankpartij, terwijl moeder me stevig tegen haar schoot aantrok.

'Morgen krijg jij het grootste stuk vlees,' zei Turis. Ik stortte me neer op de grond.

'Je kan ook met de visjes in de beek spelen.'

De volgende ochtend, drie dagen voor ons vertrek naar Nederland, werden we alle drie besneden. Het lam was een offer. Het vlees werd uitgedeeld in het dorp.

Voor mijn part stikten die lui erin.

5

Na een reis van drie dagen, die ik vooral schreiend en scheldend doorbracht, waren we terug in Nederland. Meteen was er bonje in de keet. Buurman Theo had niet alleen alle flessen raki, whisky en vieux van mijn vader opgezopen, ook had hij onze tweewielers voor een habbekrats verkocht zodat hij kratten bier kon kopen.

Tegen mijn vader hing hij een vaag verhaal op, dat er was ingebroken door drie negers en dat zij de fietsen en flessen hadden meegenomen. Maar de buren hadden hem buiten zien onderhandelen met onbekende mensen, die later met onze fietsen vertrokken.

Vader was ziedend. Hij rende met een roestige beitel in zijn hand achter buurman Theo aan. Alle buurtbewoners kwamen uit hun huizen om te kijken.

De vrouw van buurman Theo loerde gelaten naar het schouwspel.

'Dat heeft die ouwehoer verdiend,' zei ze tegen moeder, die gretig knikte, maar in werkelijkheid geen woord Nederlands sprak.

Het kat-en-muisspel zou tot laat in de avond duren. Mijn moedertje had intussen onze bagage de trap op gesleept en begon met het uitpakken van de zware koffers. Wij trokken onze pyjama's aan en kropen vermoeid in bed.

Huilend dacht ik weer aan mijn lam. Ik nam me voor nooit meer lamsvlees te eten. Ik was bijna in slaap toen opeens mijn oudste broer ons naar het raam riep.

Buiten stonden buurman Theo en mijn vader. Ze verzoenden zich in onze tuin. De twee hadden blijkbaar een deal gemaakt. Vader telde een stapeltje biljetten. Ik zag ze elkaar de hand schudden.

'Goede reis, buurman kosja!'

6

Veel had ik niet gemeen met de Turken uit de buurt. Goed, we kwamen uit hetzelfde land, spraken elkaars taal en roken identiek, maar daar hield het eigenlijk wel mee op. Mijn vriendjes werden elk weekend door hun ouders naar de moskee gestuurd. Dan bleef ik alleen achter in de wijk, zonder iemand om mee te spelen. Als ik Turis vroeg of ik ook lid mocht worden van die club, stak hij zijn middelvinger naar me op met de vraag of ik later misschien imam wilde worden.

Na het laatste kleuterjaar moesten alle batsen verplicht anderhalf uur per week Turkse les volgen. De basisschool had iemand ingehuurd die ons zou bijspijkeren.

Dat sloeg natuurlijk nergens op. De roomblanke medemensen stonden erop dat we integreerden, opgingen in hun cultuur, maar tegelijkertijd dwongen ze ons kennis op te doen van die rare taal. Ik sloeg elke week een flater. Mijn makkers waren Ottomanen in vlees en bloed. Ze pikten de stof eenvoudig op. Maar mij lukte het niet. Geen idee hoe dat kwam. Misschien omdat ik met m'n broers alleen Nederlands sprak. Met mijn ouders praatte ik niet zoveel.

Tijdens Turkse feestdagen – batsen kregen vrijaf van de fabriek – dartelde iedereen uitbundig over straat, alle voordeuren stonden open en de mensen liepen bij elkaar in en uit. Turis weigerde deel te nemen aan de pret. Hij sloot onze gordijnen, deed zijn pyjama aan en onttrok zich aan de festiviteiten. Mahir, Kosta en ik hadden geen keuze. Wij mochten van vader niet meedoen. Pas als het rumoer was afgelopen stond hij ons toe naar buiten te gaan.

Mijn hele jeugd zou ik moeten uitleggen waarom we bij ons thuis bepaalde dingen wel of juist niet deden. Aan Turken én Nederlanders. Iemand die van het stereotype afweek werd niet begrepen. Ik wilde graag normaal zijn, net als alle andere kinderen, maar dat zat er gewoon niet in.

7

Er was op school een actie op touw gezet voor de uitgehongerde kindertjes in Afrika. In het klaslokaal zat ik vermoeid te luisteren naar de instructies van de juf, een zwaar opgemaakte vrouw met kort haar, aan de goede kant van dertig, die de neiging had ons toe te spreken als een klas halve mongolen, bijvoorbeeld door haar zinnen minimaal vijf keer te herhalen.

Naast mij zat Ata. Hij maakte zo nu en dan aantekeningen en knikte als de juf hem streng aankeek.

Ik had slecht geslapen. Mijn vader was definitief afgekeurd door de arboarts en vierde dat de vorige avond sjikker en in zijn blote kont op straat. Hij klopte op de ramen van al onze buren, zijn voormalige collega's, en spoorde hen aan zich ook arbeidsongeschikt te laten keuren.

'Dat is gezellig,' beargumenteerde hij.

Uiteindelijk belde iemand de wouten. Turis werd door de agenten dringend verzocht zijn roes thuis uit te slapen, terwijl de buren stiekem van achter hun gordijn het hele gebeuren bekeken. Vader weigerde, maakte veel amok en werd meegenomen naar het politiebureau.

Toen wij ons 's ochtends klaarmaakten voor school kwam hij haveloos, met een spijkerhoofd en zwaar ontstemd thuis.

'Het geld brengen jullie morgenochtend direct naar mij!' zei de juf. 'Is dat duidelijk?'

Mijn klasgenootjes en ik noteerden het in onze schoolschriftjes. Ata stak zijn vinger op en kreeg het woord.

'Maar juf, mogen we ook Nederlands geld ophalen?'

Ze trok een houten liniaal uit haar bureaula en sloeg er autoritair mee op tafel.

'Uitgesloten, hoor je me! Alleen buitenlandse munten of biljetten. Dat zijn de regels, en daar houden wij ons aan.'

Wij kregen allemaal een collectebus mee om het geld voor de hongerlijertjes in Afrika in te bewaren. Iedere leerling ontving een stratenlijst, zodat mensen niet dubbel werden benaderd.

Het was een landelijke actie. De autochtone kinderen van de andere scholen hadden een groot voordeel: er huisden geen armlastige Turken in hun wijk.

Mokkend bestudeerde Ata z'n lijst. De kaaljakkers uit onze buurt zouden nooit geld schenken, die schooiers waren allang blij als ze iedere avond hun natje en droogje op orde hadden.

Toen de schoolbel ging holden we direct naar mijn huis, vastbesloten het meeste geld van de hele stad op te halen, ondanks de positie van underdog.

Vader zat in de keuken. Hij dronk bier uit blik en probeerde onze haperende videorecorder te repareren.

'Wat gaan jullie doen?' vroeg hij toen-ie ons de bussen uit onze schooltassen zag pakken.

'We moeten geld ophalen voor kindjes in Afrika,' antwoordde Ata.

Mijn ouweheer schoof het ontmantelde apparaat opzij en informeerde verder naar de inzamelingsactie. We legden alles uit. Bij elk detail werden zijn pupillen een beetje groter. Nog voor we de hele actie hadden ontvouwd pakte hij de bussen van tafel en liep ermee naar de schuur. Die van mij plaatste hij tussen de kaken van de bankschroef, daarna zocht-ie een koevoet; zonder al te veel inspanning schoot het deksel los. De bus bleef onbeschadigd.

'Perfect,' prevelde Turis. 'Ze zullen op school niet merken dat jullie ze hebben geopend.'

Met een spuitbus kleurde hij de collectebussen roze. Roerloos staarden we hem aan. Ik vond die wijvenkleur lelijk, maar durfde niets te zeggen.

'Als ze onherkenbaar zijn, kunnen jullie ook naar de straten van jullie vriendjes.'

Ata wilde een bruine arm halen bij de juf, op wie hij verliefd was, en vond het allemaal maar niets. Hij was bang dat de paar Turkse lires die vader ons had gegeven onvoldoende waren om de volgende ochtend in te leveren. Bovendien veranderde die idioot niet alleen de kleur van de melkbussen, wat al moeilijk te verklaren zou zijn, ook de letters Foster Parents Plan spoot hij over. De mensen zouden wel eens kunnen gaan twijfelen aan onze intenties.

'Papa, nu staat er niks op de bus, dat is toch raar?'

Ik zag aan zijn gezicht dat-ie boos werd. Hij liep naar de koelkast en pakte er een nieuw blikje bier uit.

'Kennen jullie andere goede doelen?' bromde hij.

Ata en ik dachten diep na.

'Ja, hiv!' riep ik. We hadden wel eens een videoband gezien over de Amerikaanse basketballer Magic Johnson. Die zeurde altijd over zijn gezondheid en zo.

'Nee, kneus,' zei Ata ineens. 'Het bedrijf heet Aids! De ziekte is hiv.'

Mijn vader, een halve analfabeet – alleen cijfers kon hij goed lezen –, vroeg ons de naam op een papiertje te schrijven, zodat hij het in vierkante letters op onze collectebussen kon schilderen. Nu stond er in witte blokletters EETS op beide bussen.

Toen de letters droog waren, togen wij op pad. We durfden niet zo goed naar de betere wijken af te reizen. We wisten dat ze bestonden.

Turis had uitvoerig beschreven welke kant we op moesten fietsen om er te komen, maar het was veiliger om in onze eigen buurt te collecteren, ook omdat vluchten makkelijker zou zijn in een bekende omgeving zodra men hoogte kreeg van onze list. Ik had bedacht dat het meeste geld in de winkelstraat te halen viel, daar waren immers kassa's die vol zaten met het geld van rijke mensen. We fietsten erheen.

'Jij pakt de rechterkant van de straat, ik doe links,' instrueerde ik Ata.

Hij liet een blik langs alle panden glijden, bang dat ik wellicht betere winkels had.

'Maar nu heb jij de Jamin.'

'Goed, die doen we dan wel samen.'

'En ik wil niet naar Scholten. Ik ben niet gek. Dan lachen ze me uit.'

'Dan sla je die toch over, sukkel!'

Hij liep weg en verdween in een kantoorboekhandel. Nieuwsgierig of onze zwendel goed zou uitpakken, besloot ik op hem te wachten. Na een paar minuten stond hij weer buiten. Opgewonden kwam-ie mijn kant op lopen.

'En?'

'Hij gaf een knaak, die gast gaf een knaak!'

Ik keek hem ongelovig aan toen hij de zilverkleurige munt liet zien. We kregen beiden een gulden zakgeld per week van onze ouders, soms, als ze niet gepast hadden, slechts twee kwartjes. Maar nu lonkte het grote geld.

Ik gooide alle schroom van me af en liep een deftige kledingzaak binnen. Er stond een lange rij van mooie meisjes en dikke huisvrouwen. Toen ik aan de beurt was, schraapte ik m'n keel.

'Wij moeten van school collecteren voor de mensen in Afrika met hiv. Die mensen zijn ziek en hebben ons geld nodig. Dat zegt onze juf. Heeft u ook wat over voor EETS?'

De oudere bebrilde vrouw achter de kassa keek me onderzoekend aan. Intussen had zich achter mij een groot aantal vrouwen verzameld dat wilde afrekenen. De kassamedewerkster voelde zich wellicht bezwaard, want ondanks een wantrouwige blik op mijn roze collectebus doneerde ze een muntje van vijf.

'Dank u wel,' zei ik. 'U bent heel aardig.'

Buiten sprong ik van vreugde in de armen van Ata.

De collecte liep als een tierelier. Als mensen moeilijke vragen stelden, renden we gewoon keihard weg. Pas aan het einde van de middag, nadat we alle winkels en straten in het centrum van de stad hadden afgewerkt en onze bussen tjokvol zaten, besloten we naar huis te gaan.

Buiten stond mijn vader een sjekkie te roken.

'En, jongens? Hoe ging het?'

We gaven hem onze collectebussen en schoven meteen aan tafel, die mijn moeder speciaal voor ons opnieuw had gedekt. Terwijl vader druk in de weer was in de schuur schrokten wij de zelfgemaakte lahmacun en herdersalade van mijn moeder naar binnen.

Hij keerde na tien minuten terug, helemaal in zijn hum, en zei dat we bijna driehonderd gulden hadden opgehaald. We waren te klein om het geld naar juiste waarde in te schatten, maar juichten uitbundig met hem mee, al was het maar omdat hij een keer niet bokkig deed. Toen Ata zei dat hij naar huis moest, kreeg-ie van mijn vader een tientje.

'En de rest van het geld dan?' vroeg hij met omlaag gekrulde mondhoeken.

'Dat krijg je als je ouder bent,' antwoordde Turis, 'nu zou je het toch alleen aan nutteloze zaken uitgeven.'

Ata had nog geluk. Ik kreeg twee knaken en toen ik om meer geld vroeg, moest ik direct naar bed. De rest van dat geld hebben we nooit teruggezien.

De volgende morgen liepen we samen naar school en spraken over alledaagse dingen, toen ineens de gedachte bij mij rijpte dat we straks mooi de sjaak waren bij de juf. Hoe moesten we onze verminkte collectebussen verklaren?

Ik bedacht vliegensvlug een plan. 'Luister goed, we zeggen straks tegen de juf dat we overvallen zijn door twee mannen.'

Ata luisterde en staarde me met een moeilijke frons aan.

'We zeggen dat het twee Turken waren, dat is geloofwaardiger. En als de juf ingewikkelde vragen stelt, ga je maar een potje huilen.'

Hij begon inderdaad te huilen toen hem lastige vragen werden gesteld. Besmuikt luisterden onze klasgenootjes naar zijn verhaal.

Ata werd door mijnheer Van Luijn, de schooldirecteur, meegenomen naar de lerarenkamer en kreeg daar een mok warme chocolademelk, de gelukzak. De juf prees mij ten overstaan van de klas omdat ik me kranig hield. Ik mocht een plaatje kiezen uit haar speciale kist, die ze altijd tevoorschijn haalde als een van ons een uitzonderlijke prestatie had geleverd.

Die avond vertelde ik het verhaal aan mijn ouders. Mijn vader eiste de Turkse lires op. Die hoefde ik immers niet in te leveren, aangezien mijn collectebus zogenaamd was gestolen. Ik gaf 'm per ongeluk ook een van de knaken die ik de vorige dag had verdiend. Hij stopte hem in zijn portemonnee.

Die kreeg ik niet meer terug.

'Dit is een levensles voor jou. Je moet beter met je geld omgaan.'

Ik sprong huilend in de armen van moeder.

Turis vond het maar onzin: 'Eus, waarom huil je? Eus, houd op. Eus, ik waarschuw je. Eus, direct naar bed, godverdomme! Echte mannen huilen niet!'

De wereld was oneerlijk. Ik kroop in bed en troostte me met het voornemen dat ik ooit wraak zou nemen op die boerenkaffer.

Hij zou nog wel zien.

8

Volgens vader werd het tijd dat wij ons eigen zakgeld gingen verdienen. Zelf begon hij op zijn dertiende bij een aannemersbedrijf in Turkije, waardoor hij binnen een mum van tijd de meest gevraagde bouwvakker van het dorp werd, altijd klopten ze bij hem aan als er iets gerepareerd moest worden. Het leverde hem veel poen op.

Een week lang bleef Turis zeiken. Elke dag. Serieus. Hij zou niet rusten voor wij onze eigen centjes verdienden.

Hoewel ik helemaal geen zin had en geen van mijn vriendjes

werkte, ging ik uiteindelijk akkoord, al was het maar om van zijn gezeur af te zijn. Mahir en Kosta vonden meteen een kansloos baantje, zij hadden 't voordeel van hun leeftijd. Doordat ik nog veel te jong was voor een officiële dienstbetrekking schreven we moeder in bij het distributiekantoor van de regionale krant. Het duurde niet lang of ze werd uitgenodigd voor een gesprek. Ik werd meegetroond voor het vertaalwerk.

Onverschillig vertelde een buikige boer dat er een wijk in het industriegebied vrijkwam. Die kon moeder zo overnemen. In werkelijkheid zou ík langs al die afgelegen bedrijven en kantoren fietsen, hoewel er gevaar was van zondagsrijders, carpoolflikkers en matineuze inbrekers.

De dagelijkse ronde bracht me ruim honderd gulden per maand op. De pegels werden op de rekening van moeder gestort, later zou zij die weer aan mij geven. Het was niet anders.

Ik probeerde het positief in te zien. De nieuwe baan bracht me in elk geval status: in groep 7 vertelde ik tijdens de middagpauzes over m'n ochtendlijke avonturen, altijd met de nodige overdrijving, vaak verzon ik complete anekdotes, als iedereen maar aan mijn lippen hing. Gaandeweg het schooljaar werd ik een van de populairste jongens van de school. Ata wilde niet achterblijven en nam ook een wijk, via dezelfde constructie, met hulp van zijn vader. Die bofbips kreeg de binnenstad. Elke ochtend zagen we elkaar kort in het depot, als de strenge chefs de klachten en kranten uitdeelden en nieuwe adresjes doorgaven; soms trakteerden ze op koffie.

Plichtsgetrouw bezorgde ik maandenlang het sufferdje; de beste bezorger, dat was ik.

Op een dag hoorde ik thuis de brievenbus klepperen, ergens in de namiddag.

'Haal even de post op,' zei vader.

Nietsvermoedend raapte ik drie enveloppen op van de mat. Ik bracht ze naar hem toe en ging weer op de bank zitten. Er zat een afschrift voor moeder tussen. De andere twee poststukken waren reclame.

Vader opende de brief van de bank en gaf hem terug aan mij.

‘Hoeveel geld heeft je moeder op haar rekening?’

‘Zeventig gulden,’ las ik van het papier.

‘Waar is het allemaal voor afgeschreven?’

Ik keek nog eens goed. ‘Er is een bedrag van vijfhonderd gulden gepind.’

Hij trok aan zijn sigaret, hield zijn adem even in en blies de rook uit zijn neus.

‘Huh…! Is dat mijn geld van de krantenwijk?’

Vader vouwde het papiertje weer op. ‘We gaan dit jaar met het vliegtuig naar Turkije, iedereen moet zijn eigen ticket betalen. Daarom werken jullie nu.’

‘Maar ik ben pas twaalf!’

‘Niks mee te maken. Toen ik zo oud was, moest ik voor mijn hele familie zorgen.’

‘Maar dat was vroeger!’

‘Je moet niet zo brutaal doen, anders krijg je twee dagen niks te eten.’

Ik beklom met hangende schouders de trap naar de slaapkamer. Mahir en Kosta lagen op hun bedden, beiden met een stripboek in hun hand, geleend in de bieb. ‘Hij heeft mijn geld gepikt,’ zei ik met een zielig stemmetje.

Kosta keek op van zijn boek.

‘Welcome to our world.’

9

Ata vertelde dat er elke ochtend stapels kranten voor de deur van de Bruna werden gemieterd. Iedereen kon ze ongemerkt meenemen. Dat gebeurde ook, kleinschalig, waardoor de eigenaar er niets aan deed, waarschijnlijk omdat een onderzoek meer zou kosten dan de schade die werd geleden. De winkel ging pas om negen uur open, maar de leverancier was er al veel eerder. Hij donderde alles voor de poort neer en reed vlug verder, omdat-ie zijn schema moest halen. Heel terecht van die knakker.

Het bracht me op een idee.

Ik zou met Ata meegaan, samen moesten we zo veel mogelijk krantjes skoepen en die konden we daarna verkopen in de wijk. Schoorvoetend ging hij akkoord.

Het was zaterdagochtend en op een paar vrachtwagens na was er geen hond op straat. We fietsten naar de Korte Bisschopstraat en hadden beiden een sjaal om ons hoofd gewikkeld, zodat we onherkenbaar zouden zijn voor eventuele camera's.

'Ziet iemand ons?' vroeg ik.

Ata draaide een keer om zijn as. 'Nee. Er is niemand.'

Ongecontroleerd propten we onze lege tassen vol met allerlei kranten en stoempten terug naar huis. Gelukkig beschikten al die kleine woningen in de Bergpoortstraat wél over een schuur. De hele zooi stalden we tijdelijk in de bergruimte van Ata zijn ouders. Pas over een uur, als iedereen wakker was, konden we de boer op gaan.

Op de hoek van de straat, voor Club Isabelle, kwamen we de vader van Dilek tegen. Een vrome oude man, die hele dagen door de stad kuierde en 's avonds als er voetbal op teevee was uit fanatisme de complete wijk bij elkaar schreeuwde.

'Let op,' zei ik tegen Ata, 'hier loopt zomaar onze eerste klant.'

Mehmet Amca had een rozenkrans in zijn hand en bij elk kraaltje dat hij aanraakte sprak hij de naam van Allah uit.

'Jongens, wat doen jullie hier zo vroeg? Konden jullie niet slapen?'

Wij knikten bevestigend.

'Dan moeten jullie huiswerk maken. Leren is belangrijk. En dan dokter worden, of advocaat. Kijk naar mij, ik had de mogelijkheden niet. Nu loop ik hier als een zwerver rond. Maar als jullie volgens Zijn regels leven, komt alles goed. Studeren is belangrijk, mijn zonen.'

Ik ging niet in op de woorden van die ouwe mafketel, maar liet Mehmet Amca de *Hürriyet* zien, een populaire Turkse krant.

'We hebben deze over.'

Hij trok hem uit m'n hand, bladerde wat pagina's door en begon op de achterkant een voetbalartikel te lezen.

De voordeur van Club Isabelle zwaaide open en er kwamen drie dronken mannen naar buiten. Ze roken naar sigaretten en alcohol en zongen liedjes. De bezoekers van de club verlieten de tent altijd op onchristelijke tijdstippen, vaak in feeststemming. Iedereen in de buurt had er last van, maar niemand wist hoe de overlast kon worden bestreden.

Een kortgeknipte man, afgetraind van postuur, met een ringbaard en een hoop goud om zijn nek, gaf Mehmet Amca een tik op zijn schouders.

'Hé Memo, ik zie je vannacht weer, hè! Ouwe snoeperd.'

De vader van Dilek begon te zweten en wilde meteen naar huis vluchten.

'De krant kost een rijksdaalder, hoor,' riep ik.

Hij draaide zich om, trok een leren portemonnee uit zijn achterzak en gaf mij het muntje.

Ata en ik waren in onze nopjes. Helemaal toen een van de drie mannen vroeg of we ook een krant voor hem hadden. Ik liet *de Volkskrant* en *De Telegraaf* zien, die we ook hadden geskoept. Hij gaf er vijf gulden voor.

'Ik gun jullie dat geld meer dan die ouwe beunhaas.'

Dat woord kenden we niet, maar het geld maakten we later direct op in de snackbar.

10

In een korte periode ritselden we een heleboel vaste afnemers. De mensen brachten elkaar op de hoogte en elke dag werden we wel aangesproken door nieuwe klanten. De biznis liep zo goed dat Ata en ik onze wijken opzegden. De tassen leverden we niet in, want die hadden we nodig om 's ochtends stapels met kranten te jatten. Daardoor kreeg vader bovendien niet in de smiezen dat ik inmiddels werkloos was.

Op een dag speelden we tienertje op straat, samen met twee andere jongens. In de verte kwam Mahir onze kant op gelopen. Van opwinding waggelde hij als een drinkebroer.

'Jongens, ik ben geslaagd.'

Met gebalde vuisten keek Ata mijn broer aan.

'Wat? Godverdomme, wie heeft jou geslaagd? We pakken hem!'

'Nee, idioot. Ik heb mijn mavodiploma.'

'O, o... Gefeliciteerd.'

Het jaar daarop moest ik ook naar het voortgezet onderwijs. De meeste kinderen uit onze wijk verpieterden op het vbo of lager – dat mijn broers op de mavo zaten, leverde hun de status van professoren op. De buren roemden Mahir en Kosta.

In de vooravond verscheen buurman Theo op het plein. Met bloeddoorlopen ogen sloeg-ie ons gade, zonder wat te zeggen, bijna bewegingloos zat hij daar maar op zijn bagagedrager.

'Goede reis, buurman kosja,' riep ik.

Hij reageerde niet.

'Geef acht, buurman,' probeerde Ata. Maar weer niks.

Een beetje ongemakkelijk hervatten wij ons spel. Toen de bal in de richting van die mafkees rolde, vloog hij struikelend vooruit, bijna ging-ie op zijn bek. Hij klemde de bal tussen zijn arm en ribben, trok een mes uit zijn jaszak en stak de bal lek.

'Zo, stinkbatsen. Dat zal jullie leren.'

'Wat doe je, stomme mongool!' brulde Ata.

'Ik weet dat jullie krantjes verkopen. Dat is mijn handel, begrepen? Als ik nog een keer hoor dat jullie mijn klanten afpakken, dan bel ik de politie. Duidelijk, godverdomme?'

De buurman stak dreigend het mes onze kant op. Nu wisten we ook wie die beunhaas was.

'Hij is gek geworden,' zei ik.

Ata en ik vluchtten mijn huis in. De andere jongens holden ook weg.

Mahir zat op de bank. Zijn opgewekte stemming was verdwenen.

'Wat is er aan de hand?' vroeg ik.

'Ik wil naar een examenfeestje vanavond, maar het mag niet van pa, hij wil mijn geld niet geven. Nu kan ik er ook niet heen.'

Ata en ik wisten weinig van examenfeestjes. Dit waren duidelijk problemen van oude mensen. We gingen voor de teevee liggen en keken naar *Saved by The Bell*. Stiekem was ik verliefd op Tiffany Amber Thiessen, het eerste meisje dat mijn kleine leuter deed oprijzen.

Er werd aangebeld. Twee politieagenten stonden voor de deur. Kosta deed open.

'Mogen we even binnenkomen?' hoorde ik eentje vragen.

De hele familie stroomde de woonkamer in. Allemaal keken ze geschrokken naar de wouten. Vader zat op de plee toen de bel klonk, zijn broek moest hij nog dichtknopen toen-ie de kamer inliep.

'Er is aangifte gedaan tegen Eus en Ata.' Kosta vertaalde het.

'Door wie en waarom?' vroeg vader.

De vrouwelijke agent keek in haar boekje. 'Theo Boerkamp. Hij zou bedreigd zijn met een mes.'

Wild protesterend richtten wij ons overeind, klaar om het echte verhaal te vertellen. Maar Turis wilde niet luisteren, stuurde Ata naar huis en strafte mij met vier weken huisarrest. De hele zwendel met de kranten kwam op zijn gat te liggen.

Toen ik me weer vrij mocht bewegen had buurman Theo al onze klanten ingepikt, die ongelooflijke hufter.

11

Aan het einde van de jaren negentig veranderde er veel in de Bergpoortstraat. De arbeidershuisjes werden gerenoveerd en de gemeente, eigenaar van de woningen, stelde de bewoners voor een keuze: kopen of vertrekken.

Het duurde amper zes maanden of alle schotelantennes verdwenen uit het straatbeeld. Aan ons huis hing geen schotel. Mijn moeder wilde die niet hebben, omdat ze bang was dat het ten koste zou gaan van onze Nederlandse taalvaardigheid. Turis was allang blij. Dat scheelde hem weer geld.

Na verschillende gesprekken bij de bank en op het gemeentehuis besloot vader een huis te kopen. Niet in de Bergpoortstraat, die zou minstens een jaar onder handen worden genomen en hij had geen zin om in puin en stof te wonen, maar een eindje verderop – in de Gieterijstraat.

Als hij zo'n zwaarwegend besluit nam, deed hij dat zonder raadpleging van ons. Onze meningen waren niet relevant. Hij liet zich assisteren door een gediplomeerde tolk – nu het om serieuze zaken ging, vond hij ons tekortschieten. Omdat zijn WAO te laag was voor een hoge hypotheek tekende moeder een vast contract in het ziekenhuis. Ze zou er elke avond gaan schoonmaken, op de afdeling Neurologie.

In die tijd, of in ieder geval in onze omgeving, zorgde dat voor veel geklets. Een Turkse vrouw hoorde thuis te zitten en voor haar man en kinderen te zorgen, dat was de gedachte. Bij ons vond iets baanbrekends plaats. De mensen om ons heen reageerden er schamper op. Mijn vader had er maling aan. Een tweepersoonsinkomen stelde hem in staat om mee te dingen naar een koophuis.

Al die onderhandelingen maakten indruk op mijn ouweheer. Ze waren bovendien een aanslag op zijn lijf. Hij viel in twee weken acht kilo af en schoor zich ook niet meer. Als vader in de namiddag thuiskwam, schonk-ie een glas cola-vieux in en ging met een handdoek over zijn schouders op de bank zitten, alsof hij zojuist op de kermis tegen een beer had gevochten. Hij sprak honderduit over gewichtige gesprekken die hij met de pief van de bank of gemeente had gevoerd. In woord en gebaar vertelde hij moeder welke opties hij had, hoe de bank er vanbinnen uitzag en dat hij net zo lang door zou pingelen tot hij de juiste prijs kreeg voor het nieuwe huis. Daarna begon hij te schelden op de tolk, die in zijn ogen woekerprijzen vroeg voor zijn diensten.

Mijn broers en ik slopen elke middag stiekem naar de woning in de Gieterijstraat die vader wilde kopen. Vier straten verderop, ook in de Raambuurt, maar qua leefomgeving was de nieuwe straat heel anders dan wij gewend waren. Er woonden louter jonge blanke gezinnetjes, vaak met een klein kind en zo'n kutkeffer. We noemden die mensen hippies. Het was niet ons volk.

Chagrijnig en toch ook opgewonden liepen mijn broers en ik

door de wijk, boos om de aanstaande verhuizing, maar heel nieuwsgierig naar het huis. Om onze onvrede te uiten trokken we belletje en gooiden we stenen door de ruiten van leegstaande bedrijfspanden in de nieuwe straat. Het was onze manier van protesteren.

Toen de gemeente sociale huurwoningen ging renoveren om er koopwoningen van te maken, werd de Raambuurt eigenlijk omgeturnd tot wit stadsdeel. Al mijn vriendjes, ook Ata, vertrokken naar de verpauperde Rivierenwijk, een achterbuurt die eerst grotendeels door asocialen werd bewoond, en later ook door Turken. De buurt kreeg de bijnaam Klein Ankara; een no-goarea voor de gegoede burger. Inbraken, vechtpartijen en vooral hennepkweek zorgden ervoor dat de wijk bijna dagelijks in het nieuws was. Maar wij verhuisden dus naar een betere straat in de Raambuurt. Wij wel.

De deal kwam na een maand rond.

Vader was te gierig om een bestelbus te huren, dus moesten we al onze kleine bezittingen naar het nieuwe huis dragen. Om de zware spullen te vervoeren, zoals de teevee, de meubels en zijn drankvoorraad, had hij een winkelkarretje van de Gamma geskoept.

Het waren de eerste weken van de lente en het was snikheet.

Op school en in de buurt vroeg iedereen aan mij waarom we met een boodschappenwagentje onze spullen verhuisden. Ik verzon een drogreden, zei dat we wel een auto hadden gehuurd, maar dat het ding alleen de laatste dag kwam. De afgang was compleet.

Ik hield me stoer, maar niet eerder voelde ik me zo klote. Als ik normaal met mijn vriendjes buiten speelde vloog de tijd, nu kroop hij niet eens.

Tijdens de verhuizing schoffeerde Turis ons als iets niet naar zijn zin was; hij schold en spuwde, gooide met schoenen of gereedschap en de laatste dag was hij zo boos op mijn oudste broer dat hij drie dagen geen eten kreeg. Natuurlijk bracht moeder stiekem kleine porties naar Mahir, als vader even niet oplette. Verbaal ging ze nooit tegen hem in. Maar ze liet alles niet zomaar gebeuren.

De mensen staarden uit hun raam. Sommigen vermeiden zich in onze verhuismethode, anderen verbaasden zich vooral en hadden medelijden met ons: dat viel van hun gezichten te lezen. Ze spraken over ons. Allemaal.

Het duurde drie dagen voor we helemaal over waren. De opluchting was enorm. Ik schaamde me voor mijn familie. Voor mijn vader.

12

Ik maakte de beste Cito-toets van de klas. Mijn vrienden Ata, Yakup, Erdal, Deniz en Ibrahim kregen allemaal het advies vbo.

Volgens de test kon ik naar het atheneum, maar dat mocht niet van juf Ietje Faber: ze geloofde er niets van. Ze zei dat ik het daar als Túrk heel zwaar zou krijgen. Volgens haar werden de Hollandse kinderen thuis gesteund door hun ouders, het was cruciaal om te slagen op het atheneum. Net als de andere batsen moest ik óók naar het vbo van die omhooggevallen klaploopster... Die lelijke graftak... Een zelfingenomen kletskous... Het vleesgeworden product van de kleinburgerlijkheid... Kutje de Bruin! Met haar fukkin' poster van Rintje Ritsma in de klas, die ze adoreerde als een klein meisje terwijl ze eigenlijk een oud verlept wijf was.

Thuis vertelde ik vader van het vbo-advies en de volgende morgen stond hij woedend in ons klaslokaal, duidelijk van plan het een en ander recht te breien. Met grote passen kwam-ie voor het bureau van Faber staan, die net een stukje voorlas uit een boek.

'Klootsjak, mijn sjoon doktor worden of atvokaat! Wie jij zijn, ha?!'

Schelden kon-ie wel in het Hollands. Die hoer bewoog zich schuifelend naar de deur, bijna scheet ze zeven kleuren stront in haar kakibroek, terwijl mijn vriendjes en ik ademloos toekeken, we hadden er plezier in.

Schooldirecteur Van Luijn kwam op het geluid af en kalmeerde Turis. Daarna nam-ie hem apart voor een persoonlijk gesprek – Mahir stond in de gang, hij zou tolken.

Na wat gediscussieer mocht ik naar de mavo, net als mijn broers, en daar had ik wel vrede mee, want nu hoefde ik niet naar de Van Marle – ook wel 'de Turkenschool' genoemd.

De komende vier jaar zat ik op het Hegius, tussen de mooie kakkermeisjes die vwo en gymnasium deden. Volgens het gerucht waren ze behept met een bovengemiddelde interesse voor buitenlandse jongens, omdat ze die nooit tegenkwamen.

Ik keek ernaar uit. Maar eerst moest ik nog op vakantie naar Turkije. Deze keer met het vliegtuig.

13

Kosta duwde de bagage omzichtig vooruit, tot aan het station, waar een paar reizigers ons laatdunkend aankeken, omdat ze waarschijnlijk nooit eerder iemand zes koffers en een teevee hadden zien vervoeren op een winkelwagentje van de Gamma.

Het stationsgebouw rook naar pies. Buiten vocht de zon tegen dikke stapelwolken, af en toe brak er een zielloos straaltje doorheen, maar nooit langer dan een paar minuten. Eindelijk gingen we naar het betere weer.

Turis en ik liepen naar het loket, het was er druk, mensen staarden ongeduldig naar de klok.

'Fünf tiekiets for shithol.'

De man, een blonde veertiger, keek ons schokschouderend aan. Hij begreep er niks van.

'Gotvertomme, jij toof? Fünf tiekiets!'

'Hij wil vijf kaartjes naar Schiphol, mijnheer,' tolkte ik.

Na wat getik op het toetsenbord rolden onze vervoersbewijzen uit de printer, intussen hield vader voortdurend een boze blik op de medewerker gericht. 'Vieze vuile racist,' prevelde hij in het Turks.

Het geld voor de kaartjes haalde Turis uit het buideltje om zijn buik. De bijnaam Turis (toerist) had hij van zijn werkvrienden gekregen, omdat-ie eerst twaalf Europese landen was afgestruind, in sommige woonde hij ook een paar maanden, voor hij daadwerkelijk voor anker ging in Nederland.

Nadat we al onze koffers en de teevee in de trein hadden geflikkerd, lieten we de winkelwagen op het perron staan, tot woede van een betrokken burgermannetje, dat hevig gesticulerend zijn ongenoegen liet blijken. Tijdens de rit waakten we om de beurt in het tussencompartiment over de bagage. De teevee had zevenhonderd gulden gekost. Vader zou gek worden als iemand hem beschadigde of meenam.

Op de luchthaven moesten we eerst drie uur wachten voor de gate openging. Vreemd genoeg waren we niet de enigen. De meeste batsen arriveerden veel te vroeg op Schiphol. Blijkbaar waren ze heel bang hun vlucht te missen, zo graag wilden ze terug naar hun eigen land. De meeste mensen hadden zwaarbepakte vuilniszakken bij zich, misschien waren het kadootjes voor de familie in het thuisland. Zenuwachtig ijsbeerden ze door de hal.

Boven Duitsland bleek mijn maag niet bestand tegen vliegen. Ik kotste de hele boel onder, niet zuinig ook; alsof er een leiding in mijn maag knapte spoot de viezigheid eruit. Mijn ouders sliepen op dat moment al.

Van mijn gegorgel werd moeder het eerst wakker. Met een platte hand streelde ze m'n achterhoofd en ze vroeg de bekakte stewardess om een kotszak. De smurrie lag echter al op de grond. Een paar reizigers jammerden hardop, boos vanwege de zure lucht. Vader werd wakker, keek monkelend opzij en haalde zijn neus op.

'Moet je die baby zien, zijn maagje kan niet tegen het vliegtuig.' Daarna sliep hij weer.

In Turkije kwamen we moeiteloos langs de douane, alleen nog de koffers en de teevee ophalen en we konden door naar ons zomerhuis. We stelden ons strategisch op langs de band, alleen moeder bleef verderop wachten, naast de kar voor de bagage.

De meeste mensen raapten binnen het kwartier hun spullen op, maar wij moesten heel lang wachten. Ik zag hoe het volk buiten elkaar in de armen viel.

Sommige gasten vervolgden hun reis met de taxi, anderen lieten een dolmuş stoppen.

Het was heel warm. We waren nog gekleed op de koude van Nederland.

Af en toe huppelde ik richting moeder. Ze bette haar bezwete voorhoofd met een zakdoek en tuurde gespannen naar de traag draaiende carrousel, steeds op haar tenen, zodat ze over mensen heen kon kijken. 'De koffers zijn compleet, toch?'

Ik knikte. 'Alleen die teevee nog.'

Maar het toestel kwam niet.

Anderhalf uur later verscheen een douanier aan de band.

'Familie Budamar?'

Mijn vader stapte kwaad op hem af.

'Waar is mijn teevee?' vroeg hij met stemverheffing. 'Ik wacht hier godverdomme al drie uur!'

Wij schaarden ons achter Turis. De keurig geknipte man in zijn overheidskloffie strengelde zijn handen ineen op z'n rug en keek ons om de beurt streng aan.

'U moet invoerrechten betalen. Anders krijgt u hem niet mee. En als mijnheer niet meteen die peuk dooft, schrijf ik een bon uit.'

Vader draaide helemaal door. Hij schold de douaniers, de luchthaven en de hele Turkse regering uit.

Onverstoorbaar schreef de man een adres op papier, blijkbaar stond onze teevee al in hun magazijn, ergens in een buitenwijk van de stad, op een paar kilometers van de luchthaven. Met de dolmuş reisden we erheen. Turis moest en zou die teevee terugkrijgen.

'Hoe lang gaat dit duren?' vroeg ik ongeduldig in de bus aan moeder, die nu knoerten van wallen had.

'Even dat ding ophalen. Dan gaan we naar huis.'

We werden voor een houten schuur gedumpt. Vader klopte aan. Een man deed open.

Turis moest honderdvijftig gulden betalen, anders kreeg hij de teevee niet mee.

'Wat denk je zelf, stronthapper! Ik betaal helemaal niets.'

Hij hield voet bij stuk.

Tegen middernacht, toen moeder, mijn broers en ik vermoeid en hongerig op een koffer waren gaan zitten en vader onrustig naar een goedkope oplossing zocht, kwamen drie medewerkers van het magazijn naar buiten. Een van de mannen sloot het pand af. Vader zag het gebeuren en snelde hun richting op.

'Goed,' zei hij, 'dit is eigenlijk tegen mijn principes, maar ik zal jullie matsen. Ik geef vijfentwintig Nederlandse guldens per persoon als jullie die teevee nu meegeven. Mazzelaars.'

De goed verzorgde mannen keken elkaar aan. Het was alsof ze bedacht waren op het voorstel; vrijwel simultaan werd vader door twee van die billentikkers beetgepakt, terwijl de derde de deur van het slot haalde. Ze duwden hem naar binnen.

Stoïcijns bleven wij zitten. We hadden geen puf meer om ons op te winden.

Ik zat nog steeds met die inmiddels bijna ondraaglijke stank van de kots, die me opnieuw deed kokhalzen. Het was misschien wel de langste nacht van mijn leven. Hoopvol bleef ik naar de deur kijken, nooit eerder had ik zo gereikhalsd naar de aanblik van vader. Maar hij kwam maar niet, net zomin als de mannen, die kennelijk de nacht in het magazijn zouden doorbrengen. We konden niet anders dan wachten, want geld voor een taxi was er ook niet, alles zat in het buideltje van vader.

Pas de volgende ochtend, toen de purperen gloed van de ochtendhemel verscheen en wij er volslagen haveloos uitzagen, stond Turis ineens weer voor de deur van het depot. We sprongen op en holden zijn kant op. De teevee werd door de mannen naar buiten gedragen en naast hem neergezet. Zwijgend vertrokken ze weer naar binnen.

'Ik neuk hun moedermelk! Ik neuk de verloskundige die ze op de wereld bracht! Ik neuk hun zusjes!' En zo ging Turis door, net zo lang tot de taxi kwam die hij kennelijk binnen had besteld – zijn gierigheid kende ook haar grenzen.

Een week later vertelde moeder dat-ie zowel invoerrechten als boetes én smeergeld had moeten betalen. De douaniers hadden hem zo flink beboet dat de bijkomende kosten hoger waren dan de prijs van het toestel. Tot overmaat van ramp vloog de teevee diezelfde zomer nog in de fik, volgens moeder omdat hij niet tegen de tropische hitte in het dorp kon. Volgens vader lag het aan teletekst. Die zou nou niet goed zijn voor een teevee.

Ik heb zeven jaar in zijn bijzijn nooit naar teletekst durven kijken.

14

De presentielijst werd opgelezen. Mijn eerste dag op het voortgezet onderwijs.

'Eus? Heb of had jij familie hier op school?' vroeg mijnheer Hascher, onze docent handvaardigheid.

Iedereen zat braaf op een krukje achter de werkbanken.

'Ja, Mahir en Kosta.'

'Ah, de firma Budamar, zo noem ik die knapen! Leuke jongens zijn dat. Maar ze hebben mij wel gewaarschuwd: jij zou de ergste zijn. Ik ben benieuwd.'

Een betere introductie kon ik mij niet wensen. Alle blikken van mijn nieuwbakken klasgenoten richtten zich op mij. Meteen had ik een reputatie. Eus de Doerak. De anderen moesten zich nog maar waarmaken.

Maar het respect dat ik die dag van mijn klasgenootjes hoopte te krijgen, of waar ik zelfs op rekende, viel bijster tegen. Niemand wilde met mij de eerste duo-opdracht maken. Na de les werd ik zelfs opgewacht door Metin, een lange Turkse jongen met een scheiding. Het type dat niet met zich liet sollen. Op de gang wilde hij de kop van mijn romp slaan. Metin was veel groter en sterker dan ik.

'Even kijken of je nu ook zo tof bent, patser. Beetje slijmen bij die Hascher!' riep hij.

In de veronderstelling dat-ie een grap maakte lachte ik onschuldig, als een dom schaap.

Hij besloot zijn vuist in mijn gezicht te planten.

Een vechter was ik niet, maar ik zag geen andere optie dan de counter-attack. Terwijl ik mijn rugzak nog om had – hij had de zijne aan een makker gegeven – rollebolden wij over de vloer, af en toe raakten we elkaar per ongeluk op de smoel, maar met echt vechten had het niets te maken. Het was meer een worstelpartij.

Een grote groep leerlingen verzamelde zich om het tafereel, iedereen klapte en slaakte oerkreten, allemaal lid van de Metin-fanclub, zelfs een paar mooie meisjes.

Na een paar minuten werden we door de conciërge uit elkaar gehaald. Die gozer troonde ons mee naar mevrouw Broekhuizen, de alom gevreesde conrector, die volgens mijn broers wijd en zijd bekendstond als een feeks, een vrouw met wie je niet moest ouwehoeren.

Metin loog de boel bij elkaar. Machteloos hield ik een onsamenhangend verhaal over de ware toedracht van het incident, maar ergens halverwege kapte Broekhuizen mijn gestamel af.

'Corvee! Voor beiden. Hoe laat zijn jullie vrij vandaag?'

Die klotebats las ons rooster in zijn agenda.

'Kwart over drie, mevrouw.'

Ze schreef met krulletters iets op een blaadje en gaf dat aan mij.

'Als jullie vandaag vrij zijn, lopen jullie hiermee naar de conciërge. Duidelijk, heren? En nu vort, wegwezen. Laat ik jullie niet weer zien.'

We knikten ja en amen en maakten ons uit de voeten.

15

Tijdens het corvee bleek Metin helemaal niet zo'n hufter. Toen hij mijn maag hoorde knorren, trok hij een Mars uit z'n binnenzak. Op mijn hoede voor boobytraps bekeek ik de reep.

'Ik heb er heus niet mee lopen klooien. Eet nou maar. Ik heb patat gehad.'

Met tegenzin plukten we papiertjes en blikjes van de grond, in de tussentijd leerden we elkaar kennen. Net als Ata kwam Metin uit een religieus gezin, maar hij was anders – voorlijk. Als ik zijn verhalen mocht geloven had-ie al heel veel meegemaakt: feestjes, vechtpartijen, relaties enzovoorts. Het leek wel of hij een stuk ouder was als ik hem zo hoorde praten.

Naarmate de middag vorderde, ontstond er wederzijdse waardering. Later zou die uitmonden in een hechte vriendschap.

Ik keek tegen Metin op. Hij wist wat-ie deed. Bijna alle meisjes op school vonden hem leuk, ook al gedroeg hij zich soms als een proleet, bijvoorbeeld in de pauze, als hij aan bh-bandjes trok.

Metin wist precies hoe ver hij kon gaan. Die gozer had betoverend gif in zijn ogen; hij hoefde maar een meisje aan te kijken of ze lag aan zijn voeten, kwijlend van verlangen. Elke keer nadat hij tijdens de les briefjes had uitgewisseld met zo'n mokkel en haar met weinig moeite zover had gekregen dat ze na schooltijd met hem in het fietsenhok wilde afspreken, hield ik de wacht voor hen. Stiekem keek ik dan toe hoe Metin zijn gang ging. Terwijl hij in de billen van zijn prooi kneep, fantaseerde ik over haar.

Vreemd genoeg zagen de meisjes op school mij bijna nooit staan, hoeveel brillantine van Turis ik ook in mijn haar smeerde.

Mijn eerste echte erotische ervaring had ik aan Metin te danken.

Tijdens de wiskundeles zaten wij helemaal achterin, een rij voor ons smoezelden Stefanie Kroeze en Rebecca van Wijkhuizen, de lekkerste wijven van de klas. Gelijktijdig draaiden zij zich ineens om, beiden met ondeugend bewegende ogen in hun kop.

'We gaan een preutstest doen!' riep Rebecca.

'Een wat?' vroeg Metin.

'We gaan kijken hoe preuts jullie zijn,' verklaarde Stefanie.

Haar hand verdween onder de tafel van Metin en streelde zijn bovenbenen. Heel voorzichtig bewoog ze haar vingers richting zijn leuter.

Metin bleef stoïcijns zitten. Het deed hem ogenschijnlijk niets.

De klauw van Rebecca legde vervolgens hetzelfde traject af langs mijn benen. Ik keek naar haar knullig opgemaakte gezichtje, raakte opgewonden en had meteen een tent in m'n broek. Bloedgeil werd ik van dat wijf, eerlijk waar. Zo erg dat ik zélf haar hand pakte en die naar mijn pik bewoog omdat zij, naar mijn smaak, veel te lang aan het talmen was.

'Viespeuk! Wat doe je?' schreeuwde ze door de klas.

Mijnheer De Groot ontstak in razernij, hoorndol werd die potentaat. Hij stond bekend als een norse man. Niemand wilde wiskunde van hem, erger kon je niet treffen.

'Jullie vier daar achterin; Truus, Truus en de Hasans... Verdwijn uit mijn lokaal. Onmiddellijk! Ik heb genoeg van dat gezeik!'

De andere drie stonden meteen op en maakten aanstalten om te vertrekken. Maar ik kon niet opstaan, al wilde ik nog zo graag: ik zat nog steeds met een stijve plasser.

'Mijnheer De Groot, kunnen we hier niet rustig over praten?' vroeg ik op kalme toon, om wat tijd te winnen tot het bloed weer terugstroomde naar waar het vandaan kwam.

'Gaan we nog bijdehand doen ook, jong!?'

Moeizaam kwam-ie met zijn bonkige lijf van de stoel. Hij liep met grote passen mijn kant op.

Toen die longlijer voor me stond, greep-ie mijn kraag vast. 'Jij bent zeker de leukste thuis. Of wil je graag de flinke jongen uithangen?'

De Groot stonk – zoals altijd – naar ham en zure melk. Zijn bril stond op de punt van zijn neus geparkeerd. Met zijn grote koeienogen keek hij me woedend aan.

'Ik geef je nog drie seconden, vrind. Anders smijt ik je persoonlijk uit het klaslokaal.'

Intussen was de lucht in m'n broek gelukkig geklaard. Ik sloot me met knikkende knieën en hevig transpirerend aan bij de andere verbannelingen, die aarzelend voor de deur stonden, stiekem hopend op vergiffenis van de leraar.

'Als de sodemieter naar mevrouw Broekhuizen, achterlijke gladiolen!'

Buiten kon ik me weer ontspannen, in elk geval stond ik niet voor paal ten overstaan van de hele klas. Ginnegappend legde Metin een arm om de schouder van Stefanie. Het kon hem allemaal aan zijn reet roesten.

Daarentegen was Rebecca pisnijdig. 'Hoe ga ik dit aan mijn ouders uitleggen?' dreinde ze de hele tocht naar Broekhuizen.

'Dat weet ik niet,' zei ik. 'In ieder geval ben je wel gezakt voor de test, preuts kutwijf!'

Met twee halen krabde ze mijn gezicht open. Nadat we om de beurt ons relaas hadden gedaan bij Broekhuizen werd wederom de sanctie corvee opgelegd.

De conciërges werden bijna overbodig.

16

Het aantal Turken op het Hegius kon je op twee handen tellen. Daarom schoolden wij altijd en overal samen. Dat ging automatisch. Misschien omdat we elkaar als lotgenoten zagen. In de pauzes en tussenuren kletsten mijn nieuwe maten over de Turkse voetbalcompetitie en programma's die ze dankzij de satelliet konden bekijken, blijkbaar de belangrijkste zaken in hun vrije tijd.

Ik zat er altijd maar een beetje bij, onbekend met hun gespreksstof – wij hadden immers nog steeds geen schotelantenne thuis, die zou pas veel later komen.

In tegenstelling tot de andere batsen scoorde ik goede cijfers. Ik was geen hoogvlieger, maar deed aardig mee, een prima subtopper. Zonder al te veel inspanning stevende ik af op het tweede jaar. Alleen in gymnastiek en geschiedenis blonk ik uit, al was dat vooral vanwege mijn goede band met de leraren, die beiden een soort van fascinatie koesterden voor mij. Geen idee waarom.

En dan was er ook nog Engels. Dat kregen we van mijnheer Van Zon. Hij droeg altijd vlinderdasjes en had flinterdun donshaar. Het was een goede sul. Een mannetje dat ons oprecht iets wilde leren.

Thuis keken we Amerikaanse series met Nederlandse ondertiteling, waardoor ik, vergeleken met de andere Turken, bovengemiddeld goed Engels sprak en las. Mijn gemiddelde lag rond een negen. Toch werd ik op een dag geprikkeld door een tip van Kosta. Misschien omdat ik een wit voetje bij de rest van de klas wilde halen. Iedereen zou me tof vinden. Daar ging het toen natuurlijk om: we waren allemaal zo onzeker als de pest. Gangmakers verdonkermaanden hun eigen angsten.

Mijn broer vertelde dat er al jaren een gerucht ging dat Van Zon zijn proefwerken in de archiefkast van zijn lokaal bewaarde, een metalen blok dat gewoon tegen de muur stond, vaak met de deuren wagenwijd open.

'Daar gaan we werk van maken,' riep Metin opgetogen toen ik hem de tip doorspeelde. Na een strenge selectie ritselde hij twee jongens met wie het klusje geklaard moest worden. Eerst hielden we krijgsraad in de kantine. Het andere duo moest Van Zon met een smoes het lokaal uit lokken, het liefst voor een paar minuten. In de tussentijd zouden Metin en ik de kast overhoop halen, op zoek naar alle proefwerken van het brugjaar, ook al keken de andere klasgenoten toe. Niemand zou ons toch durven verlinken.

Het eerste uur na de middagpauze hadden we Engels.

Op de gang hingen foto's van vroegere klassen, sommige in zwart-wit. Onze handlangers riepen Van Zon naar buiten en stelden allerlei vragen over de mensen op de kiekjes, waardoor de goedzak moeiteloos een paar minuten was afgeleid.

Terwijl Metin en ik heel de kast plunderden, keken de overige klasgenoten, de Hollanders, ademloos toe. Het duurde niet lang: Metin vond zowel de proefwerken van het brugjaar als die van het tweede jaar. Keurig op volgorde van datum. Hij propte één exemplaar van alle toetsen in een plastic tas en liep heel relaxed naar zijn stoel, alsof het de normaalste zaak van de wereld was.

Na schooltijd verzamelden wij ons in het winkelcentrum.

'Man, ik ga nooit meer een onvoldoende halen voor Engels.' Metin kon zijn ogen niet van de proefwerken afhouden.

'Oglum. Hier zit handel in. We kunnen ze verkopen!' stelde Ömer voor. Een van onze partners. Dat leek de rest geen goed plan. Als er meer mensen betrokken waren bij onze zwendel, was de kans om betrapt te worden groter. Er zat er altijd wel eentje tussen die zijn bek niet kon houden.

Maar al vrij snel, tijdens de volgende proefwerkweek, bleek dat niet iedereen zich aan de afspraken hield. Praktisch de hele klas kende het proefwerk al, ook de andere eerstejaars bezaten het gestolen goed.

Toen Van Zon een paar dagen later de cijfers bekendmaakte, roffelde hij zichzelf op de borst, zo trots was hij op onze cijfers en dus zijn capaciteiten als leraar. Het riep bij hem geen vragen op dat de Turkse delegatie stuk voor stuk, met mij als uitzondering, van de ene op de andere dag het niveau 'this Anatolian boy want toe goo toe-du-loe' ontstegen was en ineens klinkende cijfers haalde.

Als ik mijn vrienden vertelde dat ik de geskoepte proefwerken niet eens inkeek voor we er een moesten maken werd ik met ongeloof weggehoond.

Ik vond het allemaal wel best. Eindelijk kreeg ik wat aandacht van de meisjes, die mij stoer en dapper vonden, maar natuurlijk gewoon wilden meeprofiteren.

17

Meteen in het nieuwe kalenderjaar begon de ramadan. Het was een koude maand. De dagen duurden niet lang. Daar hadden die muzelmannen mazzel mee. Alle Turken op het Hegius namen deel aan het vasten, behalve ik – bij mij thuis deden we dus nooit ergens aan. Zelfs verjaardagen sloegen we over. Dat was ook goedkoper. Turis weet tot op de dag van vandaag niet wanneer ik jarig ben, ook vergeet hij soms mijn naam.

Op een ochtend peddelde ik naar het huis van Metin. Iets te laat herinnerde ik me het brood in mijn rugzak dat moeder erin had gestopt, ondanks herhaaldelijke protesten van mij. Ik wilde het niet hebben, mijn maten zouden vragen stellen die ik niet goed kon beantwoorden.

'Wat gooide jij net weg?'

Klappertandend wees Metin naar de richting waar ik vandaan kwam. Door de stuifsneeuw zag ik hem niet voor z'n huis staan, een eengezinswoning vlak bij school.

'O, wat propjes.'

Hij knelde de voorband van zijn fiets tussen zijn benen en zette het stuur recht.

'Vind jij vasten ook zo zwaar?'

Ik haalde mijn schouders op. 'Gaat wel.'

Heel voorzichtig fietsten we richting het Hegius, niet bang voor de pijn na een eventuele uitglijder, maar des te meer voor de afgang die het zou opleveren als iemand het zag.

'Je mag je mond met water spoelen, volgens mijn vader, als het maar niet naar binnen gaat. Wat zeggen jouw ouders daarover?'

Ik dacht aan mijn ouders. Gisteren dronk vader een fles vieux leeg, ladderzat schold hij alles en iedereen uit, ook wij moesten eraan geloven. Toch gedroeg hij zich anders in ons nieuwe huis. Minder uitbundig. Het leek soms of hij zich schaamde voor de buren, die allemaal welgesteld waren, of althans: in onze belevingswereld was iedereen met een auto, koophuis en een andere baan dan fabrieksarbeider welgesteld.

'Dus eigenlijk mag je ook douchen, als je maar je bek niet opent onder de straal.'

Ik *hmde* maar een beetje.

In de aula kolkte het van de leerlingen. Een paar minuten voor het volgende proefwerk spraken we samenzweerderig over spiekmethodiek. Voor Duits had ik de woordenlijst verkleind gekopieerd, het briefje zat in mijn boxer. De meeste gasten penden hun palm, pols of onderarm vol.

Eerst hadden we Engels. Toen de zoemer driemaal indringend klonk, zocht iedereen, zonder faalangst of vrees voor black-outs, zijn tafeltje op voor het proefwerk.

Mijnheer Van Zon deelde met strenge blik de papieren uit. Omgekeerd legde hij de blaadjes op onze tafels. Hij hield achterin halt en tuurde naar een paar leerlingen in de klas. Gewoon voor de vorm en steekproefsgewijs. Alleen Ömer moest nog een exemplaar krijgen. Daarna mocht iedereen zijn proefwerk omdraaien.

'Mijnheer,' fluisterde Ömer, 'bij opgave vier is het niet duidelijk of we de vragen in het Engels of Nederlands moeten beantwoorden.'

Van Zon overhandigde hem een proefwerk en samen zochten ze de vraag op.

Opeens viel er een beklemmende stilte. Met samengeknepen billen loenste ik naar Metin, die me hoofdschuddend aankeek, zichtbaar geërgerd door zo veel stupiditeit.

'Hoe wist jij welke vraag daar stond?' vroeg Van Zon. 'Je had nog geen proefwerk.'

Die dwaze Ömer liep lijkbleek aan en zweeg als het graf. Wij mengden ons niet in het gebeuren.

Met zevenmijlslaarzen liep Van Zon naar het schoolbord. 'Kan iemand mij vertellen wat hier aan de hand is?'

Er kwam geen reactie.

De lobbes kreeg een woede-uitbarsting en brak een liniaal op zijn bovenbeen. Zo kwaad had ik hem nog nooit gezien. De tranen parelden in zijn ogen.

'Godverdomme, ik wil nu weten wat hier speelt!'

In zijn ribfluwelen broek zat nu een scheur. Zwaar ademend trilde hij op zijn poten. Omdat niemand antwoord gaf, stiefelde hij richting Ömer, trok die kneus overeind en schudde hem door elkaar. 'Hoe kom jij aan dat proefwerk, knul? Zeg het me!'

Ömer begon wijverig te janken. Hij wees Metin en mij aan als daders. Krachteloos duwde Van Zon hem terug in de stoel en sommeerde ons mee te lopen. Als gehoorzame honden lieten we ons naar buiten leiden. Al snel werd de bestemming duidelijk: Broekhuizen.

'Gewoon meewerken, dan is deze toestand gauw achter de rug,' zei de schooldirecteur.

Een lompe conciërge drukte ons tegen de muur. Hij wilde ons fouilleren.

De ruimte was gevuld met mensen van wie ik de helft niet kende. Het stonk er naar sigaretten. Mevrouw Broekhuizen instrueerde de kloteklapper welke plekken hij moest bevoelen, ook onze tassen werden doorzocht. Terwijl we tegen de muur stonden, keken Metin en ik elkaar glazig aan. Het huilen stond me nader dan wat dan ook, maar toen mijn compagnon ineens provocerend begon te glimlachen, misschien om mij gerust te stellen, hield ik me flink. Ik wilde geen gezichtsverlies lijden.

'En wat hebben we hier?' zei de conciërge bewust zo hard mogelijk zodat iedereen getuige kon zijn van zijn vondst. Een groot geluk voor de kleine geest. Hij wrong zijn hand in m'n boxershort en diepte de spiekbrief voor Duits eruit.

Met een brok in mijn keel voelde ik m'n gezicht gloeien.

'Zo, zo. We hebben hier een valsspeler.' Triomfantelijk toonde hij mijn spiekbriefje aan de anderen.

'Wij weten genoeg,' zei Broekhuizen. 'We gaan even overleggen.'

Metin en ik werden afgezonderd. Zeker een uur zat ik alleen in een verlaten klaslokaal.

Pas een minuut voor het proefwerk Duits mochten we weer naar buiten. Gespannen keken onze klasgenoten hoe we het lokaal met een escort binnenliepen. De docent Duits kreeg assistentie van twee opgetrommelde surveillanten, volgens mij medewerkers van de administratie. Als politieagenten sloften ze langs de tafels.

Na de toets werden we opgewacht door Broekhuizen en de schooldirecteur. Een langdurige ondervraging van Ömer leverde overtuigend bewijs op: Metin en Eus, dat waren de geestelijke vaders van de fraude. Tuchtigen, die klootzakken.

We werden vijf dagen geschorst, wat inhield dat we geen enkele les mochten bijwonen. Wél moesten we de stof maken die behandeld werd tijdens de reguliere lessen, maar dan helemaal afgezonderd in een apart lokaal.

Het was als een gevangenis. Van halfnegen tot vijf uur zat ik daar maar een beetje. Als ik moest piesen, had ik maar te hopen dat er toevallig een surveillant passeerde die me onder begeleiding naar de plee wilde brengen. Mijn brood vrat ik ook in het lokaal. Dat was het enige voordeel: ik hoefde een week lang niet te veinzen dat ik deelnam aan de vastenmaand.

De dagen duurden lang. Ik had uitzicht op een deel van het fietsenhok. Soms staarde ik urenlang naar buiten, op zoek naar de mooiste meisjes van school, over wie ik dan ging dagdromen als ik ze eenmaal in mijn vizier kreeg. En wat waren ze mooi! En wat hadden zij mooie borsten! En billen!

...En wat was ik onhandig in de omgang met die meisjes.

Op een dag, in de laatste week van het eerste schooljaar, speelden we tijdens gym een potje trefbal. De jongens tegen de meisjes. Onze docent, mijnheer Dijkgraaf, een klein grijs mannetje dat altijd naar alcohol rook, schopte een sponsbal de zaal in en keek verder niet naar ons om. Met Dijkgraaf had ik een goede verstandhouding. Niet alleen omdat ik uitblonk in alle balsporten, maar vooral omdat hij een keer, terwijl-ie een onderdeel van de apenkooi voordeed, een platvink uit zijn trainingsbroek liet vallen die ik, buiten het zicht van de anderen, aan hem teruggaf.

Omdat het spel met één bal veel te traag ging, dook ik het hok in. Ik zocht daar vijf stevige basketballen uit – de meeste ballen waren lek – en gooide die richting mijn teamgenoten. Met de zware ballen torpedeerden wij het andere geslacht. Ze moesten kapot. De meisjes schreeuwden om genade, maar wij waren doof voor hun smeekbedes.

Metin trok een van hen de materiaalruimte in. Waarschijnlijk met de mededeling dat zij daar veilig was, om 'r vervolgens van top tot teen te bepotelen. Ik kreeg hem en zijn verovering in de smiezen en mijn drang om andere meisjes te bekogelen werd om onverklaarbare redenen groter. We smeten de ballen tegen hun benen, hun bovenlichaampjes en één meisje raakte ik zelfs pontificaal in haar gezicht. Dat ging zo hard dat het bloed uit haar snavel liep. Een tand had zich door haar lip geboord. Ik liep naar haar toe en zakte door mijn knieën.

Het was Esmee Suikerbuijck. Niet het mooiste meisje van de klas, maar zeker ook niet het lelijkste.

'Sorry,' zei ik. 'Heb ik je veel pijn gedaan?'

Zachtjes jankte Esmee. Tussen het snikken door keek ze me boos aan.

'Zal ik je anders verplegen in de materiaalruimte?'

'Wat denk je zelf, bosmongool!' Kreupelend ging ze richting de uitgang.

Ik was zo beledigd dat ik een basketbal uit de jatten van Ömer griste en Esmee met een vakkundige slingerworp nog een keer vloerde. Nu krijste ze zo hard dat Dijkgraaf uit een andere gymzaal verscheen en orde op zaken stelde. 'Eus, wat is hier gebeurd?'

Ik was zijn vertrouwensman. Ik zou het allemaal wel eventjes haarfijn uitleggen.

'Mijnheer, een paar jongens, vraag me niet wie, hebben basketballen uit het hok gepakt. Daarmee gooiden ze op elkaar én de meisjes. Esmeetje daar werd twee keer geraakt, met alle gevolgen van dien, zoals u ziet.'

Dijkgraaf knikte begrijpend. 'Goed. Organiseer jij even een pot voetbal, dan ontferm ik me wel over... Uh...'

'Esmee, mijnheer.'

'Ja, over Esmee.'

18

In het derde jaar van de mavo liet ik wiskunde en economie vallen. Die vakken lagen me niet, met cijfertjes en zo, hoe erg ik m'n best ook deed.

Thuis durfde ik het niet te vertellen. Vader verzekerde tijdens elk bacchanaal dat al het geld van de wereld in de economie lag. Dat wij vooral dat vak moesten studeren, omdat we dan iedere maand een sloot poen zouden verdienen.

'Wat moeten we dan precies in de economie doen?' vroeg ik op een avond.

Daar gaf Turis een vaag antwoord op. Hij wist het gewoon niet. Omdat ik doorvroeg, kreeg ik te horen dat ik een hersenloze hufter was en dat ik stratenmaker op zee zou worden.

'Net als jij, dus,' fluisterde ik heel zachtjes.

Met rasse schreden naderde het examenjaar. Een keerpunt in het leven van vele mavoleerlingen, die een keuze moesten maken voor de rest van hun leven: doorleren of ploeteren in een fabriek.

Om het onszelf makkelijker te maken legden we allemaal een beroepskeuzetest af. Ik had weinig zin in de toekomst noch die test. Het leven na de middelbare school kon me al helemáál geen reet schelen. Ze moesten me niet lastigvallen met al die moeilijke vragen.

Steeds vaker lag ik peinzend in bed, in de war over de toekomst en de weg die ik moest inslaan. Soms sneed ik het onderwerp aan tijdens een onderonsje met een klasgenoot, maar zij wekten nooit de indruk met dezelfde vragen te zitten. Het leven overkwam ze gewoon, daar hadden ze vrede mee.

Mahir deed intussen een grafische opleiding. Kosta probeerde op een andere school ook zijn havodiploma te halen. Het waren brave jongens, die keurig deden wat van hen werd verlangd. Ze wisten zich probleemloos tussen het klootjesvolk te mengen.

Soms namen mijn broers vrienden mee naar huis. Eerst wilde ik er altijd bij zitten, maar na verloop van tijd begon ik me te ergeren aan hun gesprekken. Ik zonderde mij af. Op bed luisterde ik urenlang naar Nederlandse muziek op mijn walkman. Dat durfde ik niet op school te doen, omdat de andere jongens, die allemaal een voorkeur hadden voor Turkse pop, mij zouden uitlachen. Huiswerk maakte ik niet meer. Het was allemaal zo eenvoudig dat ik zonder inspanning voldoendes haalde.

Het enige wat me nog echt oprecht bezighield waren de meisjes. Om me heen zag ik stelletjes lopen, hoorde ik verhalen over mensen die met elkaar hadden gezoend en soms liep ik met een jongen van school over straat en dan werd *híj* nagekeken. Ik niet! Mij zagen de meisjes niet staan. Bijna alle jongens hadden ervaring met zoenen, behalve de beroepsnerds en ik.

De levendige handel in pornovideobanden die Ömer dreef, liet ik eerst aan me voorbijgaan, totdat het gebrek aan vrouwelijke aandacht me echt ging ergeren. Op een dag kocht ik timide een bandje bij hem. Misschien waren er geheimen die ik niet kende.

Toen ik de film heimelijk thuis bekeek, werd mijn verlangen naar vrouwelijke aandacht nog groter, net als de frustraties omdat ik die niet kreeg.

Er zat een meisje op school op wie ik verliefd raakte. Haar naam was Lieke. Op mijn eigen onhandige manier probeerde ik haar aandacht te trekken: ik schold haar uit, haakte een pootje als ze langsliep en één keer spoot ik een bus strontspray op haar kleren leeg. Niets hielp. Blijkbaar was ik zo onbelangrijk dat ze niet eens de moeite nam me af te wijzen. Voor haar bestond ik gewoon niet. Aan de andere kant: ik kreeg ook de indruk dat ze een beetje bang voor me was. Bijna altijd hield ze twee gekruiste armen voor haar smoel als ik passeerde. De totale wanhoop nabij schreef ik een liefdesbrief van twee kantjes, geparfumeerd met wat deo van mijn broer. Via een klassenlijst achterhaalde ik haar adres.

Ik gooide de brief door de bus en wachtte met veel ongeduld op een reactie.

De volgende dag circuleerde mijn liefdesepistel op school: het hing op de mededelingenborden, lag overal op tafels en werd bij iedere docent in het postvakje gestopt. Zo'n duizend keer had ze hem gekopieerd en daarna verspreid, alleen om mij een hak te zetten. Dat meisje had gewoon een hekel aan me, terwijl ik krampjes in mijn buik kreeg als ik aan haar dacht.

Uit pure schaamte vluchtte ik naar het fietsenhok. Daar liet ik de lucht uit haar fietsbanden lopen. Via een sluiproute vluchtte ik huiswaarts, uit het zicht van de hele school. Voorlopig heel erg teleurgesteld in de liefde. Doodongelukkig.

Thuis lag een brief met het resultaat van mijn beroepskeuzetest. **ZORG!** stond er vetgedrukt. Ik klauterde de trap op, verscheurde de brief en barstte in tranen uit. Ze kregen maar mooi de schijttyfus met hun zorg. Allemaal!

19

Mijn moeder fietste over het grote plein van de Koekstad naar haar werk. Het was een koude, inktzwarte ochtend. De regen kletterde, gedreven door een sterke wind, pontificaal op haar gezicht. Haar fiets was veel te groot – vader had hem in de schuur van een verlaten huis gevonden en meegenomen. De investering in een goede tweewieler vond hij geldverspilling. Zelf reed hij op een mooie Gazelle. Gekocht van een junkie.

Traag kabbelde moeder richting haar werk. Ze was anderhalve meter klein en kon alleen bij de trappers als ze haar voeten helemaal uitstrekte. Eigenlijk punterde zij de fiets vooruit. Met uiterste krachtinspanning.

Ondanks het gevecht tegen de wind en de snerpende kou zag ze met samengeknepen ogen een biljet van vijfentwintig gulden liggen. Zomaar vastgeplakt aan een doorweekte tegel. Iemand had het verloren. Misschien na een kroegentocht.

Ze reed twee onhandige cirkels om het papier, in de veronderstelling dat het mogelijk allemaal verbeelding was. Moeder kneep in de remmen, gecontroleerd, zodat niemand zou begrijpen dat hier iets abnormaals gaande was. Ze veinsde een defect aan haar kettingkast, boog fluks voorover en raapte het geld van de grond. Intussen ging het nog harder regenen.

Door het water was het geeltje broos geworden. Eén verkeerde beweging en het zou scheuren. Met een hoop kabaal tufte een vrachtwagen over het plein, op zoek naar de juiste winkel voor zijn lading. De chauffeur loenste naar moeder en concentreerde zich weer tussen het geweld van zijn ruitenwissers op de weg. Hij had niks in de gaten.

Het biljet kreeg ongevouwen een plek in haar agenda, die ze vooral voor de sier had.

Zo hard als moeder kon, racete ze naar haar werk. Daar verzon ze een verhaal, iets over hoe ó zo onhandig het briefje in de tuin was gevallen en of het goed was dat het even op de verwarming lag, zodat het kon drogen. Dat mocht natuurlijk van haar werkgever.

Om het kwartier kwam moeder kijken. Soms verplaatste ze het rode papier. De ene keer omdat ze bang was dat haar vondst in vlammen zou opgaan, de andere keer uit angst voor grijpgrage collega's.

Haar eigen verdiensten verdwenen rechtstreeks in de portemonnee van vader, of de vaste lasten van het huis werden ermee betaald. Geld om zelf te besteden had ze nooit. Ze koesterde het geeltje.

Toen moeder 's middags thuiskwam onderdrukte ze met moeite haar euforie. Met verende tred dartelde ze de woonkamer binnen. Alleen ik was aanwezig. Mijn broers hadden nog les en vader hing in het café. Ze omhelsde mij stevig en terwijl ze me tegen zich aandrukte, vroeg ze fluisterend of ik na het stofzuigen met haar wilde winkelen. Moeder week even naar achteren en ik zag een gelukzalige twinkeling in haar ogen die ik niet kende. In haar leven was geluk al net zo spaarzaam als geld. Niet toevallig kwamen beide zaken nu tegelijk. Ik beloofde het. Op haar gezicht verscheen een augurenlach. Als ik maar niets tegen de ánderen zei, anders zouden zíj jaloers worden.

Ik knikte begrijpend.

In al haar onwennigheid sjokte ze langs een paar kledingrekken en soms, als niemand in de buurt was, bevoelde ze wat stoffen. Ik volgde haar stappen.

Na een paar minuten besloot ze, nogal overhaast en direct in de eerste winkel, een rok te kopen voor vijf gulden. Terwijl ze zenuwachtig afrekende, zag ik diepe groeven in haar gezicht. Mijn moeder werd oud. Ze ontving twee tientjes wisselgeld van de caissière, slaakte een zucht en haast schuldbewust gaf ze de blauwe biljetten aan mij. Ik mocht ermee doen wat ik wilde.

Een onoprecht protest volgde. Daarna kocht ik beltegoed van het geld.

Nog diezelfde avond belde ik alles op aan sekslijnen die op teevee adverteerden; hete meisjes beloofden me van alles, maar maakten niks waar.

Moeder droeg de rok nooit. Toen ik er weken later naar vroeg, zei ze dat-ie te klein voor haar was. De bon was ze kwijt.

Ze zou hem schenken aan haar zus in Turkije.

20

Het examen legde ik met vlag en wimpel af. Mijn diploma had ik nu op zak. Tijd voor de nieuwe school. Het ROC Aventus kende meerdere opleidingen en dependances. Verspreid over de hele stad bood de instelling armetierig onderwijs aan voor minder begaafde mensen. Vooral Turken en blanke paupers vormden de klandizie. Slimmere lui zaten op Saxion, de hogeschool.

Omdat nagenoeg al m'n maten van de mavo voor de locatie aan de Nieuwe Markt kozen, schreef ik me daar ook in – vrij laat, een paar dagen voor de termijn verstreek. Op het formulier stond ECONOMIE EN ONDERNEMEN. Dat kwam heel goed uit. Volgens vaders theorie zou ik dus ontzettend rijk gaan worden.

Per post ontvingen we het rooster en de klassenlijst. Tot mijn grote geluk was Metin bij mij ingedeeld, samen met dertig andere mensen, wier namen ik nooit eerder had gezien. Nieuwsgierig zocht ik op internet naar alle meisjes. Steeds werd ik doorgestuurd naar een profielensite, die vol stond met soortgelijke verhalen en foto's. Sommige mokkels poseerden in bikini op het strand, andere hadden weer een familieavond vastgelegd, heerlijk met z'n allen om de gourmet... Alsof ze het van elkaar afkeken. Verdomd klootjesvolk!

Een week voor de lessen echt begonnen kregen we ook de boekenlijst toegestuurd. In totaal kostte het pakket zo'n honderdtachtig gulden. Turis zou dat geld nooit betalen, dat wist ik zeker. Ik nam niet eens de moeite hem ernaar te vragen.

Veel later dan de eerste les begon sloften Metin en ik naar onze nieuwe school. Een groot, statig gebouw aan de IJssel, dat op een kleine parkeerplaats uitkeek. In de hal krioelde het van de leerlingen. Krachteloos zeurde de schoolbel door het pand, maar anders dan op de mavo versnelde niemand zijn pas om een lokaal tijdig te bereiken. Hier had iedereen dikke schijt.

Een Turks meisje wandelde wulps voor ons langs. Met een steelse blik grijnsde ze ons aan.

'What the fuck? Is dat een bats?' vroeg ik.

Met samengeperste lippen keek Metin naar haar strakke kont. Het wijf was zwaar opgemaakt en had een onnatuurlijke bruine teint, waarschijnlijk van de zonnebank.

'Ik denk het wel, man. Zij komt zeker niet hiervandaan. Als haar familie haar zo ziet lopen, maken ze haar af. Dat mokkel woont in de Torenstad of zo. Zeker weten.'

Het Turkse meisje trok een sigaret uit haar tas en verdween naar buiten. Verward liet ze ons achter.

Metin en ik hadden weinig zin in de les, die sloegen we daarom over. Wie maakte ons wat? Hier was geen conciërge, mentor of conrector die politieagentje wilde spelen. We waren eigen baas. Het mbo draaide om zelfstandigheid, volgens de brochure. Nou dan. Wij besloten op eigen initiatief dat we konden spijbelen.

Ineens doken twee meisjes voor ons op. Beiden liepen op hoge hakken.

'Hallo, zijn jullie ook nieuw?'

Metin knikte en schoof wat haar achter zijn oorschelpen.

De kleinste van de twee deed een stap naar voren. Haar vriendin talmde een beetje, verlegen keek ze ons aan, alsof we popsterren waren met wie ze niet goed durfde te praten.

'Ik ben Eef.' Zonder zich om te draaien wees ze naar achter. 'En dit is Levine. Wij zijn ook nieuw.' We gaven de meisjes een hand.

'Hebben jullie zin om na school wat te hangen?'

Metin en ik keken elkaar aan.

'Hoezo? We kennen jullie niet,' zei hij.

'Dan kunnen we elkaar toch leren kennen!' riep Eef. Haar vriendin zweeg nog steeds.

'Dit is echt vaag, maar goed... Vanavond om kwart voor acht bij de bioscoop.'

'Chill. Tot dan.'

Eef en Levine strengelden hun armen in elkaar, draaiden zich om en liepen samen de trap op.

'Wat is dit?' vroeg ik. 'Zitten er allemaal hoeren op deze school of zo?'

Mijn vriend lachte wat. Voor hem stelde het allemaal niks voor, maar ik had zojuist mijn eerste echte date met een meisje geregeld. Zonder echte inspanning. Goed, ik wist niet met welk meisje, maar dat was van later zorg.

In de verte had Metin de deur van de kantine ontdekt. We vraten beiden drie kipburgers. Ze kostten maar een gulden per stuk. Zo goedkoop kreeg je ze nergens.

Die kantine werd onze vaste hangplek. De lokalen kregen we nooit te zien.

21

Ik stond blauwbekkend voor de bioscoop, een uur voor de film zou beginnen.

’s Middags bij het afscheid hadden Metin en ik de voorwaarden van onze ontmoeting met de meisjes besproken. We kwamen overeen dat hij Eef zou pakken en ik Levine. Voor hem was de dubbeldate een routineklus.

‘Die met die grote tieten is een stuk makkelijker,’ zei hij, ‘dat zie ik meteen. Zij gaat niet zeuren of kinderachtig doen. Pak jij die ander maar. Jij houdt wel van serieuze meisjes.’

Terwijl ik buiten in de kou stond te wachten overdacht ik alles wat mis kon gaan. Er mocht niets gebeuren waardoor ik voor schut stond. Dit was mijn kans. Ik had een flesje mondspray meegenomen om te verhullen dat ik eerder die avond knoflookbrood van moeder had gegeten. In mijn binnenzak zaten drie condooms, misschien een beetje ambitieus, maar ik mocht niks uitsluiten.

Omdat ik vrijwel direct bij vrouwelijk contact een stijve kreeg – ze hoefden maar per ongeluk tegen me aan te lopen of het tentzeil spande zich strak – had ik twee keer gesjord voor ik de hort op ging. Ook knipte ik mijn nagels, schoor ik mijn oksel- en schaamhaar en droeg ik een nieuwe boxer van C&A.

Na een halfuur rijpte de gedachte dat de meisjes waarschijnlijk eerder zouden arriveren dan Metin, die al vanaf het eerste jaar van de mavo bekendstond als een notoire laatkomer. Dan moest ik met hen praten. Het vooruitzicht alleen al maakte me misselijk.

Ik toog naar de Duivensteeg, twintig meter verderop, draaide de hoek om en hield verdekt opgesteld de wacht. Het werd steeds kouder. De wind leefde met korte tussenpozen op en slingerde zand en rommel de lucht in.

Ik hield het nauwelijks meer. Elke keer als er beweging voor de bioscoop was, stokte mijn adem en versnelde mijn hartslag. Ik leek wel een fukkin’ mietje.

Tien minuten voor de film begon tufte het tweetal eindelijk op een gammele fiets door de straat, geitend reden ze langs me heen, amper op een meter afstand, maar godzijdank zagen ze me over het hoofd. Ik rook ze vooral, alsof ze thuis een fles parfum hadden leeggespoten op hun lijf, ieder een helft. Hun kleding maakte me helemaal dol: beiden droegen een veel te korte minirok, met daaronder huidkleurige panty's en laarzen tot aan de knie.

Eef en Levine stalden de fiets, stapten richting de ingang en staken een sigaret op.

'Schiet nou op, stomme flikker... Ze zijn er al... Straks gaan ze weer weg! Maak aan, klootzak...' fluisterde ik psychopathisch.

Maar van Metin was geen spoor te bekennen.

Op mijn telefoon las ik de tijd. Over vijf minuten zou de film draaien. En we moesten nog kaartjes kopen!

Ik verzamelde al m'n moed en slofte richting de meisjes. Nog voor ik ze bereikt had, verscheen Metin uit een andere steeg. Hij gaf een klop op m'n schouder en wandelde, zonder wat te zeggen, richting onze prooien, die ongeduldig stonden te trappelen. Gedwee liep ik achter hem aan.

'Nou, gekkies, we moesten wel wachten, hè?' Eef trok aan haar sigaret en in één adem blies ze de rook weer uit.

'Ja, druk, hè,' zei Metin. 'De zaken gaan voor.'

Ik wilde mij verontschuldigen, maar hij kakelde iets over kaartjes, popcorn en cola.

Een paar minuten later zaten we in de zaal. Aan mijn rechterkant zat Levine. Links Metin. Weer links van hem zat Eef. Het licht ging uit en de filmprojector begon te ratelen. Of eigenlijk gorgelde het ding in de aftandse bioscoop van de Koekstad.

Vrijwel direct sloeg Metin zijn arm om Eef heen. Hij draaide haar kant op en zoende het wijf vol op haar bek. Gewillig liet ze het gebeuren. Ik rekende uit dat ze nog geen twintig woorden met elkaar hadden gewisseld. Zo snel konden die dingen dus gaan. Zijdelings wierp ik een sneaky blik op Levine, die haar benen had gekruist en met geopende mond naar de film keek. Door de voortvarendheid van Metin voelde ik me opgejaagd. Hoe moest ik het aanpakken?

De lichten gingen aan voor de pauze, kreunend kwamen een paar mensen overeind. Eef lag intussen praktisch op de schoot van Metin. Ik tikte hem aan en toen hij achteroverleunde, zag hij pas dat de film was gestopt.

'Is het al klaar?'

Ik schudde mijn hoofd. 'Nee, mafketel. Het is pauze.'

Als kwartet liepen we naar de hal, waar snoepgoed, popcorn en drank werd verkocht.

'Wat vind jij van de film?' vroeg Levine.

Ik had geen flauw benul. De hele tijd zat ik met jaloezie naar Metin te kijken, of anders wel dromerig naar Levine. Haar mooie benen deden mijn hoofd duizelen.

'Het is wel oké. En jij?'

Levine rommelde in haar tas en toverde een sigaret tevoorschijn. Voor ze hem opstak gaf ze er ook een aan Eef, die een paar meter verderop aan het flikflooien was met Metin.

'Sorry. De film. Ja, ik vind er niet veel aan. Die ene gast zag ik vorige week in een of andere serie. Dus nu heb ik vreemde associaties. Dat snap je wel, toch?'

Er viel een ongemakkelijk stilte, omzoomd door luid geroezemoes van andere bezoekers. Ik kreeg het warm en voelde zweetdruppels over mijn vettige kruin rollen. Gelukkig klonk de bel. De film zou over een paar minuten worden hervat.

Opnieuw haakten Metin en Eef hun lichamen in elkaar. Als een paar oversekste pubers, wat ze eigenlijk ook waren, lebberden ze elkaar helemaal af. Die kutfilm werkte op mijn zenuwen. Ik wilde nu ook actie!

Net toen ik weer heimelijk naar de benen van Levine loenste, bewoog zij haar hoofd mijn kant op, tegelijkertijd plaatste ze een hand tegen haar rechtermondhoek.

'Het is écht een doodsaaie film,' fluisterde ze.

'Ja, nu je het zegt. Ik heb betere gezien.'

Ze grinnikte. 'Die twee hebben er wel zin 'an, hè?' Met haar stompe kin wees ze naar de tortelduifjes.

Nu moesten we allebei lachen. Ze rook naar bloemetjes en had een gave huid, geen vlekje te bekennen. Op slag werd ik verliefd. De onrust in mijn buik was daar het symbool van, een gevoel dat ik voor het laatst had gehad bij Lieke, de vileine heks die mijn liefdesbrief overal op school had verspreid.

Levine liet haar arm rusten op de leuning tussen onze stoelen. Ik twijfelde heel erg, maar na een poos legde ik mijn hand op die van haar.

Ze stond het toe.

'Hij is te groot! Hij is te groot!' schreeuwde die kleine blonde del.

Na de film tijgerden Metin en Eef direct door naar de Duivensteeg, op zoek naar een rustige plek voor wat hand-en-spandiensten. Voorbij de hoek waar ik eerder op de avond stond te posten, ergens in de schaduw van een afdak, gingen ze tekeer.

Dat er een beveiligingscamera op hun paringsdaad stond gericht kon ze blijkbaar niks verrotten. Als een woesteling brulde Metin van genot, af en toe onderbroken door gerichte instructies aan het zoveelste meisje in zijn leven. Hij lachte hardop als een beul die zojuist een vonnis had voltrokken. Zijn bijna kwaadaardige stemgeluid weerklonk door de hele binnenstad.

Levine en ik keken op gepaste afstand toe. Bibberend van de kou leunde ze tegen me aan. Het leek of we al een stel waren.

De laatste bioscoopgangers verlieten de straat, ondertussen recenseerden ze de film.

Nog steeds hield ik haar hand vast. Eindelijk had ik een meisje. Het gevoel bracht me in extase. Stiekem hoopte ik dat bekenden zouden langslopen, zodat ze me konden zien.

Eus, de grootste player van het oosten. Kiek um goan!

Nog even geduld, een paar minuten, en ik zou Levine ook mogen kussen, dat wist ik zeker.

Lang duurde het niet. Verveeld van het wachten sloeg ze opeens haar armen om mijn nek. Nu rook ik haar beter. De geur was nog lekkerder dan die van gefrituurde kip. Brutaal trok ze m'n kop naar voren.

Ik drukte mijn lippen op haar mond en acteerde de doorgewinterde kusser, maar in werkelijkheid kon ik er helemaal geen kut van.

Gelukkig gold dat ook voor haar. Onhandig likte ze terug. Met driftige hoofdbewegingen liet ze haar tong door mijn bek glijden. Mijn piemel kwam, ondanks alles voorzorgsmaatregelen, meteen omhoog. Fier stond hij klaar om aan het werk te gaan. Ik kneep in haar billen, zoals ik Metin had zien doen bij zijn scharrels in het fietsenhok.

'Bah, het is vies. Het is vies,' schreeuwde Eef ineens.

Levine liet mij los. 'Kom, we gaan even bij die twee kijken,' zei ze.

Onder het afdakje knoopte Metin zijn broek dicht. Eef stond in een hoek te kotsen.

'Wat heb je gedaan, man?' vroeg ik in het Turks.

'Gewoon, ik kwam klaar in haar muil. Ze hield er alleen niet zo van.' Metin lachte breeduit. 'Heb jij dat andere mokkel gepakt?'

Ik zag hoe Levine haar vriendin aan het troosten was. Ze had mooi sluik haar, prachtige ogen en als ze serieus keek, veranderde ze in een elegante vrouw. Weer gebeurde er van alles in mijn buik. Dit was liefde, dat kon niet missen. Morgen zou ik haar verkering vragen... Of zou ze me dan niet meer zien staan?

'Eus! Ik vroeg je wat.'

'Nee, man. Nog niet. Maar dat komt nog wel.'

22

Na een hoop sms'jes over en weer kregen Levine en ik verkering, tot minachting van alle batsen op het mbo, die niet konden bevatten dat ik met zo'n 'makkelijk Nederlands wijf' aanpapte. Als iemand er vol ongeloof naar vroeg, loog ik dat ze heel rijk was en dat ik echt wel andere meisjes te grazen nam.

Dat verhaal dwong een zekere mate van respect af. Voor wat het waard was. Eigenlijk konden ze allemaal de vliegende tering krijgen. Echt waar. Met uitzondering van Metin had ik die kaffers nog nooit met een vrouw gezien. En dan durfden ze mij te veroordelen! Altijd vertelden ze sterke verhalen, die achterlijke plathoofden, maar in de praktijk viel het vies tegen. Volgens mij was meer dan de helft nog maagd. Ik ging gewoon mijn eigen gang, al durfde ik daar niet openlijk voor uit te komen.

Toen we een maand verkering hadden werd ik uitgenodigd voor een diner, zodat die ouders en ik elkaar zouden leren kennen. Ze woonden in een naburig dorp. Ongeveer op een halfuur fietsen van mijn huis, als je tenminste wind in de rug had.

Het was een chique bedoening bij die mensen thuis. Er stonden drie wagens voor de deur en de tuin had de omvang van een half voetbalveld. Ik parkeerde de fiets voor het entreehek en drukte op een supersonische bel, compleet met ingebouwde camera. Blijkbaar was ze écht rijk. Dat was een meevaller.

Van Levine had ik al signalen ontvangen dat haar ouders niet zo gelukkig waren met de relatie. Die ouweheer van haar vond 'r veel te jong voor vaste verkering. En haar moeder had zo haar bedenkingen bij m'n achtergrond. Beiden vreesden een cultuurbotsing, nog voor ze me überhaupt hadden ontmoet. Schoorvoetend stemde ik in met de hele poppenkast, al was het maar omdat ik heel graag met Levine naar bed wilde – zij had blijkbaar eerst de zegen van haar ouders nodig.

Voor haar moeder kocht ik een tuil tulpen en die vader kreeg een doosje dure sigaren. Volgens Levine hield hij daarvan. Het geld ervoor leende ik van Metin.

Samen liepen we naar het huis, nadat ze me achter het hek had opgevangen.

Bij binnenkomst stond ik te wankelen op mijn poten. In vol ornaat zou ik louter een beroep doen op de duurste woorden uit mijn vocabulaire. En natuurlijk moest ik vousvoyeren, dat kregen wij sowieso van huis uit mee – niet alles was kut in Huize Budamar.

Het ontvangstcomité stond klaar in de hal. Door twee paar grote ogen werd ik van top tot teen gemonsterd.

Ik schudde allebei die mensen de hand, overhandigde plechtig de cadeautjes en volgde hun voetstappen naar de woonkamer.

'Zo, eindelijk ontmoeten we elkaar, jongen,' zei de vader vanuit z'n luie stoel. Zijn volgevreten pens lag op zijn schoot. Hij droeg een bril met touwtjes en z'n dode haar stak slordig alle kanten op. Levine was intussen naast haar moeder gaan zitten en wipte zenuwachtig met haar benen.

Aan de muren hingen handgetekende portretten van lelijke mensen. Irritant tikte een ouderwetse pendule in een hoek van de woonkamer, het geluid werkte op mijn zenuwen.

'Ik ben blij dat u mij uitgenodigd heeft. Uw dochter vertelt altijd positieve verhalen over u.'

In werkelijkheid sprak ze nooit over haar ouders. Altijd als ik erover begon, hield ze de boot af.

'Ik heb van Levine gehoord dat je van voetbal houdt. Voor welk team ben je?'

'Nou, ik ben niet echt voor een team,' antwoordde ik. 'Ik houd gewoon van het spelletje.'

Het gesprek viel stil. Per ongeluk maakte ik oogcontact met de moeder.

'Wat vind je er nou eigenlijk van om een Turk te zijn?' vroeg ze.

'Uh... Ja, ik weet niet... Ben niet anders gewend... Voel me eigenlijk Nederlander.'

'En je ouders?'

'Ja, die zijn meer Turks dan Nederlands. Maar ook weer niet echt doorsnee-Turken. Ze gaan bijvoorbeeld niet naar de moskee of zo.'

'Kunnen ze wel Nederlands?'

'Nee, eigenlijk niet.'

Stilte. Ongemakkelijk wreef ze een paar keer over haar been. Met een rode kop keek Levine toe.

'Wil je een glas whisky, jongen?' vroeg de vader. 'Dat wekt de eetlust op, of mag dat niet van je geloof?'

'Ik geloof niet, mijnheer.'

'Maar je bent toch Turks?'

'Ja.'

Het onbegrip viel van zijn gezicht te lezen. Hij gebaarde zijn vrouw wat drank te halen. Ik kreeg een glas Jack Daniel's in m'n hand gedrukt. Elitedrank, volgens Turis, die tegenwoordig alleen nog vieux dronk, ooit door Nederlanders bedacht als imitatiecognac en daarom spotgoedkoop.

De vader van Levine was ook niet vies van een borrel. Op zijn praatstoel bazelde hij honderduit over volslagen oninteressante onderwerpen. Ik hield me gedeisd en luisterde naar zijn gezever. Terwijl die hangbek vertelde, knoeide hij van alles op zijn kleding. Af en toe stelde ik een intelligente vraag, waardoor hij weer een tijd kon raaskallen. Ik geloofde niet dat het verschrikkelijke mensen waren, misschien een beetje benepen, maar dat heb je algauw als je in zo'n reservaat woont en altijd met hetzelfde volk omgaat.

'Jij deugt, knul,' zei hij ineens. 'Dat zie ik meteen. Mijn dochter is safe bij jou.'

We tafelden een poos door. De spanning bleef steeds voelbaar, zelfs toen de fles leeg was.

Tegen negen uur nam ik afscheid. Onhandig drukte de moeder drie kusjes op mijn wangen. 'Tot de volgende keer, jongen,' zei ze.

'Dag, mevrouw.'

'Mag ik een stuk met Eus meefietsen?' vroeg Levine.

'Ja, natuurlijk,' schreeuwde haar vader. 'Voor mijn part trouw je dat jong!' Schaterend van plezier strompelde hij naar de drankkast voor een nieuwe borrel. Zijn overhemd stak nu helemaal uit zijn pantalon. Het was geen gezicht.

Levine vloog de trap op, rommelde wat op de eerste verdieping en keerde na een paar tellen terug. 'Wij gaan nu. Ik ben over een uur thuis. Tot zo.'

Buiten werd ik secondelang geknuffeld.

'Goed gedaan! Ze zijn dol op je. Nu weet ik zeker dat het goed zit tussen ons.'

De beloning voor mijn uitstekende prestatie bij haar ouders liet niet lang op zich wachten.

Hand in hand fietsten we langs bebost gebied. Het was zomers, de zon dook net onder en veel volk was er niet te bespeuren. Onverwachts stopte Levine bij een bruggetje.

'Heb je zin om nog wat te kletsen in het bos?'

Ik stemde in. Struikelend en vloekend bracht ze me naar een plek onder een boom, op tientallen meters afstand van onze fietsen, die we langs het pad lieten staan.

Op het oneffen gras lagen sierkussens, twee paarse tafelkleden en ook een doos tissues. Levine had voorbereidingen getroffen.

'Ik houd zoveel van jou,' zei ze.

Hevig zoenend zakten we door onze knieën. Haar vingers gingen richting mijn pielemans – zo veel initiatief nam ze nooit eerder. Na het positief verlopen diner bij haar ouders zag ze blijkbaar helemaal geen beren meer op de weg, nu konden we lekker van bil gaan.

'Ben je hier echt aan toe?' vroeg ik voor de zekerheid.

Ze antwoordde niet, maar begon me nog driftiger te zoenen. 'En jij, schat?'

Ik had zowat eelt op mijn piemel van het aftrekken. Natuurlijk was ik eraan toe!

'We hebben geen condooms.'

Ze liet me los en greep haar tas. Er zat een pak rode rubbertjes in.

'Hoe kom je daar zo snel aan?'

Verdacht handig ontdeed ze me van mijn broekriem. 'Dat heb ik net uit mijn kamer gepakt, toen ik naar boven ging, weet je wel. Houd nu maar gewoon je kop. Ik ben er klaar voor. Het is tijd.'

Dat liet ik me geen tweede keer zeggen. Eerst stroopte ik de spijkerbroek van haar mooie benen af, moeizaam, omdat-ie zo strak zat, alsof een maatje groter de allergrootste ramp van de wereld zou zijn. Daarna trok ik haar topje van haar bovenlijf. Zelf maakte ze haar bh los. Met twee wijsvingers ontdeed ik haar van de roze string. Dat was dat. Voor het eerst zag ik haar naakt. Haar lelieblanke borsten waren nog klein, maar dat vond ik niet erg.

Om de beurt zoende ik haar tepelhoven, van allebei kon ik niet genoeg krijgen. Kreunend bewoog ze haar rechterhand door mijn haar.

Ik wilde elk plekje van haar lichaam kussen, zo gek was ik op Levine. Mijn tong daalde richting haar flamoes, eerst even wat voorspel, kort daarna zou het echte werk beginnen. Ze sloot haar ogen en liet mij de klus klaren.

Vroeger op school hoorde ik verhalen over maagdenvliezen. Meisjes zouden bakken met bloed verliezen bij de eerste keer, maar in de praktijk bleek daar niets van waar. Levine reageerde kalm en lag zichtbaar te genieten.

Na ruim een halfuur, toen het donker werd en wij met moeite onze kledingstukken vonden, verlieten we het bos. Onze maagdelijkheid lieten we achter. Vastgenageld aan mijn arm liet Levine zich leiden naar het fietspad. Ik wilde op mijn zadel zitten, maar voelde meerdere pijnscheuten door mijn lijf schieten.

'Ah, kut. Tyfus. Wat is dat nu weer?'

Moederlijk onderzocht Levine mijn pijnlijke billen. 'Ze hebben je te grazen genomen!' gierde ze uit. 'Te grappig gewoon!'

Ik draaide me een kwartslag om en keek haar aan met een vertrokken gezicht. 'Wie?'

'De insecten in het bos natuurlijk. Je hebt grote bulten op je billen... Arme schat.'

Ik had inderdaad allerlei steken in mijn kont gevoeld terwijl Levine en ik op de grond lagen.

'Het zijn er wel vijftien!' Ze aaide over mijn achterwerk.

'Ik moet nu echt gaan,' zei ik. 'En jij ook. Het wordt te laat, straks denkt je vader dat ik onverantwoordelijk ben.'

We kusten elkaar.

Steppend vertrok ik naar huis, want ik kon echt niet op het zadel zitten. Maar die pijn interesseerde me verder niet. Ik hoorde er nu officieel bij.

23

Vader zat op de bank en trok aan een sjekkie. Op de tafel stond een fles vieux van Floryn, omgeven door vier lege en samengeperste colablikjes. De lipjes staken recht naar boven.

Het was zondagavond, zijn vaste drinkmoment, en hij had – zoals bijna altijd – een kwade dronk. Om de zoveel minuten zeek hij Mahir, Kosta en mij af. Het ging helemaal nergens over. In zijn wereld deden we alles verkeerd. Tussen alle beurten door kwam moeder ook aan bod.

Gehard door ervaring luisterden we naar zijn geklets. Veel opties hadden we niet: als een van ons naar boven wilde vluchten, riep hij hem woedend terug. Het kwam er feitelijk op neer dat wij in zijn ogen nietsnutten waren, hoewel hij al jaren in de ziektewet zat.

Mahir werkte intussen fulltime op een kantoor, ergens in het midden van het land. Ik had geen flauw benul van wat hij daar deed. In elk geval moest hij erg lang reizen, soms drie uur per dag, waardoor hij nu een huis in die regio zocht. Kosta studeerde journalistiek. Hij beunde veel uren bij in de keuken van een Grieks restaurant zodat-ie zijn studie kon bekostigen. Beiden moesten sinds kort een maandelijkse toelage lappen, een soort van huur- en onderhoudskosten, daar had Turis hen toe verplicht.

'Wat studeer jij eigenlijk?' vroeg die ouwe zeiksnor ineens.

'Economie,' zei ik schor.

Monkelend keek-ie me aan. 'Ik geloof er niks van. Jij... Economie? Laat me niet lachen. Je kan je kont niet proper afvegen. Haal een studieboek! Ik wil het zien.'

Met doodsangst in mijn benen klom ik de trap op naar de boekenkast. Van de bovenste plank trok ik een dikke pil tevoorschijn. Er stond heel groot ECONOMIE & MANAGEMENT op.

Het was van Metin. Ik had 't de vorige week voor een toets geleend die ik bij nader inzien niet bezocht. Nadat ik het lesboek aan vader had gegeven deed ik een stap achteruit, zodat ik op veilige afstand stond. Je wist maar nooit wat die vuilak in zijn hoofd zou halen.

Een poos bleef Turis naar het omslag staren. Proestend gooide hij het boek opeens op tafel, richting Kosta, die rechts van hem zat. 'Wat staat daar?' vroeg hij m'n broer zonder hem aan te kijken.

'Economie.'

Om een of andere onverklaarbare reden was het niet goed. Hij doofde zijn sjekkie in de asbak.

'Vanaf nu betaal jij huur, net als die andere twee slampampers. En schrijf je maar uit bij die school. Jij gaat ook werken. Ik betaal geen cent meer voor jullie... Niets!'

Ik liep mokkend weg. Hoewel ik nooit de lessen bezocht, had ik weinig zin in een fulltimejob. Ik was amper zeventien en wilde mijn vrijheid niet opgeven, zeker niet voor een baan als productiemedewerker, om vervolgens ook nog de helft van mijn loon aan Turis af te staan.

Voor het slapengaan vertelde Kosta dat-ie zich in het restaurant had opgewerkt. Zijn oude post van afwashulp kwam vrij. Hijzelf was er binnengekomen via de zoon van de eigenaar, die hij tijdens het stappen leerde kennen.

Nog de volgende dag ging ik solliciteren.

Vooraf had mijn broer gewaarschuwd. 'Die toko is van een orthodox Assyrische familie... Aramenen... Suryoye... Of weet ik veel hoe die flikkers heten. In elk geval haten ze Turken. Je weet wel, de genocide in Turkije en zo, dat ligt gevoelig bij die lui. Maar omdat ze weten dat ik een toffe Turk ben, mag jij ook komen.'

Ik vond het wel best. Van religie had ik weinig kaas gegeten.

Het sollicitatiegesprek met de bedrijfsleider duurde amper twee minuten.

Nog datzelfde weekend kon ik beginnen. Ik zag er eerst tegen op, maar misschien werd het ook wel tijd voor een baantje. Bijna elke dag bezorgde Metin pizza's op een opgevoerd brommertje, daarom had-ie altijd zo veel poen op zak. Ata was uitbener. Hij stopte voortijdig met school en zwoegde zestig uur per week in de vleesverwerkingsfabriek waar zijn vader werkte.

Zij verdienden hun eigen geld. Dus ik ook. Dat was normaal.

JACK

24

Er was kermis in de stad. Het restaurant zat al om vier uur bomvol.

Dat was mijn pech. Tegen beter weten in probeerde Kosta me rond te leiden, maar de bediening kwam steeds op de proppen met nieuwe bestellingen, waardoor-ie op zijn eigen plek, achter het fornuis, aan de slag moest.

De chef-kok daarentegen, een potige gozer met doorlopende wenkbrauwen, geeuwde wat voor zich uit, wachtend tot hij ook iets te doen kreeg. Toen hij me achter de wasbak paniekerig zag zoeken, kwam hij poolshoogte nemen.

'Weet je hoe dat ding werkt?' Zijn vinger wees richting de vaatwasser.

Hij was het jongste broertje van de pastoor, de geestelijke leider van hun gemeenschap en daarbij mede-eigenaar van twee familierestaurants, die tegenover elkaar stonden. Op hetzelfde plein. Altijd als de rest over die knakker sprak, gebeurde dat met ontzettend veel ontzag. Hij werd verheerlijkt, alsof hij een profeet was.

'Eh, nee, niet echt.'

Haastig demonstreerde die lulhannes hoe ik het enorme apparaat moest bedienen. Hij trok de deur open, drukte knopjes in, pleurde wat zeep bij het vaatwater en gooide de klep weer dicht. 'Zo, nu hoef je niets meer te doen. Dat ding piept vanzelf als het klaar is. Dan trek je de mand eruit... Even laten uitstomen... En klaar... Zelfs een ezel kan het. Snap je alles?'

Ik knikte bevestigend, een beetje overdonderd door zijn gestalte en het schijnbare gemak waarmee hij alles voordeed. Met zijn grote bruine ogen keek-ie me aan.

'Ja, dat moet wel goed komen.'

In werkelijkheid had ik er geen kut van begrepen. Elke keer als de deur tussen het restaurant en de keuken openklapte, schoot de angst in mijn keel. Met speels gemak droegen de wijven van de bediening tien borden tegelijk. De hele teringbende werd zonder blikken of blozen op het aanrecht geflikkerd. Bijna niemand hield rekening met mijn inloopperiode. Alleen eentje toonde begrip. Het was een meisje met een grote neus, dat geduldig bleef wachten tot ik wat ruimte had vrijgemaakt voor vieze vaat.

Ik moest het maar in orde maken. Eerst de kliekjes afborstelen in de vuilnisemmer, dan alle borden in een bak met water smijten, schoonspoelen, en op het laatst moest het zwikje in de afwasmachine. Al snel had ik dat proces onder de knie, zo moeilijk was het ook weer niet.

Alleen begreep ik nog steeds niet hoe ik de vaatwasser moest bedienen.

Toen de handmatig omgespoelde borden torenhoog waren opgestapeld, was er geen ontkomen meer aan: ze moesten in het apparaat. Zo efficiënt mogelijk verdeelde ik alles in de mand. Daarna kieperde ik ongeveer een halve liter zeep in het apparaat. Naar het voorbeeld van de chef drukte ik de knopjes in.

De machine begon te ronken. Intussen werd het nóg drukker in de keuken. Nonchalant leunde ik met mijn billen tegen de wasbak. Kosta stak vanaf zijn post bemoedigend een duim op en ploeterde hard verder. Hij deed dingen met pannen waarvan ik niet wist dat hij ze kon. Maar ook de anderen – het vierde lid van de keukenbrigade was een oudere vrouw die salades en ijsjes moest maken – werkten zich nu uit de naad. Ik was de enige die al een poos niets te doen had, alsof de mensen het servies mee naar huis namen.

Om niet helemaal als een klaploper over te komen besloot ik mijn vuilniszak in de grote container te legen die buiten achter het restaurant stond. Duizenden maden krioelden tussen de etensresten. Kokhalzend deed ik een stap achteruit. Ik staarde de hemel in, haalde diep adem en slofte met mijn handen in m'n veel te grote koksbroek terug naar de werkplek. Daar stond iedereen naar de vaatwasser te kijken. Zowel het keukenpersoneel als de bediening.

'Wat heb je gedaan, debiel?!' vroeg mijn broer.

De machine braakte schuim. Geleidelijk kwam het eruit. Dik en wit schuim.

'Ik heb de borden erin gedaan en de vaatwasser gestart. Meer niet.'

De meisjes van de bediening stootten elkaar aan, geitend, allemaal stonden ze met leedvermaak te kijken. De enige die zich niet aanstelde was de nukkige chef-kok. Hij gooide wat vlees op de grill.

Toen ook het andere broertje van de pastoor de keuken kwam inlopen, de bedrijfsleider bij wie ik moest solliciteren, maakten de meisjes zich uit de voeten.

Mijn broer opende de vaatwasser en trok er een plug uit. Woest duwde hij het deurtje op slot. 'Dat ding spoelt zich nu vanzelf schoon. Jij moet even niets meer doen. Ik laat je zo wel zien hoe de machine werkt.'

In het Aramees overlegden de twee broers met elkaar.

Later zei Kosta eens dat Jezus dezelfde taal sprak als de Suryoye, dat hadden zij hem tenminste verteld. Misschien gedroegen die lui zich daarom zo verheven.

Na het onderonsje kwam de bedrijfsleider mijn kant op. Hij greep de lege fles zeep en liet die van een afstand aan zijn broertje zien.

'Ja. Precies. Die fles heb ik net geopend en nu is-ie bijna leeg. Weer een mysterie opgelost.'

De bonnetjes bleven maar komen. Elke keer als de tussendeur openklapte, hoorde ik hardop gepraat en gelach van de gasten. De avond was amper gevallen maar ik voelde nu al een stekende pijn in m'n kuiten. Kosta probeerde af en toe te helpen, dan liet hij zijn werk voor wat het was en vulde hij bijvoorbeeld het apparaat terwijl ik kliekjes van de borden veegde, maar veel mocht het niet baten.

Opgewonden wandelde de bedrijfsleider de keuken binnen. Hij vroeg iets aan de chef in dat gekke taaltje van die klootzakken. Volgens mij ging het over het ontbrekende vaatwerk – dat lag niet zozeer aan mij, maar meer aan de beperkte inhoud van de machine. Meer dan twintig borden konden er niet tegelijkertijd in.

'Ja, doe maar,' klonk het antwoord.

Plotsklaps stond er een Hollandse jongen naast me aan de wasbak: Kareltje. Hij was de afwasser van het andere restaurant van de Suryoye, dat dus aan hetzelfde plein was gevestigd. Bij ons was het stervensdruk, maar daar vraten die lui uit hun neus. Daarom werd Kareltje naar ons gestuurd.

Hij slingerde de borden in de bak alsof het frisbees waren.

'Wow,' zei ik. 'Jij doet dit vaker, of niet?'

Met een spons begon die uitslover de muurtegels schoon te boenen, nadat hij een paar borden handmatig had gewassen en gedroogd. Ergens tussendoor poleerde hij ook nog het bestek.

'Ik ben een professional, jongen. Als je goed oefent, word jij dat ook.'

Ik luisterde naar zijn instructies, bestudeerde de manier waarop hij te werk ging en peesde hard door. Op het oog was Kareltje een doodgewone jongen, met blonde haren en blauwe ogen, maar als je een gesprek met hem voerde gebruikte hij rare woorden. Dat kwam, ontdekte ik later, omdat hij van het kamp was. Een woonwagenbewoner. Die lui spraken nu eenmaal anders.

Na een uur was de orde op mijn aanrecht hersteld. In het restaurant werd het ook minder druk.

'Mag ik terug?' vroeg Kareltje aan de chef-kok. Die schudde meteen zijn hoofd.

Kosta kwebbelde vrolijk met een meisje van de bediening. Afgaand op haar uiterlijk was ze familie van die aanstellers, haar neus verried die verwantschap, want al die Suryoye hadden grote neuzen. Toch spande haar enorme haakneus de kroon. Als je een zwembad onder die neus bouwde, kon hij prima fungeren als glijbaan, compleet met spannende bocht en looping.

'Hoe oud ben je eigenlijk?' vroeg ik Kareltje. Ik wilde mijn nieuwe collega te vriend houden, vooral omdat hij zo veel werk uit handen nam.

'Zeventien.'

'O, tof. Dan zijn we even oud. Waar zit je op school?'

Met tegenzin perste Kareltje zijn levensverhaal uit zijn opgezwollen lijf. 'Ik ben gestopt met school, omdat ik bij het sloopbedrijf van me vader wilde werken. Maar hij vindt me een lui varken. Daarom moest ik een baantje zoeken. En sindsdien werk ik bij deze randdebielen. Dat heb me vader geregeld. Hij komt hier altijd bikken.'

'Maar zit je helemaal niet op school?'

Alsof hij iets zuurs had gegeten keek-ie me aan. 'Nee, man, daar word ik naar van. Leren is niks voor mij... Bah, echt niet. Het laatste jaar op school, hier op het mbo, moest ik stage lopen. Eerst ging ik solliciteren, weet je. Toen ik er kwam, zei die vrouw meteen: "Je moet niet raar opkijken als iemand je naam roept, maar dat het dan toch om een ander gaat. We hebben namelijk nog iemand hier die Kareltje heet." Nou, wat denk je? Ineens verschijnt zo'n klein kutmormel in dat kantoor. Zo'n tyfushond. En maar blaffen, dat beest... En maar keten. Ja, mooi niet, dacht ik toen. Ik ben meteen gestopt met die opleiding en die kloteschool.'

'En hoe kom je de dagen door dan?'

De nonchalance waarmee hij alles vertelde, de berusting en onverschilligheid, dat wilde ik ook.

'Ach, drie of vier dagen werk ik in deze tent. Ik zit ook op voetbal, weet je, dat doe ik op zaterdag voor het werk. En voor de rest een beetje chillen... Internetten... Die dingen. En natuurlijk zuipen en uitgaan. Of niet, Kosta?'

Mijn broer had niets van ons gesprek gevolgd. 'Wat is er, sukkels?'

'Of je vanavond meegaat naar de Luxor!' zei Kareltje. 'Dan nemen we je broertje ook mee.'

Knarsetandend keek Kosta ons aan. 'Ik weet niet of mijn ouders dat zo tof vinden. Wacht, ik vraag het ze even.' Met zijn mobiele telefoon in zijn hand vertrok-ie naar buiten.

Voor ons stond ineens het meisje met wie mijn broer had staan ouwehoeren.

'Doen jullie wel rustig aan vannacht?' Daarna liep ze weer het restaurant in.

Waar bemoeide zij zich mee?

De chef en de oudere vrouw vulden beiden een emmer met water, gristen een van mijn vele sponzen van de wasbak en begonnen hun gedeelte van de keuken schoon te maken. Bevangen door vreugde, want dit moest het einde van de werkdag betekenen en daarbij zou ik misschien voor het eerst van mijn leven een discotheek bezoeken, ging ik rap door met borden wassen, net als Kareltje, die nu zweeg over zijn korte schoolloopbaan.

Levine vertelde eens dat zij en Eef hadden geprobeerd de Luxor in te komen. Met valse pasjes en nog uitdagender gekleed dan normaal sloten ze aan in de rij. Toen ze voor de portiers stonden werden ze vierkant uitgelachen. Het deurbeleid was streng. Je moest minimaal eenentwintig jaar zijn.

Ik vroeg me af waarom Kareltje wel werd toegelaten. Iemand met een beetje normaal inschattingsvermogen zag meteen dat hij een puber was: hij had niet eens baardgroei. Inmiddels had ik die al wel. Turken hebben sowieso vroeg baardgroei. Mahir had al een snor toen hij negen was.

Na een paar seconden was Kosta terug.

'Eus, ma maakte zich wat zorgen. Ze zegt dat ik verantwoordelijk voor je ben. En als je gaat, moet je op tijd terug zijn. Pa vertelde dat we voor zijn part naar de stookkelder van de hel gingen. Dus... We gaan uit, jongen.'

25

Terwijl ik onhandig met een wisser wat vochtige plekken van de vloer liet verdwijnen, glipte Kosta de keuken uit en hoorde ik zijn logge voetstappen op de houten trap die naar het woongedeelte boven het restaurant leidde. De rest was een paar minuten eerder vertrokken. Kareltje eerst, want die moest aan de overkant, in het andere restaurant, zijn spullen ophalen.

Eindelijk waren de tegels droog. In de wc trok ik mijn eigen kloffie weer aan, daarna bracht ik mijn vuile werkkledij naar de wasmachine. Sloffend kwam ik het restaurant binnen.

'Er zijn nog vier mensen aan het eten,' zei de bedrijfsleider. 'Twee tafels. Daar moet je wel op wachten, anders blijven die borden de hele nacht staan. Voor je het weet komt de Keuringsdienst van Waren hier en krijgen we een boete. Die mensen zijn erger dan de maffia.'

Ik vond het allemaal best en kreeg ongevraagd een colaatje van Haakneus.

'Ga daar maar zitten.' Ze wees op een onbemande tafel tegenover de bar.

De bedrijfsleider gooide een karaf met kleingeld leeg op het tafelblad. 'Tel maar even hoeveel het is. Verdeel het in... Eh... Even kijken... Doe maar negen man.' Om het handig te maken voor mezelf, sorteerde ik eerst de briefjes, toen schoof ik alle gelijke muntstukken bij elkaar en daarna begon het echte telwerk.

Vrij rap had ik negen eilandjes liggen, in verhouding gelijk verdeeld qua waarde. Het was veertien gulden de man.

'Hoeveel?' vroeg de bedrijfsleider toen-ie zag dat ik klaar was.

'Veertien gulden.'

Hij propte al het geld in zijn dikke zwartleren portemonnee en gaf mij in totaal vierenzeventig piek. 'Dat is je loon en je fooi, jongen. Volgende week kom je weer, hè?'

Het was mooi verdiend.

Ik klokte tevreden mijn cola naar binnen, maar halverwege begon het te branden in m'n keel, zo erg dat ik me bijna verslikte. Er zat alcohol in.

Haakneus knipoogde. Ze had misschien een kop om op te schieten, maar met haar lichaam was niets mis. Haar kont mooi en strak... En een paar flinke jongens onder haar bloes. Vergeleken met haar was Levine een ingetrapte strijkplank.

'Proost,' riep ik.

Voldaan glimlachte Haakneus. Met gebaren maakte ze duidelijk dat de bedrijfsleider van niks mocht weten.

De laatste klanten hadden weinig haast. Ik pielde wat op mijn telefoon. Misschien moest Levine weten van de stapavond, maar stel dat ze jaloers werd, dat kon ik niet gebruiken. Ik tikte een bericht.

Schat ik ga slapen. Het was zwaar maar heb wel mooi verdiend. Spreek je morgen weer. Houvanje. x

Ineens denderde Kosta de trap af. 'Wat doe je hier, sjappie?'

Ik wees op de twee tafels verderop waaraan de vier gasten zaten te eten.

'Komt goed. Dat doen we zo meteen wel. Loop met mij mee naar boven.'

Ik liep hem achterna.

'Veel plezier vanavond!' riep Haakneus nog.

'Jij ook!'

Maar zij mocht nooit uit. Haakneus moest wachten tot iemand met haar wilde trouwen. Dat was hun cultuur.

De Luxor was een populaire discotheek op het grote plein. Veel andere uitgaansopties telde de Koekstad niet, op een paar bruine kroegen en danscafés na, maar daar kwam vooral ouder volk. Het vooruitzicht van een avond bouncen tussen allerlei lekkere wijven op een tjokvolle dansvloer bracht me lichtelijk in extase. Eindelijk zou ik deelnemen aan dat bejubelde nachtleven.

'Hier,' zei Kosta. 'Spuit dit op, want je stinkt naar spoelwater.' Hij drukte een fles Givenchy in mijn hand.

'Als de familie van Nathan en de laatste klanten vertrokken zijn, gaan wij eerst beneden zitten. Even wat eten én vooral drinken. Daarna wandelen we richting de Luxor. Daar moet jij niets zeggen. Ik ken de uitsmijters goed. Met mij kom je er gewoon in. Maar niet bijdehand gaan doen of zo. Oké? Ik moet m'n haar nog kammen. Wacht maar even daar bij Nathan.'

Terwijl ik het geurtje opspoot en de fles teruggaf, bleef hij naar de woonkamer wijzen.

Nathan was de probleemzoon van de pastoor, broer van Haakneus, goede vriend van Kosta en vooral een manusje-van-alles. De rest van zijn gezin woonde ver in het oosten, tegen de Duitse grens. Als er stront aan de knikker was, bijvoorbeeld een inbraak, konden ze nooit op tijd ter plekke zijn, daarom werd hij verplicht boven het restaurant te gaan wonen. Ook wanneer er leveranciers op de stoep stonden, moest die snuiter zijn nest uit om ze op te vangen.

In de donkere gang, vol met lege flessen en verpakkingsmateriaal, bewoog ik me zigzaggend naar de kamer. Er brandde een flauw lichtje. Daar was Nathan.

Die mafketel sprong, of liever stuiterde op een aftandse bank. De veren vlogen eruit en de latten kraakten om genade. Hij hield een fles sambuca in zijn hand. Uit volle borst schreeuwde die wous een gek liedje: 'When I saw you girl from across the room! You had your eyes on me! I had my eyes on you! We went to da bar, for a sambuca, you gave me your number and you took my number!'

Rustig ging ik op de rode klapstoel zitten. Met een knik werd ik begroet. Boven het restaurant kon een heel gezin wonen, overal zaten kamers, sommige volledig ingericht, compleet met bed, bureau en eettafel. Zelfs ons nieuwe huis was een stuk kleiner.

Mijn telefoon trilde.

Hallo lievert ... Je smst me wakker maar das niet erg ik ga weer verder slape! Tot morgen love you xxx levine

Trots en zelfs een beetje ontroerd las ik de sms: eindelijk had ik een lief vriendinnetje. Dat werd godverdomme tijd.

Nadat ik het bericht voor een derde keer had gezien, deed ik mijn mobiel uit, want elk moment kon moeder bellen met een prekerige waarschuwing dat ik voorzichtig moest zijn. Dat deed ze altijd als ik een poos van huis was.

'Hier, broertje van Kosta! Take a sip.' Nathan gaf mij de fles sambuca. Meteen nam ik een flinke teug. Ik vond het vies, maar liet niets merken, bang om uitgelachen te worden.

Breed lachend stond nu ook Kareltje in de kamer. Hij droeg een donkerblauwe spijkerbroek met daarboven een strak shirt, waardoor zijn gespierde borstkas duidelijk zichtbaar werd. 'Er is nog één tafeltje beneden, maar dat rapaille heb al koffie.'

Een kwartier later waagden we het erop, niet zeker of iedereen al vertrokken was. Nathan daalde eerst de trap af, achter hem liep

Kareltje en helemaal achteraan kwam ik.

De lichten in de eetzaal waren gedoofd. Zeurderig zoemde het koffieapparaat en buiten klonk lawaai van schreeuwende mensen.

Nathan begon te fluiten en riep op hoge toon: 'Volg mij, ratten.' Dat deden wij.

In de keuken drukte iemand op de knop van de tl-verlichting. Stotterend ging het aan. Het eerste wat ik zag waren de vuile borden, die ik direct begon schoon te maken.

De twee anderen lachten me uit.

'Man, jij moet nog veel leren,' zei Kareltje. Hij trok de borstel uit mijn hand en knikkerde het ding in de wasbak.

Intussen stak Nathan de grill aan. 'Wat wil je eten?' vroeg-ie terwijl hij de ontstekingsknop vasthield. 'T-bonesteak, ribeye, kreeft, zeg het maar, Eus!'

'Doe maar wat,' zei ik in al mijn bescheidenheid.

Met zijn halve romp lag Kareltje al in de grote vrieskist, op zoek naar vlees en vis.

'Mag dit eigenlijk wel?' vroeg ik. 'Uh, dat spul is toch best duur?'

Net op dat moment zwaaide de keukendeur open, zo hard dat-ie tegen de muur klapte. Schuddebuikend van het lachen verwelkomden de anderen Kosta.

'Je broertje vroeg daarnet of het toegestaan is dat wij hier vreten,' riep Nathan.

Kosta keek me glazig aan. 'Oglum, luister, niets wat hier plaatsvindt mag je ooit aan iemand vertellen. Snap je dat?'

Ik vrat me te barsten aan het vlees. Een lap van vijfhonderd gram, met daarop speciale grillkruiden en versgeperste knoflook. Ook hadden we frietjes en rauwkost. Het was de lekkerste maaltijd die me ooit was voorgeschoteld. Zonder gein. De gasten van het restaurant betaalden tientallen guldens voor 't vreten, maar wij pakten het gewoon, alsof de hele santenkraam van ons was. Niemand zou er toch achter komen. Dat radicale schorem woonde heel ver weg. Bovendien wasten Nathan en Kareltje naderhand al onze borden schoon, tegelijkertijd met de vaat van de laatste tafels. Alles stopten ze netjes terug in de kast. De keuken was spic en span.

'Goed, nu gaan we echt beginnen,' zei Kosta opgewonden. Hij liep naar de toog, vouwde dat lompe lijf van hem voorover en greep met moeite een fles van de hoogste plank. JACK DANIEL's stond met witte letters op het etiket. Heavy shit.

'Is er geen vieux?'

Die hufters lachten me weer uit.

'Maf, je gaat toch geen pauperdrank nemen?' vroeg Kareltje.

Bij ons thuis was vieux de heilige graal, ik wist niet beter. 'Nou, goed, ik doe wel mee.'

Het duurde niet lang of we hadden allemaal een stuk in onze kraag. Zuipen kreeg een nieuwe dimensie. We speelden een dobbelspel. Opzettelijk verloor Kareltje keer op keer, zodat hij meer shotjes mocht drinken. Zelfs mijn broer, die ik als rustige en verstandige jongen kende, tikte glazen weg als een volleerde alcoholist, steeds met een kreun van genot.

Het lukte me niet om de rest bij te houden.

Nathan waggelde naar de bar en kwam met een fles Apfelkorn terug, die hij veel te hard op de tafel zette. Klappend en huppelend moedigde hij Kareltje aan. 'Kom op, jongen. Do it!'

'Wow, weenie, man. Zit best vol,' antwoordde Kareltje.

'Kom, kom, laat ons nu niet in de steek, matennaaier! We hebben een gast.'

Kareltje worstelde met de dop, greep de hals stevig vast, sloeg zijn hoofd achterover en begon te drinken. Ademloos keken we toe. Hij ging maar door en door en door en door, net zo lang tot de fles in één teug helemaal leeg was.

Die linkmiegel gooide de trofee van zich af. Het ging ten koste van Zeus, die nietsvermoedend in een hoekje stond – een beeld van kalksteen. De kop vloog eraf.

Met argwaan stond ik op om de fles te checken. Ik rook eraan. Het was echt Apfelkorn.

Zulke idioten had ik nog nooit gezien.

Veel tijd om erbij stil te staan had ik niet, want Kosta vond het wel best zo. Hij wilde de hort op. Alle lichten werden gedoofd, de deuren gingen op slot. Zeus bleef gehavend achter.

Buiten had de frisse lucht meteen een helende werking op het weeïge gevoel in mijn buik.

'Gewoon normaal doen,' instrueerde Kosta. 'Let me do the talking. Ze kennen ons.'

Gebroederlijk rookten Nathan en Kareltje een dikke sigaar. Ze hadden hem uit het kistje gejat dat de bedrijfsleider kocht voor z'n beste klanten.

De uitsmijters deden, tot mijn grote verbazing, inderdaad niet lastig aan de deur, zelfs niet toen ik stamelde dat ik tweeëntwintig was. Misschien waren ze zo mild vanwege het geld dat ze stiekem van Nathan kregen toen ze hem de hand schudden. Popelend stonden we voor de garderobe, terwijl allerlei lekkere wijven ons passeerden, zoveel had ik er nog nooit bij elkaar gezien. Stuk voor stuk droegen ze sexy kleding. Ik werd zo geil als Becel.

Een blonde stoot kwam Kosta begroeten met drie zoenen. Die gek had 't prima voor elkaar.

Er klonk Amerikaanse R&B uit de speakers. De bas was zo hard dat alle deuren en ramen trilden. Ik zag een paar Turken van school, anonieme sukkels van wie ik nooit had verwacht dat ze in deze tent binnengelaten zouden worden. Nathan kocht een grote hoeveelheid muntjes, Kareltje treuzelde met zijn jas en Kosta stond nog steeds te beppen met dat mokkel. Onrustig keek ik rond. De adrenaline gierde door mijn lichaam.

Eindelijk was iedereen klaar om de grote zaal te betreden. We wurmden ons een weg naar de bar, die omsingeld was door machomannetjes met protserig goud om hun nek. Ook waren er veel batsen met gekortwiekte kapsels en modieuze baardjes.

In een mum van tijd was de hele bar bezaaid met shotjes die Nathan betaalde. Nog voor ik bijgekomen was van een neut kreeg ik al de volgende in mijn tengels gedrukt. Zo ging het maar door.

Pas toen we hem echt goed hadden zitten, liepen we met zijn vieren richting dansvloer. Ik vond een plekje op een verhoging en scande het heupwiegende volk. Een heerlijke roes gijzelde mijn hoofd, het stockholmsyndroom in optima forma, even interesseerde helemaal niets me nog. Totdat opeens mijn aandacht werd getrokken door twee mensen op het podium.

Godskolere!

Uitbundig danste Levine met een Turk, of eigenlijk werd ze geschuurd. Hij douwde steeds zijn tong in haar bek. Zijn hand week niet van haar billen. Eef dartelde eromheen, in haar kielzog een andere knakker, die ik wel eens had gezien, volgens mij op de mavo, maar verder kende ik hem niet.

Hevig transpirerend bekeek ik het tafereel. Mijn overhemd was doorweekt. Ik trilde zo erg dat ik me vast moest grijpen aan een pilaar, anders zou ik omkukelen. Dat hoerig stuk vreten... Die ongelooflijke temeier... Hoe kon ze me zoiets flikken!?

Maniakaal spurtte ik hun kant op, onderweg alles en iedereen opzij duwend, een meisje viel neer op haar kont.

Levine schrok toen ze mij zag. Meteen gaf ik de bats een vuistslag op zijn neus. 'Hoerenzoon, wat denk je wel niet?!'

Hij krabbelde duizelig overeind. Zonder aarzeling vocht-ie terug. Zijn makker trapte me keihard in mijn rug, een langharige beftec-kel, die ineens support kreeg van nog meer Turken. Samen wisten ze mij te vloeren. Nu was ik hun boksbal.

Maar vrij snel kwam uit onverwachte hoek ondersteuning. De kampers aan de bar bleken vrienden van Kareltje. Fanatiek begonnen die gasten in te meppen op m'n belagers, net als Kareltje zelf.

Het werd een grote puinzooi. De deejay, een blonde jongen met krullen, probeerde iedereen vanuit zijn booth tot vrede te manen. 'Party people, cut this shit off!'

Maar dat had natuurlijk weinig effect.

De tl-verlichting van de Luxor ging aan. Politie en uitsmijters raasden de dansvloer op. Als je er een beetje beschadigd uitzag, werd je meteen ingerekend, zelfs een paar onschuldige omstanders namen ze mee.

Terwijl Kareltje en ik werden geboeid, kwam Kosta bij ons staan. Hij hield een fles breezer in zijn hand en keek meewarig naar het machtsvertoon van de agenten. 'Shit, man... Wat een idioten.' Daarna richtte hij zich tot mij. 'Ik verzin wel iets voor thuis.'

Buiten jankte Levine als een kind. Toen ze me zag, ging ze harder snikken.

'Sorry, sorry, sorry!' dreinde ze.

Net als de jongen met wie Levine had staan bekken moesten Kareltje en ik wachten op een arrestantenbusje. Apetrots loerde die knakker me aan. 'Chef, ik neuk haar al een jaar... Nou... Hahahaha... Alleen als ik zin heb... Wat is jouw probleem, man...? Het is gewoon een bitch!'

Ik keek naar Levine. Eigenlijk trof die gozer geen blaam. Zij was de slet die het met Jan en alleman aanlegde.

Zachtjes regende het nu. Steeds meer politieauto's arriveerden voor de deur van de discotheek. De muziek was hervat. Nieuwsgierige ramptoeristen werden gesommeerd op afstand te blijven.

Ik visualiseerde het beeld van Levine en die Turk, hoe hij op haar lag met zijn behaarde lijf en dacht aan haar naakte lichaam, dat blijkbaar niet exclusief van mij was.

Ik spuwde een fluim frontaal in haar gezicht. Een agent zag het en parkeerde een elleboog in mijn nek. Hij knalde mijn hoofd tegen de motorkap.

'Dat doen we niet, mijnheertje!'

26

De restaurants van de Suryoye draaiden als een tierelier. Soms zat het bij ons op woensdagavond bomvol. Die lui wilden me steeds vaker inplannen, het liefst vier dagen per week.

Mij hoorde je niet klagen. Ik was allang blij als ik van huis kon zijn.

Bijna iedere avond leegden Kareltje en ik een fles sterkedrank, terwijl we spraken over dingen die we zagen en meemaakten. Zelfs op dagen dat we niet hadden gewerkt slopen we het restaurant na sluitingstijd binnen. In sneltreinvaart raakten we strontlazarus, voorafgegaan door een maaltijd met veel vlees, zodat de bodem stabiel was. Kareltje nam telkens de lamskoteletten. Hij grilde er altijd twintig of zo, maar daar at-ie er maar zeven van. 'Lang leve het kapitalisme!' riep hij standaard als de rest in de prullenbak verdween.

Van school was allang geen sprake meer. Ik stond nog wel ingeschreven, maar kwam nooit opdagen. Niemand van het ROC Aventus nam contact met mij op, alsof ze van mijn bestaan niet af wisten. Dat vond ik gek. Vooral toen ik een paar weken voor mijn achttiende verjaardag een brief ontving met de boodschap dat ik recht had op studiefinanciering en een ov-jaarkaart.

Nou, dacht ik bij mezelf, dat is mooi meegenomen.

Doordat m'n ouders de armoedegrens maar nipt overstegen, kreeg ik maandelijks flink wat pietermannen op mijn rekening. Kareltje zag het wel zitten, extra inkomsten van de staat, waarvoor hij bovendien niets hoefde te doen. Daarom meldde hij zich opnieuw aan voor een opleiding. Zijn tweede jeugd. Meteen kreeg hij ook de basisbeurs en een gratis ov-jaarkaart.

Als we beiden niet hoefden te werken, ondernamen we uitstapjes naar andere steden. Daar dronken we ons helemaal scheel tussen vreemde mannen en lekkere wijven.

Het was een onbezorgd bestaan.

Op een dag zat ik bij Kareltje in de woonwagen, die zag er heel netjes uit: overal stonden sierlijke beeldjes van Bijbelse figuren, de vloer was van wit marmer en net als bij ons thuis moest ik mijn schoenen uitdoen. Een triest Hollands levenslied klonk uit de speakers: een man met hoge stem verlangde naar zijn vroegere verkering. Hij had naar eigen zeggen zijn leven gebeterd. Dat mokkel moest hem gewoon terugnemen!

Er hing een foto aan de wand van Kareltje in zijn voetbaltenue.

'Ik ben daar vijf!' zei hij trots. 'En ik voetbal nog steeds bij de club. Als je wilt, kan je ook lid worden en bij ons in 't team voetballen. De jongens weten ervan.'

Ik ging op het voorstel in. Voor ik het wist zat ik in een selectie van vijftien kampers. Ik was de enige bats.

De eerste competitiewedstrijd speelden we uit tegen een kakkerclub.

Toen de tegenpartij een corner nam en ik door de keeper bij de eerste paal werd geposteerd, kon ik alle koppeltjes zien. De wind vertraagde de snelheid van de bal. Ik keek naar de mensen voor me. Kareltje rochelde de tegenstander in zijn gezicht, onze aanvoerder deelde een elleboogstoot uit en de rechtsbuiten zag ik voor me langs vliegen met een *flying kick*. Hij raakte de beste speler van die kakkers pontificaal op zijn rug.

Direct floot de scheidsrechter af. De wedstrijd werd na vijftien minuten gestaakt.

Iedereen speelde met tegenzin tegen ons, omdat de club wijd en zijd bekendstond als asociaal. Maar ik kon prima met die mensen opschieten. In de Koekstad was overigens nog een ploeg waarbij andere verenigingen met angst en beven op bezoek gingen. Dat was TürkiyeSpor, een club voor alle Turken uit de stad.

Daar zou ik dus nooit gaan voetballen. Met dat volk had ik niets gemeen. Die schonken geeneens bier in de kantine. Alleen thee. Bij Kareltje en zijn maten hoefde ik in elk geval niet de schijn op te houden. Zij snapten er ook geen flikker van als ik niet aan vasten deed, maar als ik het uitlegde toonden ze tenminste begrip.

Soms werden er bakken over buitenlanders verteld, maar dat deden ze gewoon in mijn bijzijn, niet achter mijn rug om, want ze zagen me niet als allochtoon. Ik was een van hen, net als Kareltje.

Sowieso leek mijn nieuwe beste vriend niet heel erg op hen.

Als Kareltje zich thuis verveelde, las hij berichten en lemma's op internet over actuele onderwerpen. Daar vertelde hij dan over als we 's avonds in het restaurant weer eens een slemppartij organiseerden. Zijn enthousiaste manier van praten werkte zo aanstekelijk dat mijn belangstelling voor de rompslomp in de wereld ging groeien.

Als we naar een filosofisch gesprek op teevee hadden gekeken, imiteerden we de bollebozen: we begonnen ons af te vragen waar het allemaal goed voor was. Het leven. Ons bestaan. Meestal trokken we de conclusie dat de mens een arrogant dier was, een creatie van het toeval, en dat onze aanwezigheid op aarde volslagen doelloos genoemd kon worden.

Leven om te overleven. Om die sombere gedachte weg te jagen zopen we nog meer. Tot we compleet de weg kwijt waren, alle gedachten verlamd.

Als we in de voetbalkantine een discussie begonnen over het Midden-Oosten, maakten de andere jongens voor de grap afkeurende geluiden en noemden ze ons zeurpieten of dikdoeners. We kregen nog meer bijnamen: *Knabbel en Babbel, Bassie en Adriaan, Frits en Henk, Peppi en Kokki, Snip en Snap, Sjors en Sjimmie, Mini en Maxi, Laurel en Hardy*…

En weet ik veel. Een hoop. Maar dat was niet erg.

27

Het was zaterdag. Maanden later. Kareltje en ik kwamen tegen zes uur op het werk, omdat we eerst een pot moesten voetballen. Dat vond de bedrijfsleider niet erg, als we maar tijdig, voor de eerste gasten arriveerden, in het restaurant waren. Met gekruiste benen zat mijn broer op een emmer in de bijkeuken, wachtend op bestellingen. Hij tikte een bericht op zijn telefoon.

'Luister, gekken,' fluisterde Kosta. 'Ik heb een plan.'

Mijn broer had op ons gewacht.

'Vanavond na het werk niet meteen buizen. We gaan flink wat geld verdienen. En neuken, als het goed is.'

We beloofden het.

De bedrijfsleider liep gestrest de keuken binnen en vroeg zich hardop af waarom er zo weinig klanten waren. Een paar keer had-ie zelfs de voordeur gecontroleerd, uit angst dat het ding in het slot was gevallen.

Verveeld probeerde ik bij Kosta wat informatie los te weken, maar hij wilde niets kwijt.

'Ik kan alleen zeggen dat het een onderneming van ons vieren is. Dus ook van Nathan. Je moet afwachten, sukkel. En nu weer aan het werk. Pak maar even wat borden voor me.'

Haakneus stond op dat moment ook in de keuken. 'O, leuk. Een onderneming. Mag ik al wel weten wat het is? Misschien investeer ik.'

'Nee, niemand mag het nog weten, en jij mag zeker niet meedoen. Ik doe geen zaken met Suryoye, die zijn me te gierig. Alleen Nathan wordt geaccepteerd.'

Pruilend kwam ze naast mij staan, terwijl ik wat borden uit de kast trok. 'Ah, Eus, van jou mag ik toch wel meedoen?'

Haakneus legde een hand op mijn onderrug. Ze rook lekker.

Ik raakte wat opgewonden. 'Ik weet zelf ook niet wat voor plannen hij heeft. Maar ik vind alles best.'

Ze begon te lachen. De chef-kok draaide zich om van zijn grill. 'Ksst, scheer je weg hier!' riep hij tegen haar. Als een haas schoot ze uit de keuken.

De mokkende bedrijfsleider drukte een pen en kladblokje in mijn hand. 'Noteer het aantal klanten bij die andere restaurants. Maar wel stiekem doen, hè? Niet binnen gaan tellen of zo, doe maar gewoon een schatting.'

Met mijn jas over mijn werkkleding trok ik langs de concurrentie.

Traag liep ik weer terug, zo leuk was het ook weer niet in die keuken. Vooral het vreten en drinken na het werk stond me aan. Maar al die vuile borden had ik inmiddels wel gezien.

Die Suryoye stonden de godganse dag op te scheppen over hun volk. Op een dag ontdekten ze dat André Agassi voorvaderen had met Assyrisch bloed. Dat zagen ze als een soort van overwinning op Turken. Eén keer had een neefje van de chef-kok tegen een moskee gepist. Dat verhaal moest ik een maand lang elke dag aanhoren. Hij herhaalde het trots en dacht dat-ie mij ermee kon raken.

Kareltje gaf me ooit wat informatie over de geschiedenis van die Suryoye. In 1915 waren ze massaal afgeslacht door Turken. Een genocide! Hun huizen en ondernemingen waren afgepakt, of in de hens gestoken, omdat ze anders waren, in een gristelijke God geloofden. Dat vond ik best klote voor hen. Maar nu waren zij al net zo nationalistisch als de Turken die ze massaal vervloekten. Van mij mochten ze doen wat ze wilden, maar ze moesten mij er mooi buiten laten.

De chef-kok zei eens tegen mij dat hij zijn dochter zou vermoorden als ze ooit met een Turk thuiskwam. Het ging erg ver. 'Dan heb ik nog liever dat ze met een neger trouwt.' Zonder een spier te vertrekken deed hij die bekentenis. Die knakker was bloedserieus. Echt verstand had ik er niet van, dus ik bemoeide me er maar niet mee. Maar zij leken de hele dag bezig met de kwestie.

Toen ik weer op mijn post verscheen en de bedrijfsleider had gerustgesteld – de andere restaurants waren ook nagenoeg leeg – werd het gelukkig wat drukker. Dat scheelde. Want de tijd verstreek sneller als je flink moest doorwerken.

Elke keer als Kosta een pan kwam afleveren knipoogde hij trots. In elk geval toonde hij veel zin in die nieuwe onderneming van hem. Ik had ook zin. Borden wassen, dat kon iedere dwaas.

Het werd tijd om écht wat pegels te verdienen.

28

Tegenover de bar, op de grote tafel, lagen vier paarse multomappen. Uit eentje stak wat meer papier dan de rest, dat was de klapper van Kosta – de grote patron. Met slaperige ogen zat Nathan op de bank. Ik knoopte mijn overhemd dicht en nam naast hem plaats.

Buiten klonk gegil van opgeschoten nachtpubliek. Een jongen krijste om genade, het zoveelste slachtoffer van wat trammelant op het grote plein. Het was er net een openbaar vechtterrein.

Krakend zwenkte de keukendeur open. Het was Kareltje, die alvast de grill had aangestoken zodat we na de vergadering meteen konden eten. Voor hij zich bij ons aansloot, waste die gek zijn jatten in de viskom, een lelijk ding, opgetrokken uit beschimmelde kalksteen.

'Luister,' zei mijn broer. Heel voorzichtig droeg-ie een dienblad met vier longdrinks naar de tafel. Er zat cola in. Puur. Ongevraagd kregen we allemaal een glas.

'Ik heb besloten dat we een feest gaan organiseren. De naam wordt Altin Gece...'

'Maar dat is Turks,' zei ik.

'Dat weet ik ook wel, idioot. Het wordt een Turkse party. Disco voor batsen, weet je wel. Tarkanmuziek.'

Om de beurt loenste Kosta naar mij en Kareltje, die naast hem zat, alsof hij onze eerste reacties wilde taxeren, daarna sloeg hij de klapper open.

Wij volgden zijn voorbeeld.

'Op de eerste pagina zien jullie wat statistieken van het CBS. Ik heb een lijst geselecteerd met de grootste Turkensteden van Nederland. Daar gaan we massaal flyeren en posters ophangen.'

'Uh... Heb je ook al een locatie voor het feest?' vroeg Kareltje.

'Wees geduldig, man! Dat komt nog.'

Kosta bladerde verder. Er was al een flyer gemaakt, een ontwerp van Mahir. Het zag er strak uit. Dat wijf van Chanel stond op de voorkant, botergeil keek ze uit haar ogen.

'We hebben ook al een paar sponsors,' zei Nathan nu. 'Maar die lui willen na de eerste editie wel kijken of ze verdergaan. We moeten dus echt knallen.'

'Juist,' vulde Kosta hem aan. 'En Nathan investeert veel geld in het feest. Dus de eerste twee of drie keer zullen jullie weinig of geen winst pakken. Is dat een probleem?'

Synchroon haalden Kareltje en ik onze schouders op.

'Mooi. Ik heb een beveiligingsbureau gebeld. Die sturen zeven kleerkasten. Allemaal batsen. Dat is beter. Van Turken nemen die ruziezoekende lui meer aan. Ik weet ook niet waarom.'

Geduldig ontvouwde mijn broer zijn hele plan, dat helemaal op papier stond uitgetikt. Hij had er werk van gemaakt. Het moest alleen nog even in de praktijk worden uitgevoerd, en daar zou hij ons voor nodig hebben.

Omdat Kareltje en ik zo kansloos als de pest waren, hele dagen niks uitvraten, behalve zuipen en werken, vonden we het allang best. Het was een keer wat anders.

Ter afronding moesten we allemaal een lijstje bestuderen met namen van deejays. Er stonden prijzen achter. Ze werden zwart betaald. We kozen er drie uit, op basis van foto's. Kosta zou ze de volgende dag bellen, zonder ook maar een set te hebben beluisterd. Alles op de gok.

'Prima. Nu mogen jullie drinken!'

Van vreugde maakte Nathan een koprol over de besmeurde vloer. Kareltje holde naar de bar, trok een fles jenever uit de koelkast en dronk drie shotjes kort achter elkaar. Net toen ik wilde opstaan, bedacht ik iets. 'De locatie... Daar heb je niks over verteld.'

Mijn broer zweeg even. Voerde de spanning op. Wij hielden onze adem in. 'De Luxor!'

'Ja!' schreeuwde Nathan, die het natuurlijk allang wist. 'Ja!' Hij maakte nog een koprol en kwam met zijn benen tegen de viskom terecht.

Boos trok-ie een mesje uit de bestekbak.

Kosta en Kareltje sloften intussen druk pratend naar de keuken.

Onhandig ving Nathan een goudvis, die nietsvermoedend in de platte grote kom zwom. Een attractie voor verveelde kinderen van klanten. Soms mocht het grut de dieren voeren.

Die freak wierp het visje op de grond, waarop het hulpeloos begon te spartelen. Hij stak het mes door de oranjekleurige schubben van de goudvis, prikte ook in het lichaam en de ogen en lachte daarna als een geestelijk gestoorde.

Opeens was Nathan weer bij zinnen. Hij wierp het mes terug in de bestekbak en legde een hand op mijn schouder. 'Shit, Eus, morgen even een nieuwe kopen, straks gaan ze hem nog missen.'

29

Een paar weken voor ik me officieel volwassen mocht noemen, in het jaar dat de euro werd ingevoerd, bereikte Turis de pensioengerechtigde leeftijd. Hiep fukkin' hoera!

Bij de vorige steun die hij ontving, stelde de uitkeringsinstantie strikte voorwaarden aan zijn verblijf in het buitenland. Dat mocht nooit te lang duren. Als hij de regels overtrad werd zijn uitkering stopgezet, zonder aanziens des persoons, al schopte hij nog zo vaak keet op het hoofdkantoor van het CWI, natuurlijk met een van ons als tolk. Daar deden die lui niet moeilijk over.

Maar nu vader voor de Algemene Ouderdomswet in aanmerking kwam, leverde dat veel meer vrijheid op. Een lang gekoesterde wens ging in vervulling: hij kon maandenlang naar Turkije. Zonder vrouw of kinderen. Gewoon in zijn uppie.

Dat vonden wij niet erg. De dag na zijn vertrek kocht Mahir twee grote slagroomtaarten. Een handjevol mensen werd uitgenodigd. Vrienden van mijn broers. De meeste jongens kende ik wel van gezicht. Uit de speakers klonk hiphopmuziek. Uitgelaten vertelde Kosta een paar anekdotes, ook zat-ie te koketteren met ons feest. Iedereen moest komen. Er werd volop gepaft.

Moeder trakteerde de bezoekers op koffie, cola en thee. Toen ze klaar was, ging ze op de opastoel in de hoek van de kamer zitten, de vaste plaats van vader. Dat ding had hij gekocht uit angst voor controleurs van de uitkeringsinstantie. Mochten ze onverhoeds op onze stoep staan, dan zou hij vertellen dat de stoel een helende werking op zijn rug had. Bovendien sloeg hij elke week een nieuw doosje pijnstillers in. Een hele la puilde intussen uit van de medicijnen. In die tijd kon je de boel eenvoudig bedotten: je hoefde maar te niezen en ze gaven je een uitkering.

De kleine voetjes van moeder bungelden een paar centimeter boven het tapijt. Met een verkrampt gezicht staarde ze uit het raam, alsof haar blik de laatste passen van vader zocht. Zo bleef ze een poos zitten, net zo lang tot mijn broers en hun visite verdwenen, op weg naar de stad, waar de fuif tot het krieken van de nieuwe dag werd voortgezet.

Moeder en ik zwaaiden iedereen gedag en stortten ons neer op de bank.

'Hij is met veertienduizend gulden vertrokken,' zei ze uit het niets.

Verbaasd keek ik haar aan.

'Ja, dat is veel geld, hè? Dat heeft-ie allemaal bij elkaar gestolen. Hij heeft jullie huur opgespaard, mijn rekening geplunderd en wat oude sieraden verkocht. Die gewetenloze klootzak gaat alles verbrassen aan drank en hoeren, ik weet het zeker.' De machteloosheid weerklonk in haar stem, ze deed me huiveren van woede en medelijden. 'In elk geval heb je nu een tijd lang geen last van zijn gezeur.' Ze kneep in mijn wang. 'Dat is ook waar. Ik hoop dat-ie in Turkije de weg naar de hel vindt. Hopelijk gaat hij dáár dood, en vinden wij híer eindelijk rust.'

Zuchtend kwam moeder overeind. Ze begon alle glazen en bordjes op te ruimen. Ik hielp haar daarbij. Voor de rest zwegen we over Turis, hoewel hij algauw een onvermijdelijk onderwerp zou blijken.

Nog geen week na zijn vertrek kwamen de eerste lijken uit de kast gesodemieterd. De postbode bracht een aantal herinneringen en sommaties van onbetaalde rekeningen. Tegen moeder had Vader de Flessentrekker gezegd dat hij alles zou betalen, maar het geld dat bestemd was voor de vaste lasten soupeerde hij nu schaamteloos op in Turkije.

Met zijn drietjes hielpen we haar alles over te maken, zodat ze niet in financiële problemen zou komen. Wij aten en dronken nog steeds thuis, dus vonden we onze steun niet meer dan vanzelfsprekend. Van moeder hoefden we geen huur te betalen. Maar ze adviseerde wel het geld te bewaren. 'Want als dat hoerenjong terugkeert en weinig poen heeft, zal hij jullie dwingen de achterstallige maanden te betalen.'

30

Het was ruim na middernacht.

De meeste mensen lagen thuis in hun nest, niks aan de hand, alleen een eventuele ontmoeting met zwervers, zuipschuiten, crackheads, politie of ander tuig baarde ons een beetje zorgen, maar wij waren met vier man sterk. Ons zouden ze niks maken.

We zeulden emmers behanglijm, kwasten en posters met ons mee. Een oefening in het wildplakken, gewoon in onze eigen stad.

Met een overbodig gevoel liep ik wat achter de rest aan, bezig om de zoveelste sms van Levine te beantwoorden. Dat mokkel kende geen grenzen. Blijkbaar in de veronderstelling dat ik geen ruggengraat had bedelde ze om vergiffenis.

Ik wilde er natuurlijk niets van weten. Meedogenloos brak ze mijn hart, alles wat we deelden maakte ze kapot. En nu liep die hoer lekker eerloos te tippelen op vergiffenis. Fukkin' stangenpoetser. Ik ben niet gek.

'Dit is een goede locatie,' zei Kosta. Neergehurkt smeerde Nathan klodders lijm op het raam van de Hema. Kareltje drukte een poster tegen de vochtige plek. Voor de zekerheid streek de vismoordenaar nogmaals zijn kwast over het papier.

'Ziezo, dat mist niemand,' zei mijn broer.

Tevreden banjerden we verder. Overal plakten we onze reclame op: meterkasten, bushokjes, telefooncellen, prullenbakken, ramen van leegstaande panden en alle andere plekken die geschikt waren. Straks kon niemand zeggen dat ze nooit van het feest hadden gehoord.

Af en toe tufte een patrouillewagen langs. Als het echte flinkerds waren stapten ze uit en moesten we ons spul inleveren. Zonder protest voldeden we aan die eis. Een paar tellen later zouden we toch weer nieuw materiaal ophalen in het restaurant.

Na de generale repetitie in de Koekstad verlegden we onze grenzen. Het was heel simpel. In een geleende auto scheurden we naar een paar grote plaatsen. Kareltje en ik werden in een hoek gedropt. Mijn broer reed verder met Nathan. Zij begonnen een paar kilometer verderop. We werkten naar elkaar toe. Elk duo plakte honderd posters.

Binnen een paar uur bevuilden we complete binnensteden.

31

Flyeren gebeurde altijd aan het eind van een feest. Als alle bezoekers, meestal in grote groepen, naar buiten stroomden, op weg naar een parkeergarage.

De eerste keer was in de hoofdstad. Na een dollemansrit van Kosta, amper een halfuur na ons vertrek, arriveerden we bij een groot gebouw. Veel te vroeg. De deejays pompten hun beats tot op straat. Voor de discotheek stonden drie portiers.

Mijn broer vertelde een kleine dikzak wat het doel van ons bezoek was.

'We gaan tot vijf uur door,' zei de krachtpatser. Hij keek op zijn horloge. 'Jullie kunnen maar beter even naar binnen gaan.'

Kosta draaide zich om. Aan zijn hand cirkelde een rode plastic tas, lekgeprikt door de scherpe hoeken van de flyers. Met grote passen kwam hij op ons af. Ik zag de aarzeling op zijn gezicht. 'Goed, we gaan even binnen loeren. Maar er wordt niet gedronken! Iedereen moet representatief zijn. Is dat duidelijk, godverdomme?' Met gebalde vuisten staarde hij Kareltje en mij aan.

'Ai, ai, kapitein,' zei ik.

We bestelden twee Jack Daniel's aan de bar. In de grote danszaal klonk Turkse popmuziek, dezelfde die ik altijd in de Koekstad hoorde als een verdwaalde Turk onderuitgezakt in zijn BMW door onze straat reed. Er waren meer dan duizend man aanwezig. Allemaal goed gekleed. Overal dansten plukjes mensen.

'Po, poo, pooo... Dat tinnef hier ziet er beter uit dan die batsen bij ons,' riep Kareltje. 'Kijk al die schmink op haar smoel.' Hij wees naar een Turks wijf op het podium dat uitdagend aan het buikdansen was en wier string je duidelijk kon zien door haar witte katoenen broek. 'Met haar wil ik wel trouwen.'

'Dan moet je haar eerst ontvoeren, sukkeltje!'

Woonwagenbewoners hebben een paar vreemde tradities. Zo vertelde Kareltje eens dat een meisje en jongen van het kamp nooit zomaar met elkaar gaan krikken. Eerst moeten ze een poos platonisch met elkaar omgaan, daarna, als ze beiden écht zeker zijn van de verkering, mag de jongen het meisje ontvoeren. Pas als hij dat heeft gedaan, wordt neuken en samenwonen door de families geaccepteerd. Ontvoeren houdt in de praktijk in dat de tortelduifjes een nacht samen in een hotel doorbrengen. Die kampers zijn net Turken!

Kareltje en ik dronken stevig door. Er heerste een goede sfeer in die tent. Dat dronk lekkerder. Ik hoefde het barmeisje maar aan te kijken of ze bracht twee nieuwe whisky. Elke keer als een mooie vrouw ons passeerde, raakten we bezeten door haar schoonheid. We hadden er schik in. Er ging een nieuwe wereld voor ons open.

Abrupt werd onze jolijt verstoord door de felle verlichting van de discotheek.

'Kut, het is afgelopen,' riep ik. 'Mijn broer gaat ons naaien.'

We holden naar buiten. Daar deelden Nathan en Kosta de eerste flyers al uit. Woest drukte Kosta twee stapeltjes in onze handen. 'De alcoholisten zijn weer te laat, hoor!'

Het volk kwam langzaam naar buiten. Veel feestgangers stelden vragen. Mensen uit het oosten reageerden opgetogen, nu hoefden ze niet zo ver te reizen voor een goed Turks feest. Er zaten een hoop lekkere Turkse wijven tussen. Sommige waren net fotomodellen. Helaas werden ze allemaal beschermd door hun broers of neven.

Intussen omsingelde iedereen Kareltje. Hij was een attractie geworden.

'Dus jij bent een Hollander, maar je organiseert een Turks feest?' vroeg een meisje met zwart gekruld haar. 'Dat is gek. Maar wel cool van je!' Aandachtig bestudeerde ze de flyer. 'Ik kom misschien wel,' zei ze. 'Dit lijkt me leuk. Goede deejays ook. Hopelijk wil de rest mee.'

Een paar dronkaards verscheurden direct onze flyers. Kosta zei dat ik me gedeisd moest houden toen ik me er boos over maakte. Tegen zes uur kwam de zon op. Wij gaven er de brui aan. De paar treuzelaars die binnen bleven plakken konden we missen op ons feest. Mijn broer wilde de spits voor zijn.

Hij wilde altijd alles voor zijn.

32

Dag en nacht hadden we ons ingezet voor het feest. Gemiddeld sliepen we maar vijf uur per etmaal, soms zelfs korter. Ook kende die periode een boel doorwaakte nachten.

Een bloemist, vaste klant van het restaurant, leverde ons driehonderd goudkleurige rozen, natuurlijk tegen een vriendenprijs.

Dat had Nathan gefikst. Het was een extraatje aan het einde van de nacht, speciaal voor alle vrouwen. Niemand mocht ons vergeten.

Er stond vijftig man op de gastenlijst, voornamelijk vrienden en sponsors, dus helemaal leeg zou de discotheek niet zijn. Heel kleingeestig probeerden de Suryoye het feest te dwarsbomen: Nathan en Kareltje kregen geen vrijaf. Ik mocht pas om tien uur vertrekken.

'Er moet een bom op die tent worden gegooid,' zei de chef-kok. 'Dan zijn we meteen van dat zootje Turken af.'

Mijn broer had wel verlof. In de namiddag, nog voor er personeel in de Luxor was, stiefelde hij zenuwachtig door het restaurant, constant aan de telefoon met allerlei mensen. In zijn eentje moest hij de boel in goede banen leiden. Als die avond de deur voor bezoekers openging, zou ik er ook zijn, tot die tijd kon de vaste crew hem helpen.

Stipt om tien uur verliet ik de keuken. Terwijl ik haastig de trap naar het woongedeelte beklom, gedreven door een bijna ontembare spanning, hoorde ik iemand achter me aan sluipen. Mijn kloffie voor het feest lag in de grote kamer. De lamp was kapot, waardoor ik amper wat kon zien.

'Succes straks,' fluisterde een vrouwenstem.

Van schrik ontstond er kortsluiting in mijn hoofd... Levine?

'Ik hoop dat het een tof feest wordt en jullie veel geld verdienen. Maar niet dronken worden, hoor... Dan raak je de controle kwijt.'

'Wat doe jij hier, godverdomme?' Paniekerig draaide ik een rondje om m'n as, op zoek naar mijn kleding.

'Nou, je hoeft niet zo boos te reageren. Ik bedoel het goed. Pas wel op met Turkse mannen, die denken dat ze Tarzan zijn of zo. Stomme vechtersbaasjes. Ik vind het echt gek volk.'

Ik trok gehaast mijn spijkerbroek aan. Met m'n Nokia bescheen ik de ranke gestalte.

Het was Haakneus! Zij was me gevolgd naar boven. God mag weten met welk doel. Met een guitige blik stond ze me aan te loeren, alsof ze zich betrapt voelde.

'O, ben jij het?'

'Ja, wat dacht je dan?' Ze droeg een strak zwart rokje onder haar witte werkbloes, die ze tot de helft had ontknoopt en die haar tetten goed zichtbaar maakte, zelfs in die schemerige kamer. Haakneus had een oogje op me, dat werd nu wel duidelijk. Blijkbaar flirtte ze graag met de dood. Haar familie zou haar afslachten als ze met een bats ging.

'Ik dacht dat mijn ex hier stond. Die valt me nogal lastig. Maar bedankt voor het succes wensen. Wil je nu weer teruggaan naar beneden? Ik moet me klaarmaken. Het is sowieso raar als mensen ons tegelijk de trap zien aflopen, denk je niet?'

Om de paar seconden drukte ik op een knopje van m'n telefoon, zodat het niet pikdonker werd. Haar borsten zagen er heerlijk uit, eerlijk is eerlijk. Als ik mijn verstand had kunnen uitschakelen, lag Haakneus nu plat op de bank, kreunend van genot.

'Klaarmaken...? Viezerik. Nou, goed. Maar eerst wil ik een kusje.' Ze stapte naar voren.

'Ben je niet helemaal goed of zo?' zei ik harder dan de bedoeling was.

In een korte periode groeide mijn zelfvertrouwen enorm, vooral dankzij het gestalk van Levine. Nu Haakneus ook interesse toonde begon ik bijna te geloven dat ik een *womanizer* was, iemand met wie de meisjes gezien wilden worden. Maar op een halfmooi wijf als Haakneus, dat voor een hoop problemen kon zorgen, stond ik niet te wachten.

'Waarom niet... Vind je me niet aantrekkelijk of zo?'

Ik knoopte mijn overhemd dicht en spoot wat Givenchy op mijn hals en polsen.

'Ja, je bent heel mooi. Maar ga nu weg. Andere keer, oké?'

Tevreden huppelde dat schaap naar de trap. Volgens mij had ik haar per ongeluk een belofte gedaan en leefde zij nu in de veronderstelling dat we snel van bil zouden gaan.

Zorgen voor morgen.

Met reuzenstappen liep ik over het grote plein. Voor de Luxor hield zich een roedel mensen op, ongeveer dertig of veertig man. Op andere plekken van het plein zwierf ook volk rond. Allemaal batsen, ongewoon voor een zondagavond. Het was een positief voorteken.

Om halfelf zou Altin Gece beginnen.

Aan de deur van de discotheek werd ik meteen opgevangen door mijn broer.

'Plak deze badge op je overhemd,' zei hij. 'Jij moet de kassa beheren.'

Braaf nam ik plaats achter een geldlade.

Vlak voor de deur openging kwamen de uitsmijters bij elkaar voor een peptalk. Schouder aan schouder sprak de voorman zijn collega's toe. Kosta stond ook in de cirkel.

Met een oerkreet sloten ze het onderonsje af. Het feest begon.

Trappelend van ongeduld stonden allerlei batsen, meisjes en jongens, voor de deur, nieuwsgierig naar wat ons feest te bieden had. Af en toe zag ik een bekende kop, maar het overgrote deel kwam duidelijk uit een andere stad, dat vertelden sommigen ook trots aan de kassa. De entree bedroeg vier knaken. Geen geld natuurlijk.

De Turkse schoonheden waren ontelbaar. Een paar meisjes namen de moeite een praatje met mij te maken, alleen mocht dat nooit lang duren, anders ontstond er een file. Tussen alle drukte door vroeg ik de jongen van de garderobe of hij wat drank voor me kon ritselen. Op mijn stek kreeg ik een houten kont, misschien kon alcohol verlichting brengen.

Een paar minuten later gaf-ie me een kleine fles Jack Daniel's.

Ik kreeg zowaar plezier in mijn taak.

Tegen middernacht, toen de discotheek bijna uitverkocht was en wij de toko op slot zouden gooien – Nathan en Kareltje waren net binnen – schuifelden ongeveer tien mensen de hal in, talmend keken ze elkaar aan. Een klein, voluptueus meisje, helemaal in het wit gekleed, met een brede glimlach en een groot voorhoofd, nam het initiatief. Meteen wist ze me te beheksen met haar voorkomen.

'We zijn met zijn tienen,' zei ze terwijl ze een glimmende portemonnee openritste.

'Negentig euro,' zei ik.

Verbaasd keek de blonde godin mij aan.

'Ja, voor jou is het gratis. Maar die anderen moeten wel betalen.'

Haar ogen parelden, bijna uitdagend. Ze had van die appelwangetjes als ze lachte.

'Loop maar door, hoor,' zei ze tegen haar kliek. Ze sprak een beetje bekakt.

'Ga jij niet mee?' vroeg een ander meisje.

'Ik kom zo.'

Op dat moment verscheen Kosta aan de deur. Hij instrueerde de portiers niemand meer binnen te laten. 'Vol is vol!' hoorde ik hem zeggen. Dat moest van de eigenaar. De brandweer stelde eisen aan het aantal mensen dat tegelijk in het pand mocht zijn.

Trots slofte mijn broer richting mij en het meisje, dat nog steeds aan de kassa stond. Hij trok de lade hijgerig uit de kassa en keek me met grote ogen aan. 'Dat hebben we goed gedaan, jongen. Uitverkochte zaal. En kijk eens naar de deur... Er willen meer mensen naar binnen.'

Buiten stonden inderdaad nog meer batsen, die waren allemaal te laat. Sommigen werden boos op de uitsmijters. Het zou aan de files liggen. Niet ons probleem. Hadden ze maar eerder moeten wegrijden.

Het geld verdween in de zakken van Kosta. Plots keek hij omhoog. 'Wie is dit?'

Ik haalde mijn schouders op.

'Selma,' zei ze met een haperende stem, waardoor we haar naam niet meteen verstonden. Toen probeerde ze het nog een keer. Nu met succes.

33

De volgende twee edities van het feest liepen ook als een tiet.

Beide keren was de zaal uitverkocht, binnen twee of drie uurtjes. Spontaan werden we aangesproken door lokale ondernemers die Altin Gece wilden sponsoren. Het werd een statuskwestie voor die lui: we deden het zó goed dat iedereen bij ons wilde horen, zodat ze konden opscheppen bij klanten en zakelijke relaties.

Vreemd genoeg vingen Kareltje en ik weinig poen. Steeds werden we afgescheept met een paar meier, omdat Nathan nog steeds niet was afbetaald. Bovendien werd het beveiligingsteam verdubbeld. Portiers waren duur, maar broodnodig. Er zaten namelijk opgeschoten types tussen onze bezoekers die om het minste of geringste met elkaar begonnen te bakkeleien, bijvoorbeeld omdat ze per ongeluk tegen elkaar op liepen.

De tap hoefde eigenlijk niet open. Die batsen dronken allemaal whisky en baco. Turkse meisjes zopen de hele avond Red Bull. De eigenaar van de Luxor zei dat hij tijdens ons feest meer energydrank verkocht dan normaal in een hele maand.

Opvallend veel jonge stelletjes deden ons feest aan. Wat dat betrof verbaasde m'n vriend Metin mij het meest. Ik zag hem met een Ottomaanse schone verschijnen, een tenger meisje met koolzwart haar dat ik niet kende. Ik trok hem aan zijn arm en vroeg verbaasd wie het was. Zonder blikken of blozen vertelde hij dat-ie ging trouwen. Huisje-boompje-beestje. Over een jaar al. Het was zijn achternicht uit Duitsland. Mettertijd zou ik worden uitgenodigd.

Toen ik informeerde naar de studie, bulderde hij het uit. Metin werkte inmiddels fulltime in een fabriek. Het was de laatste keer dat ik hem zou zien. Zonde. Ik vond hem een toffe pik.

Omdat ik aan de kassa stond, vlak bij de deur, was ik vaak het mikpunt van boze mensen. Met veel kabaal werd ik bedreigd, altijd door dezelfde gasten, die op een zwarte lijst stonden en elke keer werden geweigerd. 'Jij gaat dood, klootzak!' riepen ze standaard. Als ik lazarus was, ging ik achter een portier staan en schold ik terug. 'Jij, wij allemaal, stomme mongool.'

Het waren notoire ruziemakers, overal in het land berucht om hun wangedrag. Gewoon schorem. Tuig van het zuiverste water. Ze konden niets. Ze wilden niets. Ze bestonden alleen. Meer niet. Mij konden ze niet raken.

De vierde Altin Gece werd al net zo'n succes als de voorgaande keren, al staken we minder tijd in promotie. Dankzij mond-tot-mondreclame konden we 't rustig aan doen. Van heinde en verre reden ze naar ons feest. Een gozer vertelde zelfs dat hij uit Zwitserland kwam. De Luxor was tot de nok toe gevuld, weer sloten we voortijdig de deuren.

Bijna de hele avond zat Selma bij mij op schoot, achter de kassa, terwijl haar vriendinnen binnen aan het feesten waren. In haar aanwezigheid dronk ik niet.

Misschien handelde ze vrijer dan andere Turken en dacht ze over veel zaken modern – zo zag ze er ook uit – maar haar ouders hadden een bekrompen wereldbeeld. In de vele berichten die ze me stuurde vertelde Selma dat haar ouwelui vrome moslims waren die niets van drugs en alcohol moesten weten. Dat hun dochter iedere keer naar ons feest kwam, zo laat op de zondagavond, kon ik niet goed plaatsen, maar ik onderzocht het verder niet. Ik was allang blij dat ze er was.

Iets na middernacht droeg ik de omzet over aan Kosta, die het geld – zoals altijd – naar een veilige plek zou brengen, toen ineens een of andere mafketel keihard met platte handen op het raam begon te bonken. Hoofdschuddend verdween mijn broer in een ruimte achter de garderobe. In de warme en veilige hal bezagen de uitsmijters het tafereel met leedvermaak.

'Laat gaan,' zeurde Selma, 'ik wil dansen...' De beats knalden door het pand.

Merkwaardig genoeg greep niemand in. Mijn nieuwsgierigheid werd geprikkeld.

'Blijf even hier,' zei ik tegen haar, 'ik ga kijken wat er loos is.'

Eenmaal bij de deur herkende ik meteen de varkensoogjes van Levine. Nu was zij het echt. Als een wild beest ging ze tekeer. Helemaal dol. Ze sloeg met een vuist op de kozijnen. 'Je hoort bij mij, kolerelijer. Laat me binnen.'

Ik zette de deur op een kier en bleef de klink vasthouden. 'Rot op, je zet me voor schut.'

Levine zag er verwilderd uit. Haar wangen waren rood van de kou. 'Ik ga pas weg als je met me meegaat... En wie is dat wijf dat daar staat te wachten?' Ze deed een stap vooruit. 'Ik maak je dood, hoer... Hij hoort bij mij!'

Selma snelde mompelend de zaal in, zichtbaar geïntimideerd door het dreigement. Misschien dacht ze dat ik al die tijd mijn verkering met een ander meisje had verzwegen.

'Ik ga nergens heen met jou. Jij moet gewoon oplazeren! Anders bel ik de politie.' Opgelaten keek ik naar de grote groep geweigerden. Daar stond ook Eef, die met een viertal jongens aan het keuvelen was. Misschien solliciteerde ze naar een gangrape.

'Je belt maar,' krijste Levine. 'Mijn leven heeft nu toch geen zin zonder jou.'

'Chef,' zei een van de portiers. 'Dit meisje is niet goed bij haar hoofd.'

'Man, wat sta je hier aan de deur, je had psychiater moeten worden.'

Opeens trok Levine ergens een Zwitsers zakmes uit, zo eentje met een rood handvat. Ze zwaaide het ding in het rond, klaar om me lek te prikken.

'Schakel haar uit!' riep ik tegen de scherpe geest.

'Nee, abi, dat kan ik niet maken. Ze is een meisje.'

'Wat maakt dat nou uit? Je bent toch uitsmijter?!'

Hij loerde onnozel zijn maten aan, niemand kwam in actie, schouderophalend stapten ze naar achter. De punt van het mes vloog rakelings langs mijn neus. Stiekem hoopten alle omstanders dat ik gestoken zou worden, dat wist ik zeker, die lui konden m'n bloed wel drinken.

Ik trok de deur op slot. 'Wat nu?' vroeg ik de beveiligers.

Geen antwoord.

Ik moest wat doen. De eigenaar van de Luxor hield niet van tramelant. Hij kon me erop afrekenen. Die gozer had al genoeg shit met de lokale autoriteiten omdat er elk weekend heibel in zijn keet was. Nu betrof het ook nog een persoonlijke kwestie. De rest zou me vermoorden als het feest werd gecanceld door mijn sores.

Godverdomme. Woedend trad ik naar buiten, iedereen keek me verbaasd aan, ook Levine, die zelfs wat terugdeinsde.

'Kom je bij me terug?'

Met een welgemikte *flying kick* trapte ik het mes uit haar hand.

Twee jongens probeerden me tegen te houden, maar het lukte me haar te tackelen. Ik legde Levine plat op haar buik, klemde haar handen vast op haar rug en riep opgewonden naar de portiers dat ze de wouten moesten bellen. Dat gebeurde.

De toegesnelde agenten namen verklaringen van Levine en mij af, terwijl we nog steeds in dezelfde positie zaten: zij plat op de grond en ik hurkend ernaast. In al hun wijsheid besloten de beroepsidioten mij in te rekenen. Ik zou geweld hebben gebruikt. Zij niet. Ik draaide helemaal door en begon op alles en iedereen in te slaan.

Het leverde mij twee nachten brommen op. En een taakstraf. Maar die stelde niets voor, dat wist ik nog van de vorige keer.

34

Voor het gebouw van het CBR hing een oudere man tegen de muur. Hij neuriede een traag lied, dat af en toe werd onderbroken als-ie een hijs van z'n sjekkie moest nemen. Zijn donkerblonde haar zat gebonden in een paardenstaart. Tussen zijn bovenbenen hield hij een dossier geklemd.

'Hallo heren. U komt voor het theorie-examen?'

Ata bevestigde het vermoeden.

'Waar moeten we ons melden?' vroeg ik.

Na een laatste trek van zijn peuk liep hij ons voor. 'Volg mij maar.'

We werden naar een kleine zaal gebracht, vol met opgewonden mensen. De spanning was voelbaar bij de aanwezigen. Het rook er naar angstzweet en koffie. Tafels en stoelen stonden kriskras door de ruimte.

Om mijn nervositeit te verdrijven had ik van huis een platvink meegenomen gevuld met wodka, die kleur- en geurloos is, ideaal als je ergens stiekem wilt drinken. Ik nam een slok en bood Ata ook wat aan, maar hij sloeg resoluut af. 'Nee, dat mag niet van Allah.'

Ik lachte wat. Hij ook.

Achter de balie zwom een vrouw in papieren.

'Meld je hier,' zei de paardenstaart. 'Zij helpt jullie.' Meteen verdween hij in de drukte.

'Mevrouw, kunnen we nog meedoen als reserve?' vroeg Ata.

'Ik ga kijken.' Ze deed een leesbril op, bevochtigde haar rechterwijsvinger en controleerde de vinkjes achter een namenlijst.

Leunend tegen de balie wierp ik een blik op een paar kakkers. Ze overhoorden elkaar met een lesboek, dat ongetwijfeld van generatie tot generatie werd doorgegeven. Ata had niet geleerd, hij hield niet van letters.

Onderweg naar het CBR had ik wat door het oude theorieboek van Mahir gebladerd. Hopelijk waren de regels niet al te veel veranderd.

'U heeft geluk, heren. Er zijn meerdere *no showers* vandaag. Mag ik uw paspoorten?'

Uitgebreid vertelde ze wat de procedures waren. Die vrouw bleef maar doorouwehoeren. Ata gaapte verveeld achter z'n hand, het schoot allemaal niet op.

Pas een halfuur later mochten we de examenruimte in. Mijn hart bonkte in mijn keel. Ik ging vooraan zitten. Na lang wikken en wegen vond Ata schuin achter mij een plek: de laatste keer dat hij klassikaal opgesloten zat was zeker twee jaar geleden. Iets langer dan ik.

Het examen begon en meer dan de helft van de vragen was totale abracadabra.

'Aminakoyim, hoerenzoon... Hij reageert niet... Mijnheer, hij luistert niet naar mij.'

Ik draaide me om. Ata protesteerde wild met handgebaren. Niemand kwam hem helpen.

De andere deelnemers bekeken het tafereel met grote boze ogen. Ze konden hem wel lynchen, maar durfden niets te zeggen, bovendien ging het examen verder.

Woest kwam Ata overeind van zijn stoel. Hij smeet een halfvol colaflesje naar de langharige teckel, die blijkbaar een medewerker van het bureau was.

'Jullie zijn allemaal racisten. Ik haat jullie Hollanders!'

Ik bleef op de knopjes van mijn paneel drukken.

'Ga je mee?' vroeg Ata nu op beduidend zachtere toon.

'Nee, even afmaken, man.' Ik concentreerde me op het scherm en hoorde hem duidelijk 'matennaaier' roepen toen hij wegliep. Tegen een meisje dat ook de theorietoets aflegde brulde hij: 'Wat kijk je, temeier... Heb ik wat van je aan?'

Na afloop verzamelde iedereen zich weer in de grote ruimte.

De man met het lange haar wurmde z'n sportieve lichaam door de massa en bezorgde twee papiertjes bij ons. Ata was uiteraard gezakt. Tot mijn grote vreugde bracht-ie mij goed nieuws: vijf fouten. Ik was geslaagd!

'Nou, poeh, poeh. Uitslover. Gefeliciteerd,' zei Ata monkelend.

Om mijn succes te vieren, dronk ik lauwe wodka.

We liepen met z'n tweetjes naar buiten en maakten ons klaar om huiswaarts te gaan.

Maar de man van het CBR liet ons niet zomaar vertrekken. 'Luister, jongeman. Dat soort gedrag kunnen we echt niet tolereren. De andere examinandi hebben er last van... Het kan invloed hebben op hun concentratie...'

'Extramini wat? Houd toch je kop man. Racist. Jullie hebben mijn kastje anders ingesteld. Daarom deed-ie het niet. Stomme boeren!'

Op kalme toon probeerde de man zich te verantwoorden, wat nergens op sloeg want hem trof geen blaam. 'De volgende keer iets beter leren, jongen.'

'Fuck you, stomme luizenkop. Ik zal je moeder wat kunstjes leren.' Stampvoetend liep Ata naar zijn auto, een gifgroene BMW cabriolet met booskijkers.

De medewerker waggelde achter ons aan. Toen hij de wagen zag, trok-ie een pen uit zijn borstzak en noteerde het kentekennummer. 'Dat kan zomaar niet. U kunt niet zonder rijbewijs een voertuig besturen...'

Het automatische dak van de auto was intussen open.

Ata kwam overeind en toonde de regeltjesneuker zijn middelvinger. 'Bel de politie maar, hufter.' Hij trok de platvink uit mijn hand en dronk hem helemaal leeg. 'Ah, heerlijk... Wodka. Nu gaan wij lekker naar huis. Tot ziens, sjappie. Ajo!'

35

We spraken keer op keer af op nieuwe plekken, in verre oorden, waar we gratis naartoe konden reizen met onze ov-jaarkaart – soms duurde de tocht langer dan de ontmoeting. Maar het was niet anders. Selma wilde het zo: mocht iemand uit haar dorp ons samen zien, dan zou geheid het roddelcircuit op gang komen, met alle gevolgen van dien.

Selma leefde in chronische angst voor haar ouders en grote broer: als die lui onze verkering in het snotje kregen zou zij flink worden gestraft. Huisarrest, een pak slaag en misschien zelfs een verbanning naar Turkije, waar de mensen een stuk zedelijker zijn. Zogenaamd.

De schrik voor het Opperwezen bepaalde haar keuzes. Het kwam erop neer dat we alles stiekem moesten doen.

Haar broer leefde praktisch in de coffeeshop, dat wist ik, dat wist zij, dat wist iedereen, maar blijkbaar was Allah coulant wat drugsbeleid betrof. Die junk liep nota bene bij de RIAGG.

Ongewild werd ik meegesleurd in een traditie van achterlijke regels en rituelen. In haar bijzijn acteerde ik de keurige jongen. Ze wist niet dat ik varkensvlees at en me praktisch elke avond helemaal de tering zoop. Noodgedwongen leidde ik een dubbelleven.

Na werk zocht ik altijd een verlaten kamer op boven het restaurant om rustig te kunnen bellen. Zij lag dan al een poos in bed, vechtend tegen dichtvallende oogleden. Pas als we elkaar hadden gesproken, kon ze met gerust hart slapen.

'Schatje, waar ben je?' vroeg ze fluisterend. Want bellen op dat tijdstip wekte argwaan bij haar ouders en dat mocht natuurlijk niet.

'Lieverd, ik lig ook in bed,' loog ik. 'Ik ben helemaal afgebeuld. Het was echt druk. Nu maar lekker slapen. Sorry dat ik niet langer kan praten... Zo moe.'

Heel ontroerd toonde ze begrip. 'Ik houd van je, canim. Slaap lekker!'

Na zo'n gesprek meldde ik me beneden in het restaurant, daar zat Kareltje altijd mokkend op me te wachten, met een paar lege glazen voor zich.

‘Die heb jou helemaal onder de duim, onie? Wees een man, Eus. Zeg haar: “Ik ga de kroeg in met m’n gabber. En jij moet niet zeiken. Stomme bats!” Je bent te lief voor die mokkels. Ik zei gister tegen zo’n wijffie: “Meisje, luister, je heb best een mooi lijf, maar als ik zo’n kop als jou had, dan vrat ik uit ’n emmer.” En zo moet je ook met vrouwen omgaan. Dat willen ze. Het is dierlijk, weet je. Ze zijn genetisch zo geprogrammeerd. Dat heb ik vorige week gelezen.’

Selma maakte plannen voor onze toekomst, helemaal blij werd ze ervan. Ze fantaseerde over de bruiloft en een bolle buik. Haar hbo-studie pedagogiek duurde nog twee jaar, daarna, had ze bedacht, moest ik met m’n familie bij haar thuis op visite komen om haar hand te vragen. Geheel volgens Turkse traditie.

Ik zag vader daar al zitten met zijn zatte kop. Brallend en pochend. Dat werd natuurlijk helemaal niets.

We spraken vaak over seks. Zij wilde er geen halszaak van maken, maar het eerste jaar van onze verkering kwamen we, tot mijn grote frustratie, niet verder dan wat hand-en-spandiensten. Daarom hield ik het ook met andere wijven. Die ontmoette ik in de Luxor of in een kroeg. Als Selma en ik getrouwd waren, zou ik niet langer buiten de pot piesen, dat nam ik me voor, of in elk geval vanaf het moment dat zij zich eindelijk een keer over die fukkin’ middeleeuwse principes van haar heen had gezet.

Ik liet nu en dan doorschemeren dat ik heel erg naar haar verlangde, dat ik een man was met primitieve behoeften, maar dat gebeurde nooit op een drammerige manier. Ze moest maar kijken wanneer ze d’r klaar voor was. Ik ben geen verkrachter. Kom nou. Bovendien kreeg ik mijn portie wel. Het nachtleven van de Koekstad bruiste van breezertemeiers en zaadjagers. Een aantal van die wijven hoefde je maar aan te kijken of je had een soa te pakken, maar goed, zoals Kareltje zei: ‘Als je maar je kwakje in ze kwijt kan.’

Na veertien maanden kreeg ik een geparfumeerde brief van Selma. Hij rook naar Jean Paul Gaultier, haar vaste geur. In de pennenvrucht stond een belofte – persoonlijk zou ze het nooit durven zeggen, daar was ze te verlegen voor. Ons jubileum van anderhalf jaar verkering wilde ze met mij vieren in een hotel.

...De liefde van mn leven, dat voelde ik gelijk. Ik wordt heel warm als je bij me bent. Al is t soms maar voor eventjes. Ik weet zeker dat we voor altijd met elkaar blijven. Jij bent bijzonder en altijd eerlijk en lief en grappig en slim en zooo mooi. Ik ben een relatie voor jou niet zo goed gewend zoals je weet van al onze gesprekken en t is daarom moeilijk soms. Dus geef me nog ff wat tijd. Ik vindt het niet erg als je stiekem achter me rug met een vrouw samenbent. Ik begrijp goed dat mannen behoefte hebben, maar zoek wel een vrouw waarvoor t haar werk is en die mij later niet kan convronteren met wat jullie hebben gedaan. Ik hoop egt dat je geduld hebt. Alles komt goed mn lieveling...

36

Van het opgespaarde geld haalde ik eerst mijn rijbewijs en toen een auto. Het werd een Opel Omega uit 1990. Een automaat. Het ding was net een schip. Een monster zo groot!

Op de Duitse snelwegen ging ik de auto testen. De teller stond in een poep en een scheet op tweehonderdvijftig kilometertjes per uur. Eén stuurfout en je lag met je harses in een teutoonse sloot.

De studiefinanciering bleef doorlopen, zelfs in het tweede schooljaar. Waarschijnlijk was ik voor het eerst van m'n leven blijven zitten, maar dat kon me verder aan m'n reet roesten: als ze iedere maand netjes de poen bleven overmaken, hoorde je mij niet zeiken.

Nu we allemaal met de euro moesten betalen, leek 't soms of ik minder geld overhield, maar ik rooide het nog steeds prima.

Met Mahir, Kareltje en een vrind van m'n broer die ik verder niet kende, scheurden we richting het hoge Noorden, de zwakzinnige provincies, omdat daar een hip R&B-feest zou zijn.

‘Wow, hoe hard ga je, man?’ vroeg Mahir.

De teller stond op honderdnegentig. Op de snelweg was het rustig en ik bleef keurig op de linkerbaan rijden.

Terwijl m’n broer en zijn kameraad op de achterbank jointjes rookten, schonk Kareltje zichzelf en mij Jack Daniel’s in. Hij had plastic soepbekertjes uit het restaurant geskoept, waaruit we het lauwe bocht nipten. We luisterden naar bubbling om in de sfeer te komen. De hoedenplank trilde van de bas.

In de discotheek voelde ik me al flink lazarus. Het feest leek nergens op. Om het halfuur brak er een vechtpartij uit. De aanwezige negers droegen baseballkleding en -petjes. En ze hadden allemaal een gouden tand in hun bek.

‘Alleen nog een emmer kip, en die zwarten hebben alle clichés bevestigd,’ zei Kareltje. ‘En kijk die parg daar. Dat wijf. Ze draagt gewoon een tweeling in haar billen. Jezus, wat een reet.’ Kareltje parkeerde zijn gekruiste armen op de toog en zocht oogcontact met het barmeisje. Mijn broer en zijn kameraad verdwenen uit ons blikveld.

Op de grond lag kapot glas, sporen van de laatste ruzie. Een machine blies wat rook de zaal in en een nieuwe deejay kwam met complete aanhang de zaal ingelopen. Zijn knechten droegen platenkoffers en dozen flyers, die zij waarschijnlijk na het feest wilden uitdelen. Die lui keken stuk voor stuk moeilijk, alsof ze moesten poepen.

‘Wat heb je besteld?’ vroeg ik.

‘B52, man!’

‘Jezus, wil je ons dood hebben?’

‘Waarom niet! Is er een doel in ’t leven?’

Ik dacht voor de vorm even na. ‘Nee, niet echt.’

We goten de drank in ons lijf alsof het ijskoud bier was in de rust van een pot zomermiddagvoetbal.

‘Ik wil zo sjikker worden dat ik straks helemaal de kluts kwijt ben. Je weet wel, dat mensen de volgende dag moeten vertellen wat je precies hebt gedaan en waar je bent geweest,’ zei Kareltje. Zijn ogen puilden uit hun kassen. Hij begon zijn drankjes te atten, steeds sneller en makkelijker en veegde daarna zijn mond schoon met de rug van z’n hand, dat laatste was een tic.

De familie van Kareltje dronk nooit sterkedrank. Alleen bier. Ook daarin was hij een uitzondering. Ik zag ze altijd op zaterdagmiddag met andere kampers in de voetbalkantine, soms begonnen ze al om tien uur 's ochtends. Vastgetimmerd aan hun stoel bespraken ze de week. En als ze echt een stuk in hun kraag hadden, vertelden ze telkens dezelfde anekdotes. Elk weekend weer. Net als met verjaardagen binnen een vriendengroep. Dan hoor je ook elk weekend dezelfde sterke verhalen. En elk weekend lacht iedereen even hard.

'Sheriff. Het is hier geen kut aan. Wanneer gaan we terug?'

Wankelend op mijn poten sloeg ik een arm om Kareltje. 'Zalig zijn de armen van geest... Welke pauper zei dat ook alweer? In elk geval had die gozert gelijk. Wij zijn te slim voor deze wereld. Jij bent m'n beste vriend. En nog iets: ik vind er ook niks aan. Kankerfeest...! Kom, we gaan die broer van mij zoeken en rijden terug naar huis. De Luxor is vast nog los.'

Mahir stond in het deejayhok wat te kletsen. Met een beetje trots liet hij me kennismaken met de plaatjesdraaier, een blanke jongen met een pet scheef op z'n kop en een broek die veel te groot voor hem was. Hij vertelde over een remix en stelde voor bij Altin Gece te komen draaien.

Mooi niet! dacht ik bij mezelf. Voor mijn part kreeg die sukkel een weke sjanker. Ik wilde gewoon naar huis.

Op de achterbank dommelde de gabber van mijn broer weg, die had zich helemaal scheel geblowd. Er was geen mens te bekennen op de snelweg. Haastig legde ik het parcours af, zo snel als de Omega kon. De kunst was om in 't midden te blijven rijden. Als de witte strepen op de snelweg tussen mijn twee voorste banden bleven, kon er niets misgaan.

Kareltje bood zo nu en dan wat drank aan, maar ik weigerde: m'n kin lag op het stuur en ik concentreerde me op de lijntjes.

'Je moet deze hebben, mafkees! Afrit 23!'

Ik werd wakker uit m'n roes, trapte de rem in en draaide het stuur naar rechts. Op het dashboard las ik de snelheid: honderdtachtig kilometer. Terwijl ik bleef trekken aan het stuur, voelde ik de elleboog van Kareltje in m'n zij porren.

'Remmen, man. Remmen!'

Maar het had weinig zin. We reden een weiland in, slipten meters door en de auto kwam pas tot stilstand nadat-ie een lichtmast van zo'n vijftien meter uit de grond had geramd.

Het was stil. Ik hield nog steeds met twee handen het stuur vast. Er kwam rook onder de kap vandaan, maar de motor draaide niet meer. Voor een poos was ik zowel geestelijk als lichamelijk verlamd, althans, zo voelde het. Pas toen een vrachtwagen op de vluchtstrook toeterde, ontwaakte ik van de schrik.

'Kareltje, alles goed?' Ik keek opzij. Hij knikte. Toen boog ik m'n hoofd over mijn rechterschouder.

Mahir stak een duim op. De knakker die met hem mee was, sliep nog steeds.

'Schud hem eens wakker.'

Mijn broer trok aan zijn oor.

'Huh, huh, waar zijn we?' vroeg-ie slaperig. We barstten alle drie in lachen uit. Die sjappie had ons bevrijd uit de shock.

'Waarom lachen jullie? Wat heb je gedaan, Eus? Wat is er aan de hand?'

Ik stapte uit de auto en ging de schade bekijken. Mijn Omega was dood. In de bumper stond een afdruk van de mast: een puntgave halve cirkel.

'Kutzooi!' riep Kareltje. 'Nu hebben we geen auto meer.'

'Shit!' zei Mahir. 'Pa gaat je vermoorden.'

Ik negeerde hun woorden en liep naar de vrachtwagenchauffeur om hem gerust te stellen. Het was een vriendelijke pik met een bierpens en een kaal hoofd.

'Als ik jou was, zou ik me wegscheren hier,' adviseerde hij. 'Niet alleen gaat de smeris die kegel ruiken, ook moet je de lantaarnpaal betalen. Dat is geen kattendrek, vrind. Echt. Neem dat maar van een ervaringsdeskundige aan.'

Die fukkin' paal woog vijfhonderd kilo of zo. Kareltje en ik droegen de bovenzijde, het uiteinde was voor Mahir en zijn vriend.

'Waar brengen we dit ding naartoe, Eus?' vroeg m'n broer.

We stapten door 't land en ik keek zoekend om me heen. Het was koud. Er hing nevel over het veld en het drassige weiland bezorgde ons natte poten.

'Hopelijk is daar verderop een slootje,' riep ik de jongens toe toen ik in de verte een talud zag. Er lag inderdaad wat water, maar niet een sloot, eerder een greppel. Ik telde tot drie en we smeten de lichtmast erin.

Hoe moest ik in godsnaam Selma vertellen over m'n auto? Zij dacht dat ik thuis lag te slapen, reikhalzend uitkijkend naar de dag van morgen, wanneer we samen naar een pretpark zouden gaan. En mijn vader! Die hufter had me kort na zijn terugkeer uit Turkije tot zijn persoonlijke chauffeur gebombardeerd. Ik bracht hem overal naartoe: cafés, kringlopen, Turkse bruiloften en volgens mij heb ik hem één keer bij een hoer gedropt, maar dat weet ik niet zeker. Het was een onbekend huis en ik moest hem een uur later weer ophalen.

'Wat doen we met de auto?' Kareltje keek met een begrafenisgezicht naar de motorkap.

De makker van m'n broer ging in kleermakerszit op het zompige gras zitten. Apathisch bleef-ie voor zich uit staren.

Ik probeerde de auto te starten, maar dat lukte niet.

'Tyfus. Wat een kutwereld, joh!'

Langzaam tufte een zilverkleurige Corsa over de weg. Het automatische raampje schoof naar beneden en iemand schreeuwde: 'Jongens, geen zorgen, ik heb de politie gebeld. Ze kunnen er elk moment zijn.'

'Wat heb jij gedaan, stomme flikker?!' Ik trok een sprint en wilde die gozer zijn kop inslaan.

Hij sloot z'n raam en vertrok plankgas.

'Die paal moet weer terug,' zei ik.

Iedereen keek me verbaasd aan.

'Wat zeg je nou?' vroeg Kareltje.

'Die klotepaal moet terug! Wat denk je? Als de wouten dadelijk komen gaan ze die paal missen... Onie dan? En wat moeten we dan zeggen? Dat ik hem per ongeluk heb ingeslikt na het ongeluk?'

Ik schopte die maffe vriend van mijn broer uit zijn trip en trok hem aan zijn arm mee naar de greppel. Met onze poten moesten we in het water om het ding er weer uit te krijgen. Hij woog nog zwaarder dan eerst. Omdat ik nachtblind ben, zag ik een molshoop over het hoofd, viel eroverheen en landde in een modderplas. Het stinkslijk zat in m'n schoenen, onderbroek en besmeurde mijn gezicht.

We gooiden de paal terug op de plek van het ongeluk. In de grond was het grote gat, de oorspronkelijke plek van de lichtbron, goed zichtbaar. Er hingen wat kabels en snoeren uit.

Het duurde een poos voor de blauwpetten in hun Volkswagens kwamen aankakken.

'Wat nu?' vroeg Kareltje.

Ik keek naar de twee witte auto's en toen naar mijn aanhang.

'Wat denk je zelf, gannef? Rennen voor je leven... Gewoon gaan!' Ik sprintte het weiland in, richting het duister. Mahir volgde mijn voorbeeld en iets later Kareltje ook. Die andere mafketel bleef gewoon staan.

De wouten kwamen achter ons aan. Ze hadden aangelijnde honden naast zich lopen. 'Stop, politie! Stop!' riepen ze steeds. 'Stoppen!'

Opeens staakten ze hun achtervolging.

'Wow!' riep ik tijdens mijn sprint tegen Kareltje en Mahir. 'Ze geven het op.'

Wij vertraagden onze pas.

'We hebben jullie gewaarschuwd,' brulde een agent hijgerig. 'Dan maar kwaadschiks.'

Moordlustig begonnen de honden te blaffen. Ze werden vrijgelaten en aasden op hun prooi. Op ons. We renden weer keihard weg. In het donker zag ik helemaal niets meer, maar ik bleef gewoon hollen. Weg van die beesten. Ze kwamen steeds dichterbij. In de verte doemde uit het niets een laag schuurtje op. Misschien kon ik daar wel op springen.

'Auw!' hoorde ik ineens naast me. 'Auw! Auw!'

Kareltje was geveld door een hond. Ik stopte met lopen.

De hond bleef doorbijten. Net zo lang tot er geen geluid meer uit Kareltje kwam.

Boos stapte ik richting het mormel en schopte hem tegen zijn romp, maar hij liet niet los.

Zoiets flik je mijn maat niet. Ik trok een mes uit mijn binnenzak. Dat nam ik soms mee tijdens het stappen. Je wist nooit wat je overkwam. Stijf van de adrenaline hief ik mijn trillende hand in de lucht. 'Jij gaat eraan, Rex.'

'Niet doen, gek,' fluisterde Kareltje ineens met een van pijn vertrokken gezicht. 'Ze vermoorden je...'

De hond liet Kareltje los. Beiden keken me aan.

'Altijd die tyfushonden. Ze moeten me altijd hebben.'

Ik stopte het mes terug in mijn zak en gaf me over.

37

Iedereen in de keuken werkte keihard.

We hadden het wel gezien. Ik stond een koekenpan schoon te boenen, een paar minuten voor de grote schoonmaak, toen ineens de vaste lijn van het restaurant klonk.

Even later zwaaide de klapdeur open. Het was Haakneus. Haar strakke werkkleding omsloot haar heerlijke rondingen.

'Hoe is het nu met uw man en zijn rugklachten?' vroeg ze in het Turks. 'Vervelend, zeg... Ik bid dat-ie snel beter wordt.' Met een serieuze blik loerde ze mij aan. Ze drentelde naar de wasbak en stak de hand met het toestel naar voren. Toen ik het overnam, streelde ze stiekem mijn arm. De chef-kok wierp zijdelings een priemende blik op ons. Die pipo hield er niet van als personeel privésores naar het restaurant meenam, helemaal niet onder werktijd. Of had-ie door dat z'n zusje me al weken probeerde te verleiden?

'Het is je moeder, Eus.'

Verrast drukte ik de telefoon tegen mijn oor.

'Ja...?' Kosta keek mijn kant op terwijl-ie een zalmforel marineerde.

'Je vader is dronken en erg boos,' zei moeder. 'Om dat ongeluk en zo. Hij zegt dat je niet langer welkom bent in zijn huis. Kan je vanavond bij een vriend slapen... Kareltje of Ata? Morgen is zijn bui vast overgewaaid...' Ze klonk bloedserieus.

'Ja. Goed... Ik regel wel wat.' Het zweet gutste van mijn voorhoofd. Niet het nieuws van mijn moeder bracht me in verlegenheid, maar de angst dat anderen zouden ontdekken wat voor teringbende het bij ons thuis was.

Nadat ik de telefoon had teruggegeven aan Haakneus liep ik aarzelend richting Kosta. Ik trok hem aan zijn elleboog en fluisterde het bericht in z'n oor.

'Wat een kneus. Maakt niet uit. We regelen wat. Ik kan polsen bij Nathan. Hij heeft plek zat.'

De rest van de avond was ik uit mijn hum. Ik liet borden vallen en voelde me kut. Het ongeluk had een maand geleden plaatsgevonden, maar nog steeds liep Turis te emmeren.

Selma wist niets van m'n thuissituatie. Dat wilde ik ook zo houden. Als ze naar mijn ouders vroeg, verzon ik er gretig op los. Zonder blikken of blozen vertelde ik een keer dat we thuis misschien geen moskeegangers waren, maar ons wel heel strikt aan de regels van de Koran hielden. De grootste kolder! We leefden driehonderdvijfenzestig dagen per jaar precies hetzelfde. En we vraten als dijkers, wat we maar konden vinden. Niks geen halal dieet. Vader was de ergste. Die deed zich sinds kort iedere middag te goed bij Rinus' Snackautomatiek. Het bikken van gehaktballen werd een vast ritueel. Dat kwam door de prijs van die dingen. Een eurootje. Als er een imam op teevee verscheen, schold vader hem uit voor schurk en pedofiel, soms smeet hij een leeg bierblikje op het scherm.

De echte ik was ongeschikt voor haar. Ik moest me anders voordoen. Braver. Vromer. Nationalistischer. Ik loog nog als ik floot. Constant moest ik de leugens onthouden, zodat ik me niet versprak. Dat meisje had ook wel eisen, hoor. Met haar religie en zo. Tijdens de vastenmaand was ze vier weken ongesteld en kon ze niet meedoen. Daar hoorde je mij ook niet over etteren.

Kosta hield na het werk krijgsraad met Nathan en die deed gelukkig niet moeilijk. Om me gerust te stellen, of misschien omdat-ie gewoon een mafkees was, sprong hij in de hanglamp van zijn woonkamer. Het ding donderde uit het plafond, samen met een hoop kalk. 'Kut!' riep Nathan. 'Morgen maar een nieuwe kopen.'

We schaterden het uit. Ik voelde me opgelucht. In elk geval hoefde ik niet op straat te zwerven.

De jongens wilden dat ik me op m'n gemak zou voelen en toverden een copieuze maaltijd op tafel. Laveloos togen we later op pad. In de Luxor bedankte ik Nathan voor zijn gastvrijheid. 'No problem,' zei hij, 'daar zijn vrienden voor.'

Hij was mijn vriend niet. Maar dat hield ik voor mezelf.

38

Na een paar logeerdagen in het restaurant vond ik een kamertje voor mezelf, iets buiten het centrum van de Koekstad. Via een Surinaamse vriend van Mahir. Een huisjesmelker.

Ik mocht er meteen in. Hij hoefde geen borg of zo. Zelfs een contract hoefde ik niet te tekenen. Het was een herenakkoord.

Opgelucht nam ik de sleutel in ontvangst.

De Suryoye hadden geen sjoege van mijn verblijf boven hun restaurant. Dat wilde Nathan ook zo houden, omdat-ie geen zin had in gemekker van zijn familie. Ik moest constant op m'n hoede zijn toen ik daar verbleef. Slapen lukte niet meer. Ik dronk te veel. Het schoot allemaal niet op.

Kareltje zag me worstelen en skoepte wat oxazepam van z'n moeder. Hij beloofde dat de pillen zouden helpen met maffen. Hij kreeg gelijk.

Mijn nieuwe kamer was vrij groot. Het gebouw stond tussen een vijver en een basisschool. De huur bedroeg driehonderd piek. Inclusief gas en elektra. Dat kon ik wel ophoesten. Ik hoefde er maar vijf daagjes voor te werken. Bovendien ontving ik studiefinanciering en inkomsten uit ons feest, dat nog steeds goed liep.

De vorige bewoner liet een stoffige puinhoop achter, zelfs het tapijt had-ie meegenomen. Er lag alleen beton. De muren waren overwoekerd met pikzwarte schimmel.

In het appartementencomplex huisden veelal studenten, van die autochtone jongeren, rijkeluiskinderen, die elke avond biertjes zuipen met geld van hun ouders. De binnenplaats stond vol met fietsen, op de meeste waren stickers geplakt van studentenverenigingen. Dat blanke geteisem wilde per se ergens bij horen.

Door de nasleep van het ongeluk was ik platzak. Rijkswaterstaat wilde vijftienhonderd euro voor de schade aan de paal. Daarnaast moest ik van justitie verplicht op EMA-cursus. Alsof dat allemaal niet genoeg was, stuurden ze ook een bon voor rijden onder invloed. Gelukkig had ik die hond niet lek gestoken.

Ik kon geen meubels en gordijnen kopen. Kareltje en Ata wilden me graag helpen, maar zij hadden de financiële middelen ook niet. De eerste weken sliep ik op een luchtbed van de Blokker. Vreten deed ik in het restaurant. Mijn kleren waste ik ook daar, diep in de nacht, als iedereen al naar huis was.

Mijn verkering wist intussen nog steeds van niets. Zij zat almaar te dromen over een bruiloft en een baby.

Op een dag stelde Selma voor dat ik wat Koranverzen ging leren zodat ik met haar broer en vader naar het vrijdaggebed kon gaan. Dat zou een band scheppen.

Opbokken met die idioten! Ik knikte maar wat om van het gezeur af te zijn. Natuurlijk zou er nooit wat van terechtkomen.

De dag van onze overnachting in het hotel kwam dichterbij, maar veel spanning voelde ik niet. Ik had wat anders aan mijn kop. Money maken!

Pas na een suggestie van Kosta zag ik de toekomst wat rooskleuriger in. Mahir zou volgens hem loonstrookjes kunnen vervalsen, want die deed iets grafisch op zijn werk, allerlei moeilijke dingen die hij op school had geleerd. Met die documenten moest ik naar de bank, een creditcard aanvragen. Dan kon ik pinnen wat ik wilde. Ik was de wanhoop nabij, dus ik dacht: waarom ook niet?

Het was in een mum van tijd geregeld. Binnen twee weken kon ik over de poen beschikken. Ik ging meteen naar de bouwmarkt en de meubelboulevard en kocht in een middag mijn hele inventaris bij elkaar. Officieel woonde ik nog thuis, maar van Ata en zijn ouders mocht ik me inschrijven op hun adres. Met een simpel bezoekje aan de gemeente was dat geregeld. Zo tilde ik de IB-Groep per maand nog eens voor driehonderd euro. Dat was toch mooi een maand huur.

In een grote elektronicazaak bestelde ik op de pof een lcd-scherm, laptop en vaste computer.

Wie niet beter wist, zou denken dat ik 't goed voor elkaar had.

39

De deur van het balkon, dat ik deelde met mijn huisgenote, een roodharige limbo, stond wagenwijd open. Ze was geen kwade meid. Van haar hoefde ik niet te poetsen. Als ik maar geen rotzooi liet slingeren.

De keuken, badkamer en schijtpot hield zij schoon. Dat vond ik niet meer dan normaal. Zij maakte ook 't meest gebruik van alles in ons krot. Schaften deed ze zes keer per dag. Ik was vaak de boer op. Geld verdienen.

Als mijn buurmeisje naar de wc liep, kon ik moeizaam m'n lach inhouden. Dat wijf geneerde zich voor niets of niemand. Het was alsof de sluizen van haar flamoes zich openden en zij liters water uit haar lichaam liet storten. Elke avond, kort voordat ze ging slapen, hoorde ik haar persen en ruften als een Maleier.

Gebruikte tampons vergat ze vaak weg te gooien. Haar strontkorsten bleven regelmatig achter in de pot. Als poetsmeisje moest ze nog veel progressie maken.

Het geluid van de teevee werd overstemd door gekwaak van spelende kinderen die hun middagpauze vierden met spelletjes en gezang. Ik lag hongerig op de bank en greep verveeld mijn telefoon van de salontafel. Op goed geluk belde ik Ata, omdat-ie bovenaan in het logboek stond. Misschien wilde hij in de stad met me ontbijten.

Selma zat op school. 's Middags zou ik haar zien.

'Hoe is het, broer?'

De verbinding haperde.

'Eus, mijn vader is overleden. Daarnet. In mijn handen.'

'Ja, ja. Dat zijn geen grapjes, vriend. Doe niet zo maf.'

'Nee, echt. Een hartaanval. Zijn kaken stonden stijf op elkaar. Probeerde nog te reanimeren. En zijn mond te openen... Ik bel je later wel.'

'Hoe kan je zo kalm blijven?'

'Ik bel je later wel.'

'Oké.'

Het begon me een beetje te duizelen. Ik kwam overeind en wandelde naar het balkon. De hemel was felblauw.

Een grijze man gooide zijn hengel in het water, trok 'n trommel uit zijn visserstas en begon een boterham te kanen.

Ik hoorde alleen nog gezoem. In mijn hoofd. IJsberend liep ik over het balkon. Ik moest er voor mijn vriend zijn. Maar hoe?

De visser had beet en slaakte opgewonden kreetjes. Vanaf mijn balkon zag ik hoe hij met kinderlijk enthousiasme een stekelbaars probeerde binnen te halen. Zijn lijn brak. De man werd zo boos dat hij z'n hengel in het water smeet. 'Tyfusbeest. Teringzak!' Hij schopte zijn tas omver en al het vissersgerei vloog eruit. 'Het is ook altijd hetzelfde. Nooit zit het me mee. Nooit, godverdomme!'

Ik deed de teevee uit, trok mijn trainingspak aan en rende richting de Rivierenwijk. Hoe dichter ik bij m'n bestemming kwam, hoe meer schotelantennes er aan de huizen hingen. Ata woonde in het verlengde van de Maasstraat. Overal hielden Turkse mannen zich op. Een paar honderd. Iedereen keek naar de grond, terneergeslagen en met de handen in de broekzakken. De vader van m'n beste vriend was een geliefd man.

Toen Ata me zag, kreeg ik een hand en drie kussen op mijn wangen. Dat was de gewoonte van die batsen. Normaal deden wij dat nooit.

'Gecondoleerd,' zei ik.

Hij knikte en probeerde zich groot te houden, maar z'n bloeddoorlopen ogen verrieden alles, evenals het natgehuilde zakdoekje in zijn hand. Zijn verdriet bezorgde mij kippenvel. Met een schouderklop probeerde ik hem te troosten.

Langzaam kwam een man in 'n jurk de straat in gelopen. Hij had een woeste baard. Iedereen schoof opzij, vol bewondering en ontzag. Het was de imam.

Die knakker strengelde z'n armen op zijn rug. Een paar mensen voerden overleg, vijf of zes man, daarna werd er gewezen naar twee huizen. De keuze viel op het huis met de mooiste tuin. Ze gingen er naar binnen.

'Jij moet ook mee,' fluisterde Ata.

'Wat doen?'

'Bidden.'

Ik kon hem niet teleurstellen.

De huiskamer zag er knus uit. Er stonden veel foto's, sierlijke theeglazen en er lag een Perzisch tapijt. Na ampel beraad bepaalden ze waar het oosten lag. De aanwezigen knielden. Ik keek naar de mannen, die zich ogenschijnlijk volledig hadden afgesloten van de buitenwereld, en nam me voor al hun gedragingen en handelingen te imiteren.

De imam hief het gebed aan.

Ademloos luisterde ik naar de stilte. Ik voelde me bijzonder omdat ik aanwezig mocht zijn. Maar ik was ook bang. Ze zouden me zomaar kunnen ontmaskeren als kafir.

Iedereen tilde zijn armen op en hield ze voor z'n gezicht. Ik ook. Maar dan een fractie te laat. De pluisbaard diste een paar woorden op. De rest viel hem om de zoveel tijd bij met een fanatiek 'amin'. De mannen sloten hun ogen en zwegen. Geen idee waar ze aan dachten.

Ik bleef uit m'n doppen kijken. Hoe moest ik ze anders in de gaten houden? Het duurde erg lang. Misschien, dacht ik, moest ik uit respect voor Ata's vader ook aan iets heiligs denken. Het lukte niet. Mijn gedachten dwaalden steeds af naar een broodje pastrami. Zeurderig knorde mijn buik, duidelijk hoorbaar voor iedereen.

Maar het stille gebed ging door, alsof de mannen gedrogeerd waren. Ineens boog iedereen tezelfdertijd voorover, als een omgekeerde wave. Ik deed hetzelfde. Maar wederom iets te laat, waardoor ik hun ruggen zag.

De imam sprak een paar afsluitende woorden uit. Er volgde een stilte.

'Amin.'

Het was afgelopen. Ik ging naar Ata toe en sloeg een arm om hem heen.

Er rolden tranen uit zijn ogen.

40

Kosta en ik liepen de hele avond te bakkeleien. De rest werd er gek van. Hij wilde per se een zomereditie van ons feest. Over een maand. Dat vond ik dom… Ontzettend dom! Alsof batsen tijdens die periode in Nederland vertoefden. Stuk voor stuk gingen ze naar Turkije met de grote vakantie, alleen arme sloebers bleven hier.

Sommige mokkels droomden al in 't najaar van de trip naar hun moederland. Daar vertelden zij over als ik ze op Altin Gece sprak. Hoofdschuddend luisterde ik naar al die verhalen. Als je het daar toffer vindt, rot je toch mooi op!

De chef-kok brulde dat we onze muil moesten houden. Het was druk in de keuken.

Intussen liet Haakneus steeds opzichtiger doorschemeren dat ze door mij gedekt wilde worden. Om de haverklap kwam ze aan de wasbak haar handen wassen, daarbij benutte ze iedere mogelijkheid om – schijnbaar nonchalant – aan m'n lijf te zitten. Ze werd roekeloos. Het was een hitsig wijf dat getemd moest worden. Dat celibataire leven was niets voor haar, maar mij niet gezien. Ik had al genoeg problemen.

'Nou, dan doe je het maar mooi zonder mij, patjakker!'

Met een woedende blik keek Kosta me aan.

'Ik ben serieus. Ik boycot het feest. Flikkerstraal maar mooi een end op met je zomereditie.'

Mijn broer kwam met reuzenstappen op me afgelopen. Hij hield een pan vol kokende champignonsaus vast. 'Houd je bek, mongooltje. We praten hier later over.'

De Suryoye vermeiden zich prima in onze rel, ook de chef-kok, die de broedertwist geweldig vond. De rest van de avond was het muisstil in de keuken. Alleen de vrouw van de salades en ijsjes mompelde wat.

’s Avonds belde ik Selma. Ik zei dat ze niet naar de zomereditie mocht. Ze stemde direct in. De week daarop zou ze met haar familie naar Turkije vliegen, dus ze hield sowieso liever de hand op de knip.

‘Heb je zin in morgen?’ vroeg ik.

‘Ja, heel erg.’ Haar stem sloeg over.

Na de brief spraken we nooit over het onderwerp. Het bracht haar in verlegenheid, dat wist ik heel goed. De beslissing om het met mij te doen had grote consequenties voor Selma. Voor haar symboliseerde prehuwelijkse seks een definitieve verbondenheid.

Ik vond het gewoon lekker.

41

Op internet vond ik ’n hotel voor een paar joetjes per nacht. Het stond langs de A1, precies tussen onze woonplaatsen in. Terwijl Selma op een bankje in de lobby ging wachten, liep ik naar de receptie om in te checken. Er zat ’n werkstudente achter de balie, een blonde stoot, met wie ik subtiel probeerde te flirten, maar die mij telkens op de aanwezigheid van m’n vriendin wees door voorovergebogen langs mijn schouders te loensen.

Selma had een Björn Borg-tas meegenomen met nachtkleding en toiletspullen. Mijn boeltje zat in een plastic tas van Albert Heijn.

Om haar ouders te misleiden had ze een list verzonnen. Ze vertelde die hufters dat ze voor haar bijbaan een avonddienst moest draaien, tot eventjes na middernacht. Zogenaamd was ze de volgende dag ingeroosterd voor de ochtendploeg. Daardoor zou ze om vijf uur alweer het ouderlijk huis verlaten. Ik moest haar dus vier uur missen. Dat vond ik best jammer. Ik wilde gewoon met haar zijn, zonder rekening te hoeven houden met allerlei mensen en hun middeleeuwse opvattingen.

De kamer was klein en vies. Ik sloeg de deken om en zag rode, gele en bruine vlekken in het hoeslaken. Het geluid van de auto’s op de snelweg weerklonk door de ruimte, evenals dat van het snorrende ventilatiesysteem. Met romantiek had het weinig te maken.

Zenuwachtig dartelde Selma door de kamer. Haar lichaam was prachtig, mooier bestond niet. Normaal droeg ze heur haar in een knot, maar nu gooide ze het los. Ze had een spijkerjurk aan, volgens mij van Dolce & Gabbana, die haar grote borsten samenperste.

Een beetje ongeduldig staarde ik naar haar mooie billen. Ik wilde vaart maken, stapte op mijn meisje af en begon haar te zoenen. Maar zij hield de boot af.

'Rustig!' zei ze. 'De dag is nog jong.'

Selma pakte haar tas uit en richtte de badkamer in alsof ze thuis was. Alles kreeg een speciaal plekje. Shampoos, zeepjes, make-up en zelfs een scheerapparaat! Dat had ze naar eigen zeggen nodig voor intieme vrouwelijke plekjes. Daarna hing ze haar kleding aan de houten knaapjes van het hotel.

'Zou het niet fantastisch zijn als wij straks getrouwd zijn en een huis gaan kopen?' vroeg ze. 'Ik wil wel in de buurt van m'n moeder wonen, hoor. Die kan niet zonder mij.'

Ik liet het allemaal begaan, ging op de hoek van het bed zitten, hoorde het ledikant kraken en zette de teevee aan. Tijdens het zappen kwam ik langs een pornokanaal dat 'n film toonde waarin een blond meisje werd genomen door drie negers. Selma zag het ook en drukte geschokt een hand op haar mond.

'Sorry, sorry, sorry!'

Voor ik van zender kon veranderen kwam er een menuutje van PAY-TV in beeld.

'Wat verschrikkelijk voor die vrouw,' zei Selma. 'Het is zo vrouwonvriendelijk.'

'Dat wijf kiest er toch zelf voor?'

Ze keek me boos aan.

'Ja, omdat haar wijs wordt gemaakt dat ze niets anders kan. Jullie mannen creëren de markt voor die troep. Dat meisje zal nooit haar talenten benutten. Zo zielig...'

Bijna hadden we er bonje bij. Zo meteen zou ze nog van alles afzien. Ik hield me koest.

De kast hing op een gegeven moment tjokvol met jurken en rokjes. Selma parfumeerde haar polsen en hals en kwam naast me zitten. 'Zullen we ergens een hapje eten? En moet jij niet je tas uitpakken?'

Ik staarde naar de blauwe tas die gekreukeld in een hoek van de kamer lag. Met tegenzin richtte ik me overeind. Er zat niet veel in: een paar sokken, mijn slaapbroek en een dozijn condooms. Ik had ook een 0,7 literfles Jack Daniel's bij me in de hoop dat ik Selma kon verleiden tot een borrel. We hadden het eerder die week besproken. Niet het grote moment zelf, de ontmaagding, maar de optie om samen, als we dan toch bezig waren, extra te zondigen door alcohol te drinken. Dat was me een potje haram! Maar het kwam uit twee goede harten, maakten we elkaar wijs. Dus Allah zou wel barmhartig zijn.

Bijtend op mijn lip hield ik het tasje vast en tuurde naar de inhoud. Het was te confronterend om meteen de condooms eruit te halen, daarom gooide ik het terug op zijn plek. 'Dat komt later wel. Waar wil je eten?'

Na de spits werd het kabaal minder. We hadden uitzicht op de immense parkeerplek, die verlicht werd door grote lampen. De truckers reden af en aan. Het restaurant van het hotel was bagger, daar wilde ik sowieso niet eten. Aan de overzijde van de snelweg zetelde een McDonald's, maar om daar te komen moesten we door een lange ondergrondse tunnel.

Selma wilde de gok niet nemen. 'Stel je voor dat bekenden van mij of m'n ouders ons samen zien. Daar kan ik me echt niet uit lullen.'

Dat gezeik over die ouders en hun cultuur kwam me zo'n beetje de strot uit, maar ik liet niets merken, al was het maar voor het grote doel. Ik stelde voor in haar auto naar een Chinees te rijden. Ze dacht nog steeds dat m'n Omega in de garage stond voor een grote beurt, dat had ik haar na het ongeluk wijsgemaakt.

Selma vond het een prima plan. Eten met haar was nooit een pretje. Overal waar we kwamen stelde ze onnozele vragen over de menukaart. Een keer bestelde ik biefstuk in 'n steakhouse, maar Selma was er niet gerust op. Ze bleef er maar eindeloos over ouwehoeren. 'Het kan toch geen kwaad als ik het even vraag?'

'Maar ik weet 't zeker. Ik werk in een restaurant, weet je nog!'

'Nou, ik wil het toch voor de zekerheid aan de bediening vragen.'

Pas nadat de ober haar had verzekerd dat mijn biefstuk niet van een varken kwam kon Selma zich ontspannen. Ik voelde me gekleineerd en niet serieus genomen, maar daar had ze geen boodschap aan. Het personeel lachte ons uit.

Het vreten bij de Chinees was goed. We hadden kip en vegetarische mihoen, dat namen wij altijd bij chinks. Een uur later arriveerden we weer in het hotel. De blonde stoot was vervangen door een knakker met een pokdalig gezicht.

Zwijgend stapten we in de lift.

Ik dacht de hele tijd na over de manier waarop ik 't moest aanpakken. Selma hield mijn arm vast en legde haar hoofd op m'n schouder. Ik kreeg de deur niet direct open. Het slot weigerde een paar keer de kaart.

Eenmaal binnen sloeg ze haar armen om mijn middel. De teevee stond nog aan.

'Ik houd zoveel van jou,' fluisterde Selma.

Hevig zoenden we elkaar. Ik bevoelde haar billen en borsten en kreeg een erectie.

De rechterhand van Selma gleed schrikkerig richting mijn kruis.

'Nee, wacht...' riep ze ineens. 'Laten we eerst wat drinken.'

'Waarom?'

'Dan kan ik me ontspannen. En jij ook. Het is toch wat opwindend allemaal.'

Mokkend liep ik naar de badkamer, onderweg trok ik de fles uit mijn tas. Op de wastafel stonden twee plastic bekers. Ik vulde beide met een bodempje Jack Daniel's, wandelde weer naar buiten en gaf eentje aan Selma. Ze pakte haar beker met twee handen aan.

'Proost!'

'Nee, je moet *şerefe* zeggen,' zei ze. 'We zijn toch Turken, gek.'

'O, ja... Nu je het zegt. Weet je eigenlijk waarom mensen eerst hun glazen klinken voor ze gaan drinken?'

Selma keek me schaapachtig aan.

'Kijk, als je dit bekertje vastpakt, voel je 't met je hand. Je ziet met je ogen dat we whisky drinken. En als je het glas dichter bij je neus brengt, ruik je de zoete geur.'

Ze snoof aan de beker en trok een gekke bek.

Ik vond haar lief en moest lachen. 'Met je tong proef je de drank, maar tijdens dit hele proces zijn je oren overbodig.'

'Ah!' zei Selma. 'Door te klinken doen al je zintuigen mee. Slim, zeg! Maar hoe weet jij dit eigenlijk... Je drinkt toch nooit?'

Ik veinsde keelpijn nadat ik een beetje whisky had genipt. 'Dat zag ik op teevee.'

We gingen tegen 't hoofdeinde van het bed zitten. De fles stond tussen ons in, alsof het onze baby was. Selma's voeten staken onder de deken uit. Ze had haar teennagels roze gelakt. Het zag er koddig uit. Ik boog voorover en wilde een kusje op haar enkel geven.

Zij trok haar benen weg. 'Niet doen, gek! Dat is vies.'

Buiten ontsprong een enorme hoosbui, het gaf de avond extra cachet.

Ik zette mijn beker op het nachtkastje en plaagde Selma, in de hoop dat een stoeipartij het ijs zou breken, maar ze hield meteen af.

Vrolijk dronken we verder. Onderhand voelde ik me ietwat sjikker worden.

In haar brief schreef ze dat ze er klaar voor was, hij lag thuis onder m'n matras, veilig opgeborgen als een stuk doorslaggevend bewijsmateriaal.

Soms fantaseerde ik over ons samenzijn. Dan drukte ik haar pennenvrucht tegen mijn neus om de zoete geur van haar parfum op te snuiven. Ik hield gewoon van Selma, ondanks al mijn nachtelijke strapatsen. Als zij niet al die rare eisen stelde, kon ik misschien klaar en duidelijk zijn over hoe ik werkelijk in het leven stond.

Half ontkleed lagen we tegen elkaar.

'Ben je er klaar voor, lieverd?'

Met vermetele oogjes knikte ze.

Ik sprong van 't bed, haalde het doosje condooms uit mijn tas en kwam weer vlug naast haar liggen. Selma drapeerde de deken over haar lichaam, tot aan haar hals.

Vragend keek ik haar aan.

'Het is koud.'

Op internet had ik me ingelezen over ontmaagdingen, of defloratie, zoals ze het daar noemden. Ik wist precies hoe ik te werk moest gaan. Met gespeelde onhandigheid scheurde ik de verpakking van een condoom los. Na een beetje tegenstribbelen stond ze toe dat ik de deken van haar lichaam trok. Selma rilde over haar hele lichaam.

'Weet je het echt zeker?'

'Ja, schat. Het is goed.' Ze keek me verliefd maar ook zorgelijk aan.

Ik duwde haar string naar beneden en zij ontknoopte haar beha. Ze zag er goddelijk uit. Ongeduldig klom ik op de liefde van mijn leven. Het ging nu eindelijk gebeuren.

Selma gaf geen krimp terwijl ik op haar lag. Ik wilde haar aankijken, maar ze sloot haar ogen en trok een moeilijk gezicht. Ik begon aan mezelf twijfelen. Deed ik haar pijn?

Na een paar minuten was ik klaar. Ik rolde naar mijn eigen kant van het bed en staarde naar het plafond, alleen haar zware ademhaling klonk door de kamer. Ze kromp helemaal ineen, in een foetushouding. Het leek wel alsof ze zich zo klein mogelijk probeerde te maken.

Ik streelde haar over haar kruin en zei dat het erg fijn was. 'Vond jij dat ook?'

Ze zweeg.

'Schat, wat is er?'

Er kwam geen geluid uit Selma.

'Verdomme, praat tegen me. Wat heb je?'

Snikkend tilde ze haar hoofd overeind. 'Ik heb pijn. Heel veel pijn.'

42

De nacht was koud en nat. Ik liep over het uitgestorven parkeerterrein van het ziekenhuis. Halsoverkop vertrokken we uit het hotel.

Onderweg belde Selma voortdurend met een Nederlands meisje, de scharrel van haar neef, die ze informeerde over haar klachten.

Ik voelde medelijden met dat kalf, ze geloofde werkelijk dat die jongen in de toekomst met haar ging hokken en zo. Van Selma hoorde ik anders: hij had zijn oog laten vallen op iemand uit het geboortedorp van zijn ouders. Een bats. Met haar wilde hij écht trouwen.

In de Koekstad zeiden we wel eens: alle jonge Turkse mannen hebben twee vrouwen, een in het café, en eentje in Turkije die ze nog moeten ophalen. Dat ging zeker op in dit geval.

'Kan je alsjeblieft komen? Ik durf niet alleen. Please...' vroeg Selma.

Het neukertje van haar neef talmde geen moment. Ik raakte wat opgefokt. Selma had wat anders aan haar hoofd, dus ik maakte geen bombarie, maar dat ze de mogelijkheid uitsloot om met mij naar de arts te gaan vond ik bizar en beledigend. Het was natuurlijk weer zo'n cultuurding van haar. Of misschien vreesde ze een bekende tegen te komen in het ziekenhuis.

Buiten vrat ik mezelf bijna op van de zenuwen. Selma wilde me niet binnen hebben. Ze schaamde zich.

Ik moest m'n verhaal kwijt en belde Kareltje. Die was 's nachts altijd wakker.

'Ha! Sheriff,' zei hij. 'Ben je eindelijk door die Ottomaanse muur van haar gebroken?'

Volgens een theorie van Kareltje bezweek vroeg of laat ieder meisje voor de verleiding van seks, ook streng gelovige Turkse mokkels. Ze wierpen allemaal een muur op, vertelde hij, maar die muur was bij sommige meisjes van karton en bij andere opgetrokken uit massief beton. Als je lang genoeg bleef intrappen, brak je er wel doorheen.

'Man, er is iets ergs gebeurd... Ik sta voor het ziekenhuis.'

Op de achtergrond hoorde ik klassieke Turkse muziek. Dat was zijn nieuwste ontdekking. Hij luisterde er voortdurend naar, al verstond-ie meer dan de helft van de teksten niet. Hij vertelde me eens dat er meer gevoel in zat dan in de volksmuziek die zijn familie en vrienden luisterden. Hij was een fukkin' fanboy geworden.

'Wat? Gek onie... Heb je haar stukgeneukt of zo. Is ze peiger?'

Ik raakte geïrriteerd. 'Natuurlijk, niet... Of, ja. Eigenlijk wel. Ze houdt niet op met bloeden. Er is iets kapot bij haar... Daaronder, weet je wel... Ze blijft maar lekken.'

Zo open en bloot sprak ik nooit over Selma. Ik vond dat eerloos. Je eigen vrouw was heilig. Ik weet ook niet waarom ik dat dacht. Misschien had ik dat onbewust thuis geleerd.

'Uh, is ze ongesteld?'

'Nee, man. Ja, nou... Het is een beetje als dat... Maar dan de hele tijd, weet je. Het houdt niet op.'

'Ik snap er geen klote van. Hoe kan dat nou? Heb je iets mafs gedaan?'

'Nee, man. Gewoon seks... Je weet wel... Normaal. Misjoenaris. Of hoe noem je dat?'

'Tering. Hep jij weer, hoor. Oké, en wat nu?'

'Ik weet het niet. Kan niet weg hier. We zijn met haar auto. Serieus. Ik heb altijd pech.'

Kareltje draaide de muziek uit. 'Ik weet het ook niet. Sms me straks waar je bent. Ik maak m'n oom wakker. We halen je wel op.'

43

Selma klonk uitgeblust. Ze gaf overal halfbakken antwoorden op, alsof ze de telefoon liever direct zou ophangen.

Na het incident in 't hotel hadden we elkaar niet meer gezien, al mijn voorstellen pareerde ze met smoesjes, alles om maar niet af te hoeven spreken. Wat ze die nacht nu werkelijk had, vertelde ze nooit – niet dat ik erom vroeg, maar toch. Voorheen besprak ze elk onderwerp, al haar belevenissen. Daarom hield ze ook zo van mij. Ik luisterde altijd. Nu torste ze liever een geheim met zich mee.

Het duurde nog twee dagen voor ze met haar familie naar Turkije zou vertrekken.

Ik miste Selma ontzettend, voor mij veranderde die pijnlijke nacht helemaal niets, maar zij was van het ene op het andere moment iemand anders geworden.

Tegen beter weten in diste ik vrolijk mijn dag op, louter met de bedoeling haar op te monteren. Ik sneed onderwerpen aan waarvan ik wist dat die haar interesseerden, over religie en mode, onze bruiloft en kinderen... Niets veranderde haar gemoed. Overal reageerde ze formeel en ongeïnteresseerd op, als een verwend prinsesje. Het was zo erg dat ik niet eens hoefde te liegen over waar ik me ophield. Ik werd er gek van.

'Wat is er toch met je aan de hand?'

Ik bekeek mezelf in de ronde spiegel van Nathans badkamer. Als de laatste klant uit het restaurant was vertrokken zouden we met zijn viertjes buizen. Kosta had eerder die middag beloofd uitgebreid te zullen koken – iedereen wilde T-bone eten.

Selma zweeg.

'Een probleem los je niet op door het te negeren.'

Ze ademde diep uit, verveeld bijna, alsof het gesprek een verplicht nummertje was. De verbinding kraakte ervan.

'Luister. Je doet nu écht kinderachtig. Vorige week liep niet goed af. Ik weet het. Ik baal er ook van. Maar we kunnen er toch gewoon over praten?' Ik nam me voor niets te zeggen tot zij zou reageren.

'Nou... Goed. Het spijt me,' zei Selma na een paar seconden. 'Vorige week was inderdaad erg vervelend. Maar dat deed jij niet expres. Jij bent een goede jongen. Ik denk alleen...'

Geruisloos liet ik me langs de muurtegels op de koude grond glijden. Ik zat op het doucheputje en pulkte wat in mijn neus. 'Wat denk je?'

'Ik denk alleen dat onze relatie nooit gaat werken. Mijn ouders zijn erg gelovig, en jij bent gewoon anders. Ze zullen je nooit accepteren.'

Ik voelde mijn slapen kloppen en begon te zweten als een otter. Dit was 't einde. Ze wilde het uitmaken. Ik wist het meteen.

'Huh. Schat... Dit kan je niet menen. Toen je verkering met me nam wist je toch ook wie ik was? Ik heb je ontmaagd. Wat is dit opeens?'

Selma begon zachtjes te janken. Dat deed ze niet vaak, dus het moest wel menens zijn. 'Ik weet het,' snotterde ze. 'Het spijt me echt. Het ligt niet aan jou. Ik houd gewoon nog van je. Maar het kan gewoon niet. Dat begrijp je toch wel...'

Ten einde raad, vooral als wanhoopspoging, snifte ik ook wat. Misschien zou ze zwichten voor mijn verdriet.

'Hoezo bedenk je dit nu pas?' vroeg ik huilerig. 'Als je straks met een andere man trouwt, dan zal hij toch merken dat je geen maagd meer bent?'

'Daar moet je niet over beginnen, Eus. Echt. Daar wil ik nu niet aan denken!'

'Eus? Je noemt me nooit Eus! Waarom doe je zo?'

'Lieverd... Schat... Sorry. Maar je moet gewoon niet doorzeuren. Mijn besluit staat vast... Ben je er nog?'

'Maar we zouden toch trouwen... Denk aan die bolle buik. Onze baby...'

Stilte.

Ik overpeinsde een laatste tactiek. Maar het was op. Basta.

'Mag ik je misschien nog een keer zien voor je weggaat? Om afscheid te nemen.'

'Dat maakt 't alleen moeilijker. Het is goed zo, schat. Zorg goed voor jezelf. Je bent een bijzondere jongen.'

'Ik houd ook van jou!'

Maar ze had al opgehangen.

Ik waste m'n ponem met koud water. In de smerige spiegel zag ik rode ogen, dat ze van mij waren voelde onwerkelijk aan. Een jongen hoorde niet te huilen om een meisje.

De tranen klommen over mijn oogleden, één voor één, en druppelden in de wasbak. Ik liet het gebeuren.

Plotsklaps beëindigde ze de relatie. Met een drogreden. Misschien had ze gelijk, zouden we door haar achterlijke familie nooit met elkaar kunnen trouwen. Maar dat wist ze toch al lang? Anderhalf jaar hield ze me aan het lijntje...

Wanhopig bedacht ik dat ik haar nogmaals moest bellen. Nu met de mededeling dat ik tijdens onze verkering minimaal tien keer was vreemdgegaan. Ik wilde m'n gram halen. Hoe kon ze zo harteloos zijn?

Ik staarde naar het schermpje van mijn telefoon. Haar naam stond boven aan de lijst. Ik kon me inhouden. Misschien kwam ze in de toekomst terug op haar beslissing. Nu liet ik het rusten.

Ik moest naar beneden. Naar het vreten.

En de drank.

44

De dagen na onze breuk heb ik in een chronische staat van dronkenheid geleefd. In mijn kinderlijke naïviteit zocht ik troost in elk café dat me wilde schenken. Ik zwolg in zelfbeklag, vierde mijn liefdespech bot op anderen en verzorgde mezelf totaal niet meer.

De hele tijd bliksemde het mooie gezicht van Selma door mijn hoofd. Ik was voor een dubbeltje geboren, maar dreigde als stuiver te eindigen. Toen kwam zij. Onze verkering was een meevaller in mijn leven.

Ik dacht aan de keren dat wij naar een verlaten parkeerplek reden, van een zwembad of voetbalvereniging, laat op de avond, zodat we een paar minuten ongestoord samen konden zijn. Het werd een ritueel. Onze meest intieme momenten.

Op de achterbank kwam Selma in mijn armen liggen, onrustig, want ze was constant op haar hoede. De angst om betrapt te worden kon ze nooit van zich afwerpen. Ik legde me erbij neer. Ergens was het mooi. De verboden relatie maakte onze band inniger. We deelden een geheim: onze liefde.

Wekelijks nam ze mij onder handen. Met haar pincet trok ze ingegroeide haren uit m'n stoppelbaard. Van tijd tot tijd smeerde ze een masker op mijn gezicht. Tegen acne. Als ik een steenpuist op mijn voorhoofd had, durfde ik haar niet aan te kijken. Maar zij stelde me altijd gerust. Soms aaide ze daarbij over mijn bol. Ik hoefde me nergens voor te schamen. Ik moest me ontspannen. Zij zou wel voor me zorgen. Nu en later. Altijd.

Om een blijvende herinnering aan haar over te houden doorzocht ik al mijn kasten en laden. Er moest een foto van ons samen zijn. Van die ene keer dat we naar het pretpark gingen, op de dag na mijn auto-ongeluk. Hoewel ik tot tien uur 's ochtends had gezeten, wilde ik er alles aan doen om met haar op pad te kunnen gaan. Dat had ik beloofd. Ze had de dagen afgeteld. Ik treinde naar huis, probeerde me zo goed als het kon op te frissen en liet me door Selma oppikken. Ik herinnerde me haar vragende blik... Misschien rook ik naar alcohol... Of vielen mijn wallen op... Goddank hoorde ze mij niet uit.

Die mooie dag wilden we nooit meer vergeten. Daarom nam zij honderden foto's, die ze nog dezelfde avond mailde, van sommige kreeg ik een afdruk. Uit zelfwalging bekeek ik ze niet of nauwelijks. Alleen eentje trok mijn bijzondere aandacht, ook omdat zij er zo enthousiast over was. Hij was genomen door de man van de frietkraam. Elke vezel in haar gezicht straalde geluk uit. Haar mooie voorhoofd... Ondeugende ogen... Brede glimlach... En die lieve appelwangetjes...

Ik kon het plaatje niet vinden. Het moest ooit op canvas worden gedrukt. Later zou het in onze woonkamer komen hangen, als we met elkaar waren getrouwd. Dat was ons plan.

Ik was de foto kwijt. Ik was Selma kwijt.

Op een dag kwam ze bij mijn ouders thuis. Het was weekend. Mijn ouwelui waren op visite bij een neef in Duitsland en bleven daar slapen. We hadden privacy. Ik gidste Selma vluchtig door het huis en trok haar mijn kamer in. Alle spiertjes in haar lichaam stonden strak van de spanning. Ik masseerde haar schouders, rug en daalde langzaam naar beneden. Met engelengeduld trok ik haar kleding uit, tot ze alleen nog een string aanhad.

Het beeld van haar mooie lichaam zal ik nooit kwijtraken. Haar schoonheid verwarde mij. Eerlijk waar. Nooit had ik zo'n mooi meisje gezien. Niet op internet. Niet op teevee. En ook niet in blaadjes. Ongeloof maakte zich van mij meester. Dat ík, een absolute nobody, zich de vriend mocht noemen van dát meisje.

Ik knuffelde Selma bont en blauw. Het liefst had ik haar nooit losgelaten.

Onverklaarbare tranen.

Ze tilde mijn hoofd op en vroeg wat er aan de hand was. Ik negeerde de woorden en drukte haar naakte lichaam tegen het mijne aan. Misschien liep ik vooruit op de onvermijdelijke waarheid.

We vielen in slaap.

Chinezen zeggen altijd dat een dag somberheid langer duurt dan een maand vreugde. Die lui hebben gelijk.

FEMMES
FATALES

45

Vader zat in de opastoel. Hij tuurde met gekruiste poten en een smeulend sjekkie tussen zijn vingers naar de teevee, onze oude beeldbak, die erg luid stond. Een blonde nieuwslezeres vertelde over de politieke situatie in Turkije.

Sinds kort hing er ook een satelliet aan ons huis. Het was een bijna symbolische beslissing van Turis. Hij had de hoop definitief opgegeven. Van zijn zoons zou niets terechtkomen. Dat wist-ie zeker. Dus besloot hij ons in te ruilen voor een schotelantenne.

Toen ik een aan mij geadresseerde brief op de eettafel zag liggen en die openscheurde, keek vader me met samengeknepen ogen aan, pas nu zag hij me. 'Wat moet jij hier? Verdwijn uit mijn huis, bastaard!'

Kort na dat telefoontje van moeder, die avond in het restaurant, besloot ik het contact met hem te verbreken. Voor altijd. Ik had niets aan die man. Hij zorgde alleen voor ellende.

Een nieuw huis had ik al. Nu nog mijn laatste spullen, dan was het klaar. De rest van mijn leven zou ik vader straal negeren – tot zijn dood.

Dit was de eerste test.

Hij bleef me aanstaren, met uitgestoken nek, maar bazelde gelukkig niet meer.

Terwijl ik de aanmaning van het creditcardbedrijf las, rook ik de geur van nicotine en gebakken knoflook. Het was tekenend voor de verhoudingen: moeder die elke dag in de keuken zwoegde, en vader, de ongelooflijke lapzwans, die het er flink van nam in het leven.

Ik deed de brief in mijn achterzak en spurtte naar boven, met m'n voetbaltas in mijn hand. Veel had ik niet: kleding, een paar fotoalbums, wat cd's en drie flesjes parfum. Eigenlijk kon ik dat spul prima missen, maar ik wilde per se alles meenemen, de parfums sowieso: ik gunde die flikker niet dat-ie mijn dure geurtjes leegspoot. Turis moest naar drank ruiken. En armoede. Dan wisten mensen tenminste wie hij werkelijk was.

Mijn oude eenpersoonsbed zag er onberispelijk uit. Het beddengoed lag strak op de matras. Moeder maakte het iedere ochtend op toen ik er nog woonde. Ze verzaakte nooit, zelfs niet als ze ziek was. Ik verdacht haar ervan dat ze ook nu, hoewel ik al weken elders sliep, nog steeds om de zoveel tijd kwam controleren of er geen kreukels in de deken zaten.

Ik had mijn spullen en kon vertrekken, maar op de drempel draaide ik me eventjes om. Voor het laatst keek ik naar m'n kamer. Het voelde als een definitief afscheid. De tijd die ik er doorbracht was kut, Turis terroriseerde ons, maakte van ons leven een hel, maar toch viel het me zwaar. Ik hoefde geen liefde, alleen wat rust.

Ik stormde de trap af naar beneden en gooide mijn tas op de vloer.

De teevee stond minder luid.

Moeder kookte een potje in de keuken en zag me niet staan. Voor mijn vertrek wilde ik haar een knuffel geven. En een kus. Ik wist dat ze dat prettig vond. Het maakte haar gelukkig. Die genegenheid.

'Jij bent hier niet meer welkom, net als die broers van je,' brulde vader ineens. 'Al mijn tijd, mijn investeringen, mijn energie… Het is allemaal voor niets geweest! Voor de kat z'n kut. Ik heb drie ondankbare zonen gekregen. Nietsnutten.'

Voor hij zijn tirade verder kon afsteken trok ik de keukendeur open en omhelsde moeder. 'Je mag altijd bij mij op visite komen, hè?' fluisterde ik in haar oor.

Getergd keek ze me aan. Ze kon Turis wel vermoorden.

Er pruttelde 'n pannetje soep op het fornuis.

'Het komt goed, jongen. Ga nu maar.'

Ik raapte mijn tas van de grond en stoof uit de woonkamer. Zijn scheldwoorden hoorde ik niet meer.

46

Kosta vertelde in de keuken over zijn nieuwe vriendin.

'Die ouders van haar zijn rijk. Niet normaal. Daar moeten jullie Suryoye nog heel wat jaren de belasting voor oplichten. En jezus, als je eens zag in wat voor villa die lui wonen.'

Haakneus hing aan zijn lippen. De anderen luisterden ook vol bewondering.

M'n broer stopte per direct in het restaurant. Het was zijn laatste dag. Na het weekend zou hij fulltime bij zijn schoonvader in dienst treden. Bovendien besloot hij bij hen te gaan inwonen. In het zuiden. Die gast runde een of andere zaak. Geen idee wat-ie deed.

Het boeide me verder ook niet. Vreemd genoeg trok ik me het lot van mijn broers steeds minder aan. Eigenlijk leken we in niets op elkaar. Het enige wat ons bij elkaar hield was de familieband.

Ik had hem nog zo gewaarschuwd voor een zomereditie.

Er kwamen maar honderd man. Allemaal frusti's. Binnen de kortste keren brak de pleuris uit. Het feest werd na een uur afgelast. De eigenaar wilde wel verdergaan, die noemde het een incident, maar Kosta zag zijn kans schoon om er definitief mee te nokken. Hij stelde Kareltje en mij voor om de boel over te nemen, maar daar hadden wij weinig trek in.

Te veel verantwoordelijkheid... Te veel geregel... Niets voor ons.

Wij zopen ons liever gewoon iedere avond naar de tering. Daarna vroeg naar bed. En de volgende dag weer hetzelfde riedeltje. Meer was het leven niet.

Ik dompelde mijn handen chagrijnig in het vaatwater. Dat kutfeest kwam ten einde en ik raakte een inkomstenbron kwijt. Als de studiefinanciering ook verdween, hield ik bijster weinig over.

'Ze hebben een jeep. Een Mercedes. En zo'n aparte Amerikaanse bak. Een Viper of zo.'

Na Mahir, die een baan in de Keistad vond en meteen daarheen verhuisde, vertrok dus ook Kosta uit ons ouderlijk huis. Turis had zijn zin. Nu zou hij naar eigen zeggen rijk worden en als een sultan gaan leven.

Ik werd aangeklampt door de bedrijfsleider. 'Dan ben jij vanaf morgen de nieuwe assistent-kok.' Hij greep mijn arm vast en keek me lachend aan.

'Wie? Ik?' vroeg ik.

'Ja, natuurlijk. Dat kun je vast wel.'

Die hondenkop trok me aan mijn pols mee naar het fornuis. 'Kijk, dit is je nieuwe werkplek. Je broer werkt je in.'

Kosta keek me aan. De opluchting was van zijn gezicht te lezen. Hij was verlost van dit werk. Er stond een nieuwe toekomst op hem te wachten. Met geld. Aanzien. En vooral zonder de vuilspuiterij van vader.

Mijn broer begon alles uit te leggen. Veel wist ik al. Op rustige momenten begluurde ik altijd de anderen in de keuken. Ik nam expres nooit initiatief. Afwassen was veel eenvoudiger. Minder stressvol. Maar nu moest ik noodgedwongen aan het fornuis. Ik vond het wel best. Voorlopig had ik niets beters. Bovendien steeg ik wat in de hiërarchie. Misschien vonden de serveersters me straks heel cool en kon ik ze pakken.

Kosta maakte me uit voor rotte vis toen ik per ongeluk een verkeerde specerij in de vissaus mieterde.

'Krijg toch last van je hart, dorpsmongool!' riep ik terug.

Hij kneep in m'n tepel. 'Jij bent echt een onbeschofte klootzak. Je lijkt op je vader.'

Nu werd ik boos. 'De tyfus voor jou met je rijke vriendin en haar wagens. Ik hoop dat je voorgoed oprot.'

De chef-kok lachte keihard. Turken die elkaar afmaken, dat was zijn natte droom.

De rest van de avond spraken Kosta en ik niet met elkaar. Tot middernacht. Toen vond zijn afscheidsmaal plaats.

'De bende van vier is niet meer!' schreeuwde Nathan met een zielig stemmetje. Daarna trapte hij een stenen beeld van Poseidon kapot. Een versiersel. 'Kut. Morgen maar een nieuwe kopen,' zei hij.

Kareltje hield de romp van het ding vast en keek er peinzend naar. 'Ik denk niet dat je deze zomaar eventjes koopt, gap.'

De rest van de nacht waren we druk in de weer met secondelijm en kauwgom. Het hoofdje bleef plakken op het lichaam, maar de schade zat nog steeds vanbinnen. Al was die voor niemand zichtbaar.

47

'Kijk, man. Kopkluiven met een bats. Dan ben je pas een temeier.'

Kareltje schudde zijn hoofd en keek mijn kant op. Tegen de gokautomaat stond een blond meisje gedrukt. Ze had grote ronde oorbellen in. Van goud. Slettenbellen.

De Turk kuste het wijf vol op haar mond, ondertussen zat-ie aan haar borsten. Hij duwde zijn kruis tegen haar onderlichaam.

'Die hoer is nu voor eeuwig verpest. Echt zonde.'

Door zijn kleine postuur had Kareltje moeite om op de kruk te komen. Ik sloeg een glas Jack Daniel's achterover en bestelde direct een nieuw rondje.

In de kroeg klonk hiphopmuziek. Drie barmeisjes knikten stoer mee met de beat.

'Je weet dat ik ook een Turk ben, hè?'

Hij maakte een wegwerpgebaar. 'Doe normaal, wous. Jij bent niet net als die batsen. Deze zijn echt vies. Ze gebruiken onze vrouwen gewoon. Smerig volk.'

'Dat doe ik toch ook?'

'Nee, man. Dat is anders. Ach, laat maar, wat een longlijertje ben je ook...'

Meestal begon het barpersoneel overdreven vrolijk te dansen als het rustig was. Volgens mij moest dat van de baas. Voor de sfeer en zo. En vooral om kerels op te geilen. Maar nu dronken zij chocomel uit flesjes. Terwijl de meisjes aan hun rietjes lurkten, scanden ze de bar af, op zoek naar mensen die bestellingen wilden plaatsen. Ik leunde nonchalant op de toog, met mijn ellebogen ver naar voren, en staarde de drie aan.

De twee blondjes waren dik en lelijk. Door het witte bedrijfsshirt werden hun blubberbuiken pijnlijk zichtbaar. Het derde meisje was juist graatmager. Een brunette. Haar haren hingen nonchalant over haar schouders. In tegenstelling tot haar collega's was zij mooi. Ze had grote bruine ogen die een beetje glinsterden als ze je aankeek. De schoonheid droeg witte sportschoenen met een roze logo van Nike.

'Ik vind haar lekker,' zei ik tegen Kareltje.

Hij klemde twee bierviltjes tussen z'n vingers en taxeerde haar lichaam. 'Muah. Op zich heb ze wel een prima lijf. Maar ik denk dat het 'n kakker is.'

Het barmeisje merkte dat ze werd bespied en kreeg rode wangen.

'Lul niet, man. Jij noemt iedereen een kakker.'

Kareltje gleed van zijn kruk. 'Krijg dan maar de schijttyfus, hond. Wat ben jij in een vervelende bui!' Hij drukte de viltjes in mijn hand, slofte naar de gokautomaat en gooide er wat geld in. Op afstand zag ik dat-ie vooral oog had voor de tortelduifjes en niet voor het spel. Het tweetal had z'n humeur verpest. Door de drank kon hij zijn ergernis niet loslaten.

Ik stak mijn wijsvinger op. De brunette kwam direct. 'Mag ik van jou nog een glas Jack Daniel's? Weer met een ijsblokje. En heb je ook een pen voor mij?'

Ze ging meteen aan de slag. Intussen zag ik Kareltje praten met de bats en zijn vriendin. Ik vroeg me af waar het over ging.

'Kijk eens aan. Een whisky. En een pen.'

Voor ik het briefje van vijf euro gaf, vroeg ik: 'Hoe heet je eigenlijk?'

Verlegen begon ze te lachen. 'Daphne.'

Terwijl Daphne mijn wisselgeld ophaalde, schreef ik wat op het viltje. VIND JE HET LEUK OM HIER TE WERKEN?

Zij gaf mij de munten. Ik haar het viltje.

Er verscheen een verliefd makende glimlach op haar gezicht. Ze krabbelde een antwoord terug, een beetje twijfelend, misschien omdat ze bang was op haar flikker te krijgen van de eigenaar, die een pesthekel aan me had, zonder duidelijke reden. Maar toen we eenmaal bezig waren, ging het vlot. We bleven een halfuur berichten naar elkaar schrijven. Op een gegeven moment had ik een flinke stapel viltjes voor me liggen. Net een boekwerk.

Als Daphne drankjes voor anderen moest inschenken, zat ik ongeduldig te wachten tot ze weer tijd voor mij had. Ik herlas haar zinnen. Zij tekende ook smileys. Die zagen er grappig uit. Het gevoel bij dit meisje klopte meteen. Ze werd een obsessie.

Toen er geen onderzetters meer op de bar lagen, plukte ik ze van alle tafels. Als een malloot bewoog ik me door de kroeg, natuurlijk een beetje geïnspireerd door de whisky. Ze genoot zichtbaar. Ik slijmde wat af. Ik schreef dat ze een prinsesje was en dat iemand met haar uiterlijk vast veel aandacht kreeg van kroegbezoekers. Daphne bleef lief en onschuldig antwoorden. Ze had geen kapsones. Daar hield ik van. Haar collega's keken jaloers naar onze correspondentie. Zij sjansten uit armoede alleen met dikke truckers en andere lelijkerds.

'Je drinkt wel flink door, hè?' Daphne zette weer een glas voor m'n neus.

Omdat we de hele tijd in stilte hadden gecommuniceerd, was ik bijna de klank van haar stem vergeten. Ze klonk een beetje hees. Logisch, als je de hele dag boven de muziek uit moest schreeuwen.

'Ja. Vind ik lekker. Maar ik blijf wel altijd rustig. Sommige gasten worden agressief.'

In werkelijkheid dronk ik meer dan normaal, zodat ik vaker met haar in contact kwam.

'Ah. Dat is zóó erg!' verzuchtte ze. 'Al die vechtpartijen hier. Ik word er soms gek van.'

'Nee, wij zijn niet zo, hoor. We komen voor de gezelligheid. Een borrel na het werk, dat is gewoon lekker. Ik zit ook in de horeca, wist je dat?'

Op dat moment hoorde ik een knal. Er viel 'n kruk op de houten vloer. Het geluid van glasgerinkel dreunde door de kroeg.

Kareltje stond in vechtershouding. Hij trakteerde de bats op een lowkick. Het meisje dat met die knakker was gilde als een mager speenvarken. Twee andere Turken schoten hun vriend te hulp. Zonder aarzeling dook ik op de groep. Het werd flink knokken. Een van die gasten koos eieren voor z'n geld en hield zich bij nader inzien afzijdig. De Turken scholden ons uit in hun moerstaal.

'Orospuçocuğu!'

Ik verstond wat ze zeiden. Kareltje ook.

Een paar toegesnelde uitsmijters trokken ons uit elkaar. In de hal werden we geboeid door agenten die op het grote plein patrouilleerden en daarom meteen ter plekke konden zijn. Kareltje en ik werden tegen de muur gedrukt.

'Wat is er gebeurd, man?'

Hij keek me beledigd aan. 'Wat denk je zelf? Die teringlijer moet met zijn tengels van dat wijf afblijven.'

Met een bezorgde blik stond Daphne opeens ook in de hal. Ze kwam voorzichtig op me afgelopen en schoof een viltje in m'n achterzak. 'Sms me even als je veilig thuis bent.'

48

Daphne en ik slenterden over de kermis. Met onze armen in elkaar gehaakt keken we naar attracties en gillende mensen. Ik stonk een beetje naar de keuken, maar dat vond zij niet erg. Het was een lief meisje. Ze cijferde zich helemaal weg voor mij. Voor haar stond alles in het teken van ons samenzijn. Soms verzon ze smoesjes op haar werk, als onze diensten elkaar overlapten, zodat ze eerder mocht vertrekken en bij mij kon zijn.

Ik kreeg zowat elke week kleding van haar. Shirts, broeken, schoenen en dure sjaals, echt van alles.

Het was zondagavond en de terrassen zaten vol. Veel tijd hadden we niet samen. Over een uur moest zij ploeteren in de kroeg. Dan kon ik snel douchen in mijn kamer. Later zou ik met Kareltje op pad gaan – buizen in de stad. Ongetwijfeld streken we uiteindelijk neer bij Daphne in de bar.

'Ah, kijk, wat lief...' Ze liet me los en huppelde met kleine sprongetjes richting de schiettent.

Op de bovenste plank zat een pandabeer. Het beest staarde nors uit zijn ogen. Ik mocht hem niet.

‘Wil je die voor me winnen? Dan kan-ie met ons slapen. Dat is leuk!’

De medewerker begon al kogeltjes in een geweer te drukken.

Daphne kuste mijn wang. ‘Ah, toe. Dan noemen we hem Eus Junior. Dat is toch stoer?’

Ik betaalde een joet en mikte heel geconcentreerd op de poppetjes.

Mis.

Triomfantelijk begon de flessentrekker van de kraam te lachen, net als een paar kinderen die zich om ons heen hadden verzameld. Hij ging naast de knuffel staan. ‘Nog een poging dan maar?’

Ik gaf hem wat geld en legde aan. Deze keer nam ik langer de tijd om te richten, misschien was ik de eerste keer veel te nonchalant, of juist overgeconcentreerd.

Mis.

Daphne staarde verdrietig naar de beer. Uit mijn broekzak haalde ik vier dagen loon – zondag was betaaldag in het restaurant – en smeet een paar briefjes naar de kermisclown, die eerst zijn wijsvinger in z’n mond stopte en daarna rustig het papiergeld ging tellen.

‘Je mag vijf beurten, knul.’

Ik gebaarde Daphne iets naar achteren te gaan, zodat ik meer ruimte had, boog voorover, kneep mijn ogen samen en schoot.

Mis.

Ik kon er geen kut van. Ik ging nat. De kinderen vermaakten zich prima in mijn onkunde.

Na een kwartier had ik nog maar dertig euro. Hevig zwetend gaf ik het op. ‘Zeg,’ vroeg ik, ‘wat kost die panda eigenlijk? Ik koop hem zo wel.’

De man, een bullebak met tattoos en lang haar, klom op een laddertje en trok de knuffelbeer van de plank. Hij hield het beest voor Daphne. ‘Voor vijftig euro is-ie van jou.’

‘Dertig ook goed?’ vroeg ik.

‘Nee, vijftig.’

‘Ik heb je net al ruim honderd euro bezorgd! Je bent echt een teringlijer, weet je dat?’

Die sukkel greep mijn kraag beet en keek me dreigend aan. 'Hoe noem jij mij?'

'Een ongelooflijke tyfushond. Een vieze oplichter.'

De man trok me strakker naar zich toe.

'Blijf van me af, hoerenjong!' Ik gaf een mep op zijn smoel.

Daphne sloeg van achter haar beide armen om m'n middel en probeerde me weg te halen.

Een handjevol mensen verzamelde zich om de gebeurtenis.

'Je hebt mazzel dat ik die vergunning nodig heb, kankterturk. Anders sloeg ik al die tanden uit je bek.'

Toen ik dat hoorde, flipte ik helemaal. Die kloothommel had lef. Ik pakte glazen en asbakken van de terrastafels en smeet die richting de kermisgast. Omdat hij meteen bukte, miste ik steeds het doel. Niet de eerste keer die avond. 'Wacht maar, vieze hond! Vannacht steek ik de hele santenkraam in de fik. Even kijken hoe je dan piept.'

Ik draaide me om en zocht Daphne, maar zij was al weggelopen. Iedereen staarde me aan, zowel de mensen op het terras als argeloze kermisbezoekers. Eenmaal bedaard en bewust van mijn razernij besloot ik huiswaarts te gaan. Voor je het wist had je heibel met de wouten.

49

Het was druk in de binnenstad. Er vond een of ander evenement plaats en het plein stond mudvol klootjesvolk. Een paar blijhoofden paradeerden op stelten. Het schorem klapte en joelde van plezier.

Ik vond er niets aan. Kareltje en ik moesten een hoop mensen opzij duwen om van het restaurant bij Daphne in de kroeg te komen. Binnen gingen we direct op onze vaste plek zitten, precies aan het midden van de bar, zodat we alles in de gaten konden houden.

Daphne kromde haar lichaam langs twee tapkranen en kuste me op mijn lippen. 'Laat me raden,' zei ze met een grote glimlach. 'Twee whisky's?'

Ik knikte tevreden.

'Dat heb je goed voor elkaar, jongen.'

Ik keek Kareltje aan. Hij had gelijk. Eigenlijk was Daphne veel te lief voor mij. In het restaurant dronken we gratis, maar bij haar in de kroeg leverde zuipen zelfs poen op. Elke keer als ik mijn whisky wilde afrekenen, liep zij naar de kassa en keerde ze met een veelvoud van het bedrag terug. Na een poos, toen we een maand of zo met elkaar gingen, besloot ik haar alleen nog wat kleingeld te geven. Een paar eurocentjes. Daphne stopte dan vaak een briefje van twintig of meer terug in mijn hand, buiten het zicht van haar collegaatjes.

Het gebeurde wel eens dat ik met een paar munten uit de fooienpot op pad ging, en later, na het stappen, tweehonderd euro in mijn zak vond. We spraken er nooit over. Ik vroeg er niet om. Daphne kwam er zelf mee op de proppen.

Langzaamaan liep 't vol in de kroeg. Tieners in alle soorten en maten bezochten de tent: kampers, kakkers, Turken en mensen die gewoon niks waren. Een groep meisjes kwebbelde vlak achter ons een end weg. Het gesprek ging over een nieuwe klasgenote die in een rijtjeshuis woonde. Die mokkels vonden dat bizar.

'Persoonlijk had ik nooit eerder zo iemand ontmoet,' zei een van de schapen met een kutstem.

'Maar ze is vrij normaal. Ik ben wel blij dat ik nu m'n horizon verbreed.'

Bewonderend luisterden de anderen toe.

Kareltje werd ziek van die wereldvreemde rijkeluismongolen. 'Daphne, mag ik een cola-cyaankali van jou?' vroeg hij bewust op luidruchtige toon, hopend dat de groep zou verdwijnen. Maar de meisjes bleven staan. Ze lachten vriendelijk naar ons. Die arme Daphne struinde intussen de muren en koelkasten af, op zoek naar de fles cyaankali. Ik kreeg medelijden met haar en zei dat ze moest stoppen.

Die gekke Kareltje was zo trots op zijn grap als een hond met zeven pielekes.

De meisjes nipten witte wijn uit whiskyglazen. Nog steeds bleven ze om ons heen hangen. 'Misschien hebben ze een oogje op je, man,' maakte ik Kareltje wijs. 'Als je een van die kalletjes pakt, krijg je vijftig piek.'

Ongeïnteresseerd en om de beurt bekeek hij ze van top tot teen. ‘Ach. Die kouwe kak. Mij niet gezien. Pak jij die lange blonde maar. Met die dikke tetten. Dan krijg je een meier van me.’

Daphne sjouwde met volle dienbladen, schreef bestellingen op en had amper oog voor me.

‘Deal, sukkel!’

Altijd als ik dronken was schakelde ik mijn geweten uit, dat ging automatisch, zonder kwade intenties. De kans dat mijn nieuwbakken verkering mij met dat meisje zou zien viel niet uit te sluiten, maar een bijna moedwillige drang naar zelfvernietiging zorgde ervoor dat ik soms de vreemdste besluiten nam.

Kareltje draaide een kwartslag op zijn kruk, zodat-ie me beter in actie kon zien. Het was zo druk dat je van alle kanten werd aangestoten door passanten. Stilstaan lukte bijna niet.

‘Hallo…’ riep ik de lange in haar oor. Ik trok het ijsblokje uit mijn glas en gooide het kapot op de vloer. ‘Zo, nu het ijs gebroken is, kunnen we kletsen.’

De meisjes stootten elkaar geitend aan.

‘Wat een mafkees ben jij, onie,’ kraaide Kareltje. ‘Die openingszin stamt uit 1995.’

Toch wist ik haar te boeien. Haar naam was Annelotte. Ze vond me interessant. Gebiologeerd luisterde ze naar m’n prietpraat. Met buitenlanders kwam ze normaal nooit in aanraking. ‘Nu ik er eentje spreek, valt het allemaal behoorlijk mee. Ben jij trouwens een Turk of Marokkaan?’

‘Een Turk. Marokkanen hebben meestal krullen. En ze praten altijd zo: “Ik heb sjgrijt, sahbi!” Wij zeggen altijd abi.’

Ze keek me ernstig aan, alsof ik hogere wiskunde doceerde.

‘En bapao, is dat nu Turks of Marokkaans? Dat weet ik nooit zo goed.’

Ik dacht: wat voor achterlijk zwijn heb ik nu weer aan m’n fiets hangen. ‘Nee, dat is Chinees. Bapao… Nihao… Dezelfde klanken, weet je wel?’

‘O, sorry. Tjonge, jij bent wel goed op de hoogte van alles. Daar heb ik bewondering voor.’

'Ja,' zei ik. 'Ik ben niet als die andere jongens met mijn achtergrond.' (Ik was nog veel erger.) 'Zij gaan altijd heel vroeg trouwen, het liefst met 'n andere Turk. Daarna zoeken ze direct een baan, vaak in een vleesverwerkingsfabriek of ze ondernemen zelf iets. Vervolgens tekenen ze voor een dure hypotheek bij de bank, kopen een auto en de rest van hun leven moeten ze schulden afbetalen. Mij niet gezien. Ik studeer nog. Ik doe rechten.'

'Wow! Rechten. Wat goed van je!'

'Heb je wel eens met een buitenlander gezoend?' vroeg ik Annelotte.

'Nee. Maar niet omdat ik een racist ben, hoor. Ik kom ze gewoon nooit tegen.'

'Zullen we zoenen?'

Intussen hoorde ik achter me Kareltje mokken: 'Nee, man. Dit gaat hem toch niet lukken... Godverdomme... Teringwijven.'

Achter Annelotte giechelden haar vriendinnen. Ze zongen in koor: 'Zoenen! Zoenen! Zoenen!'

Annelotte en ik zoenden.

Toen ik haar losliet en terugkeerde op mijn post zag ik Daphne verdrietig kijken. Blijkbaar spoelde ze al een poos vuile glazen om. Ze zag alles van het begin tot het eind. Dat zat er natuurlijk dik in. Ik had een leuke verkering verpest. Om onverklaarbare redenen.

'Nu ben je de sjaak, hasanova,' zei Kareltje. 'Daar gaat onze gratis drank.'

Daphne huilde, maar bleef doorwerken. Het brak mijn hart haar zo te zien. Dit verdiende ze niet. Ik wilde haar troosten, maar dat zou de boel waarschijnlijk alleen erger maken.

'Tering, we moeten weg hier.'

'Wat dan?' vroeg Kareltje. 'Ik vind het wel tof.'

'Loop niet zo te etteren, kneuzenkop. Straks doet ze echt cyaankali in mijn drank.'

We trokken onze jassen aan en liepen door de enorme mensenmassa naar buiten. Bij de deur keek ik voor de laatste keer naar Daphne. Ze loerde me zo verdrietig aan dat ik getroffen werd door een nog groter schuldgevoel. Misschien was het wel goed zo: ze verdiende beter.

Na die avond zag ik haar nooit meer.

50

Nadat z'n vader was overleden, gaf Ata direct de brui aan zijn baan in het slachthuis. Eigenlijk had-ie nooit zo'n trek gehad in een fulltime job, maar zijn ouweheer was een man van tucht en orde, die hem destijds met zachte dwang adviseerde een baan te zoeken. Nu sjacherde Ata in alles wat hij op de kop kon tikken: douchecabines, volières, bankstellen, nagemaakte merkschoenen, mobiele telefoons, hogedrukspuiten, schapen enzovoorts. Hij was een hosselaar. Als iemand vroeg in welke branche hij werkte, zei Ata steevast 'in de handel'.

Doelloos reden we rondjes langs de Bokkingshang, de rosse buurt, toen hij tussen neus en lippen door vertelde dat-ie Selma op 'n Turks feestje had gezien. Het vond diep in het oosten plaats, tegen de Duitse grens, in de grauwe fabrieksstad. Na Altin Gece schoten de Turkse feesten als paddenstoelen uit de grond; meer dan de helft ging overigens meteen op de fles.

'Ze was er met een jongen. Een viezerik. Hij zag eruit als een flikker. Volgens mij had hij zijn wenkbrauwen geëpileerd. En zijn spijkerbroek zat veel te strak.'

Achter het laatste raam wuifde een negerin. Ze maakte een gebaar alsof ze een onzichtbare pik pijpte en toonde met haar andere hand vijf beringde vingers.

De deur ging open. 'Fifty euro for you. Suck and fuck.'

Ata trapte op het rempedaal van z'n BMW, liet het raam aan mijn kant verder naar beneden zakken en schreeuwde: 'Fuck you, stupid bitch. Ik neuk niet met apen!'

De hoer stak twee middelvingers op en verlegde haar aandacht naar de auto achter ons.

‘Wat deed Selma met die jongen?’ vroeg ik. ‘Misschien was het haar neef.’

‘Nee, man. Echt niet. Ze omhelsden elkaar de hele tijd. Die hebben een relatie, zeker weten.’

Dan kan-ie nog wel haar neef zijn, dacht ik. Vieze inteelthufters.

Getergd door het nieuws wilde ik meteen naar huis. Op onderzoek uit. Sinds onze breuk had ik nooit contact gezocht met Selma, op één dronken sms na, waarop ze niet reageerde, maar nu voelde ik me genaaid. Ik moest het weten. Wie was die gozer?

‘Dit weekend is er trouwens weer zo’n feest,’ zei Ata. ‘Ook ergens in het oosten. Ga je mee?’

Veel zin had ik niet. Maar de kans bestond dat ik Selma tegenkwam. De schat van mijn hart. De pop in mijn kop. De beul van mijn lul. Dan kon ze me uitleggen hoe het zat. Waarom ze na drie maanden met een ander liep. Het sloeg nergens op. Stiekem hoopte ik dat ze bij me terug zou komen, dat we onze problemen konden uitpraten, net als vroeger. Ik miste onze gesprekken. Ik miste Selma.

‘Is wel goed, man. Ik ga mee. Rijd me zo even naar huis, wil je.’

Ata begon aan de zoveelste rit langs de Bokkingshang. Hij voorzag de hoertjes van commentaar, maar ik luisterde niet. Ik droomde van een hereniging met mijn ex-vriendin.

Thuis peinsde ik over een bericht. Wat moest ik tikken? Waren het mijn zaken nog wel? Bedelen om een verklaring was mijn eer te na, maar ik kon de verleiding niet weerstaan.

Ik hoor dat je een nieuwe vriend hebt. Gefeliciteerd! Doe je snel. Of had je al met hem toen je met mij ging? Eus.

Om de haverklap keek ik op m’n telefoon. Als een debiel. Er kwam geen antwoord. Na iedere teleurstelling schold ik Selma uit voor hoer en kutwijf. Ik wist zeker dat ze mijn vraag had gelezen. Haar telefoon verloor ze nooit uit het oog. Als die broer ooit haar mobiel in handen kreeg en de inbox zou lezen, dan was het hommeles, daar kon je gif op innemen.

Ze weigerde gewoon een antwoord te sturen!

Ik verplaatste me onrustig door het huis. Uiteindelijk besloot ik voor anker te gaan op het balkon. Met een fles Jack Daniel's. Mijn buurmeisje had haar gordijnen gesloten, die lag waarschijnlijk te meuren in bed. Boven klonk gezang van de Irakese bovenbuurvrouw. Een vaag tiepje, met overgewicht en zangambities, die ze eigenlijk niet zou moeten hebben. Ze bracht hele dagen zingend door.

'Ay hoop lijf triets joe kijnt. En ay hoop joe hef al joe driemt of. En ay wisj toe joe, joy en happienis. Bud abof al dis, ay wisj joe lof.'

'Hé, vogelverschrikker. Houd toch eens je bek...' schreeuwde ik richting de bovenverdieping.

Die dikkop staakte haar lied en liep stampvoetend naar het balkon. Met haar foeilelijke lijf hing ze over de balustrade. Ik keek omhoog. Verongelijkt wierp ze een blik op me. Er zat gif in haar ogen, ze kon me wel schieten.

'Houd zelf je kop, stomme alcoholist. Ik heb tenminste talent.'

Mijn telefoon piepte: het klassieke geluid van de Nokia. Hij lag nog in de woonkamer. Ik snelde naar binnen, struikelde bijna en las hoopvol het bericht.

Sorry dat je het zo moet horen. Wilde het zelf aan je vertellen.
Ik ben in turkije verlooft met Murat. Succes met je studie.
X Selma.

'En ahaaaaaaaay wil alweeys lof joe!'

51

Pas toen ik zelfstandig ging wonen bezocht ik voor het eerst een kapper. Daarvoor knipte vader altijd mijn haar. Veel keuze had ik niet: op een dag constateerde hij dat Mahir door een ander was gekortwiekt en meteen brak de pleuris uit. Turis vond het geldverspilling en bestrafte mijn broer met een pak rammel.

Daar zat ik niet op te wachten.

In Turkije, toen hij nog een puber was, zadelde iemand 'm op met de taak van dorpskapper. Geen moeilijke bijbaan, de mensen konden kiezen uit maar één model: het soldatenkapsel. Sindsdien wilde vader altijd en overal kappertje spelen. Zelfs de krullen van moeder moesten er maandelijks aan geloven.

Ik overdacht deze ongein toen Ata en ik 's middags in de kappersstoel zaten. Met veel aandacht knipte een klein Turks mannetje om de beurt ons haar. Daarna schoor en trimde hij onze baarden. We wilden op en top verschijnen op het feest, dat volgens Ata een trekpleister was voor ontspoorde Turkse meisjes die veel verdergingen met jongens dan wij ooit zouden durven dromen.

Uit een partijtje van Ata had ik een spijkerbroek van Diesel gekregen en een overhemd van Versace. Ik droeg de nieuwe kleding en keek tevreden in de kappersspiegel.

Even voor middernacht vertrokken we in de BMW richting de fabrieksstad. Twee Turkse maten van Ata gingen mee, maar zij reden in hun eigen auto naar de discotheek, een paar meter achter ons. Mijn beste vriend vertelde over zijn biznis. Tegenwoordig verdiende hij geld als water. Om het te bewijzen toonde hij een stapeltje biljetten dat bij elkaar werd gehouden door een clip. Hij verzekerde me dat ik altijd poen van hem kon lenen. Vanavond zou hij bovendien alle kosten dekken, desnoods boekte hij een hotelkamer voor me als ik erin slaagde een loops wijf te schaken.

Dankbaar legde ik een hand op zijn schouder. 'Je bent een echte vriend.'

Bij binnenkomst zag ik wat bekende koppen. Ik ging op een rustig plekje staan en spiedde neurotisch om me heen. Het was donker. De dansvloer werd af en toe verlicht door een paar laserstralen – alleen dan kon je de aanwezigen goed zien. De deejay stond midden op het podium. Hij draaide aan de knopjes van zijn schakelpaneel en deinde mee op de beat.

Veel mensen kwamen naar me toe en vroegen of Altin Gece een doorstart zou maken. Ik kreeg van Jan en alleman drank in mijn handen gedrukt, alsof ze een wit voetje bij me wilden halen… Of misschien was het uit dankbaarheid voor een paar toffe feesten. In elk geval hoorde je mij niet klagen.

Ondanks mijn slechte ogen schuimde ik heel geduldig de zaal af, in de hoop een glimp van Selma op te vangen. Een bril had ik al. Misschien werd het tijd voor lenzen.

Intussen had Ata beet bij twee Turkse meisjes: ze tikten kleine flesjes Flügel op de bar en sloegen die synchroon achterover. Zijn vrienden leunden verderop tegen een andere bar. Overdreven lang bleven ze staren naar passerende vrouwen.

Die stoethaspels kregen algauw mot met iemand, ik zag het gebeuren, waarschijnlijk met een man wiens vriendin was beledigd. Het waren kansloze schooiers die ik eigenlijk niet mocht, maar gedoogde omwille van Ata. Als een mooie meid langs hen liep, werd ze vaak getrakteerd op schunnige taal, in de trant van: 'Meisje, als jij eens wist hoe ik jou zou likken. Je zou nooit meer een ander willen.' Die praatjes verspreidden ze ook op ons feest in de Koekstad, maar toen kneep ik altijd een oogje dicht.

De vechtersbaasjes vlogen over de bar, sloegen elkaar total loss en hielden dat net zo lang vol tot een legertje uitsmijters arriveerde. Ik hield me afzijdig. Ze bekeken het maar! Alleen als Ata zich in het matten zou mengen voelde ik me verplicht om mee te doen, maar hij was druk met zijn veroveringen en wist niet dat zijn makkers bij de knokpartij waren betrokken.

Met grote passen kwam een donkerblond meisje op me afgestapt. 'Ben jij Eus?'

Zij had een smalle kin en puntige neus. Toen ze lachte, zag ik iets glinsteren op haar rechterhoektand. Het leek wel een diamant of robijn. Dat had ik nooit eerder gezien.

'Ja, en wie ben jij?'

Het meisje nam eerst een slok van haar Red Bull. 'Meltem,' ze gaf een hand. 'Wat een ruzie daarnet. Die Turken moeten ook altijd vechten. Maar uh, ik zag ooit een foto van jou op internet. Een vriendin van mij kent je best goed.'

'Wie is jouw vriendin?'

Meltem droeg een wit jurkje. Ik zag de bandjes van haar beha.

'O, dat is niet belangrijk. Kom je vaak hier?'

'Nee. Dit is de eerste keer. Vroeger organiseerde ik zelf een Turks feest. Nu niet meer.'

'Welk feest dan?'

'Altin Gece.'

'Nooit van gehoord.'

Ata stond ineens met de twee meisjes bij ons. Hij stelde ze voor, maar hun namen heb ik niet onthouden, alleen dat ze driftige kaakbewegingen maakten. Eerst schudde Meltem ze de hand, daarna deed ik hetzelfde.

'Zullen we naar de vip-afdeling?' vroeg Ata. 'Daar is het rustiger. En ze hebben er meze.'

'Ja, leuk,' antwoordde Meltem. 'Even tegen m'n vriendin zeggen dat ik daar ben, anders denkt ze dat er iets met me is gebeurd.' Ze liep de dansende massa in.

Ata en ik deden twee stappen achteruit. 'Wie is dat nu weer?' fluisterde hij in mijn oor.

'Geen idee. Dat wijf kende me ergens van of zo, maar volgens mij spoort ze niet helemaal.'

'Beter, toch! Voer haar dronken en neuk haar kapot.'

'Waar heb jij die junkies vandaan? Die gaan alleen mee als je ze sos geeft.'

Ata wierp trots een blik op zijn veroveringen. 'Dan regelen we dat toch.'

'Je vriendjes zijn eruit gezet. Heb je dat gezien?'

Hij haalde zijn schouders op. 'Die kneuzen hebben altijd wat.'

Zowel Meltem als de meisjes van Ata dronken stevig door. Er stonden flessen raki, rode wodka en Jack Daniel's op tafel, die verder bezaaid was met hapjes en asbakken. Een lange Turkse man met 'n koolzwart snorretje bracht twee kleine waterpijpen en veel doosjes tabak. Ata tipte hem twintig euro. We namen het ervan.

Meltem kroop bijna op me. Ik voelde haar zachte borsten tegen mijn lendenen. Het was heerlijk.

Zij werd steeds lomer. 'Ik hoop snel gelukkig te worden in de liefde,' bazelde ze. 'De liefde is een plant die elke dag onderhouden moet worden, alle dagen moet zij zonlicht zien...'

Het sloeg als kut op Dirk, maar ik liet haar doorratelen.

Ata legde allebei zijn armen om een schouder van de meisjes. Hij zag eruit als een pasja, een dorpshoofd, een koning en eigenlijk vooral als een bendeleider. Maar ik was trots op hem. Daar zat iemand om niet mee te sollen.

Via een sms lieten de twee andere jongens weten dat ze noodgedwongen naar huis gingen: de uitsmijters hielden alle amokmakers buiten de deur. Ata toonde mij kort het bericht. 'Beter,' zei ik, 'dan zijn we eindelijk verlost van die mafkezen.' Hij reageerde niet, ook niet op het bericht van de jongens.

De organisator kondigde een artiest aan. Het publiek reageerde uitbundig, alsof er een doelpunt werd gescoord in een voetbalstadion. Dansend en klappend keek iedereen naar de verrichtingen van een Turkse popster, die speciaal voor deze avond was ingevlogen. De vrouwen stonden tegen het podium geperst, allemaal zongen ze uit volle borst mee.

De populaire liedjes gaven Meltem een nieuwe stoot energie. Ze schoot overeind en begon met haar heupen te zwaaien. Het was warm in de zaal. Haar witte jurk bleef plakken aan haar lichaam, waardoor we op een bepaald moment haar paarse lingerie konden zien.

Terwijl Meltem zich helemaal liet gaan, keurde ik haar benen en borsten. Ik vond haar een mooie vrouw. Een schitterende verschijning! Om mijn oordeel kracht bij te zetten toonde ik Ata mijn duim. Hij deed hetzelfde. Zij vriendinnetjes dansten nu ook. Samen met Meltem geilden ze ons flink op.

Het feest liep bijna af. 'Gaan jullie mee naar de Koekstad?' vroeg Ata.

De twee crackheads hoefden er niet over na te denken. Meltem wel. Ze besloot naar huis te gaan. 'Ik voeg je wel toe op MSN,' beloofde ze en toen kreeg ik drie kusjes.

Teleurgesteld en uit arren moede besloot ik die nacht een van die temeiers te pakken. Ata was ladderzat en had geen energie voor beiden. Dus nam ik die taak op me.

Daar zijn vrienden voor.

52

Meltem gebruikte een schuilnaam op internet.

We webcamden urenlang met elkaar. Haar gezicht was bleek en had iets sombers, toch bleef zij een verrukkelijk mooi meisje. Soms verdween ze midden in een gesprek, zonder aankondiging, patsboem weg, maar dan keerde ze vaak na een paar minuten weer terug. Tijdens het praten viel ze een keer in slaap. Ik belde haar wakker en zag op mijn beeldscherm hoe ze van haar ringtone schrok. Het had iets vertederends. Normaal moest ik niets hebben van dominante vrouwen, maar omdat zij geen alledaags karakter had bleef ik het contact opzoeken.

Alsof de duvel ermee speelde, bleek Meltem uit hetzelfde dorp als Selma te komen. Aarzelend vroeg ik haar op een avond of ze m'n exvriendin kende. Dat bleek niet het geval, althans, niet persoonlijk, maar wel van gezicht. Ze zagen elkaar ooit heel kort op een bruiloft. Toen wisselden beiden geen woord met elkaar. Dat vond ik fijn, want je wist nooit wat die vrouwen met elkaar bekokstoofden. Misschien was ik ook wel paranoïde.

Onze eerste date vond in de hoofdstad plaats. Dat wilde zij graag, omdat ze dan zeker wist dat niemand ons zou herkennen. Ik dacht: godverdomme, zit ik weer opgescheept met zo'n achterlijk wijf dat rekening moet houden met haar ouders en cultuur. In de praktijk lag het iets anders. Meltem was inderdaad streng gelovig, ze las zelfs iedere avond in de Koran en haar vader was een gepensioneerde imam, maar met seks had ze geen problemen.

'Ik ben geen maagd meer,' zei ze uit het niets, nog voor we de menukaarten in handen kregen.

Verdwaasd keek ik haar aan. Ik wist niet wat ik moest antwoorden.

'Dat is ouderwets. Als je de juiste jongen ontmoet, en weet dat je met hem gaat trouwen, dan kan je best met elkaar naar bed.'

'Maar waarom heb je nu geen vriend of man dan?'

Ze nam een slok van haar wijn. 'Omdat hij tegen me loog.'

De ober bracht de kaarten. Geduldig liet Meltem haar vinger langs alle gerechten glijden. Het duurde een stief kwartier voor ze de kipspies met friet en rauwkost uitkoos. 'Wat neem jij?'

Ik klapte het menu dicht. 'Ribeye.'

Meltem reageerde neutraal. In plaats van over het vreten te zeiken begon ze een heel verhaal over de eisen waaraan ik moest voldoen als ik haar aanstaande man wilde zijn.

'Mijn ouders zijn de belangrijkste mensen in m'n leven, elk weekend wil ik bij hen logeren. Je moet bij m'n broers in het team gaan voetballen, dan krijgen jullie een band. En ik vind het belangrijk dat je een aantal basisverzen uit Het Boek leert. Dan sta je tenminste niet voor schut als er een gebed plaatsvindt.'

Terwijl het eten werd geserveerd bleef ze meer en meer eisen op tafel leggen, alsof we op het punt stonden een huwelijksovereenkomst te ondertekenen. Zwijgend luisterde ik naar haar verhaal. In serieuze verkering met Meltem geloofde ik allang niet meer. Het enige wat ik nu nog wilde was seks. Haar ex-vriendje loog ook tegen haar, dus dan kon ik het ook doen. Ze was het gewend.

'Ik heb er geen probleem mee,' jokte ik. 'Als we gaan trouwen, is het heel logisch dat we rekening met elkaar houden. Maar dan moet jij accepteren dat ik zo nu en dan met mijn vrienden ga stappen... En dat ik graag een borrel drink.'

'Dat vind ik niet erg. Ik drink zelf ook. Als je maar niet agressief wordt.'

Tegen tienen liepen we naar het station. We hielden elkaars handjes vast en vertelden om de beurt een paar persoonlijke anekdotes.

Nog voor de trein op het station arriveerde waren we al verwikkeld in een stevige omhelzing. Meltem bleek een ervaren kusser en haar lichaam voelde heerlijk aan. Ik liet mijn hand over haar borsten glijden om te kijken of ze echt zo ruimdenkend was.

In de Koekstad namen we vluchtig afscheid. Ze stapte in de pendeltrein naar haar dorp.

53

Kareltje lag op de bank tegenover me. Zijn blonde haar stak alle kanten uit. Hij prikte lamlendig met z'n vork in een stuk vlees dat al zeker een uur op het bord lag: er waren maar twee hapjes van genomen.

Het was zaterdagnacht. We hadden die middag ergens op de Veluwe een pot gevoetbald, tegen een paar afgetrainde boeren, daarna moesten we ons haasten naar de restaurants.

'Dit werk, ik vind 'r niks meer aan,' bekende hij opeens. 'Die yoyo's zeuren de hele dag over hun volk, dat het bijzonder en verheven is en zo. Teringhonden... Ik word er schijtziek van.'

Door het raam zag ik jongens en meisjes op het plein. Ze verplaatsten zich van het ene café naar het andere, of stonden ongeduldig in de rij voor de snackbar. In het restaurant was het doodstil, alleen het koffieapparaat maakte zo nu en dan wat vage geluiden.

'Haakneus blijft me ook maar stalken,' zei ik. 'Shit, man. Ik word er doodmoe van.'

Kareltje leefde op. 'Jij bent dom, Eus. Ik zweer het je. Oké, ze schieten je waarschijnlijk af als ze het ontdekken, maar als jij goochem bent, pak je dat wijf... In het geniep, oglum. Spreek met haar af.'

Nathan lag boven te pitten. Sinds Kosta ontslag had genomen hing die freak nooit meer met ons. Hij kon onmogelijk het gesprek horen, maar we fluisterden toch, gewoon voor de zekerheid. Als die Suryoye lucht kregen van wat er speelde, zouden er koppen rollen.

Mij zou niets overkomen. Nog niet. Ik kon er weinig aan doen dat Haakneus me wilde. Zíj liep het meeste gevaar. Pas als ik haar avances ging beantwoorden werd ik een prooi voor die fanatiekelingen.

'Ik weet het niet. Ze is wel fockable, maar dat meisje is vooral van het padje. Straks knapt er iets in die kutkop van haar en blijft ze me lastigvallen.'

'Hm, ja, die kans heb je. Maar dat mokkel waarmee je nu loopt, die Meltem, die spoort ook niet echt. Dat zie ik meteen.'

Ik greep de fles Jack Daniel's en schonk opnieuw bij.

In één teug leegde Kareltje zijn glas. Meteen vulde ik het weer.

'Dat weet jij niet,' zei ik kalm. 'Je hebt haar nooit gezien. En ze is trouwens alleen voor de seks. Dat schaap blijft niet langer dan een week. Daarna mag ze weer oprotten.'

Kareltje begon te lachen.

'Maak dat een ander wijs. Ik ken jou toch! Jij moet altijd één vast meissie. Dat heb je nodig. Beetje gevoelig praten met die vrouwen en zo... Loser!'

'Ach, houd toch je mond, man, meneer de nepturk. Met die batsenmuziek van je.'

'Moet je horen wie het zegt. Je bent al bijna een kakker. Wees 'ns een echte Turk. Jullie moeten vrouwen slaan en kleineren, weet je wel. Dat is de natuur. Die van ons hebben allemaal een grote bek. Altijd een weerwoord. Maar ze kunnen niets meer. Een vrouw hoort lekker te kunnen koken, thuis een beetje op de kinders passen en verder moet ze gewoon stil zijn.'

Kareltje reutelde verder.

Meltem zou volgende week op visite komen. Bij mijn ouders thuis. Die waren toch op vakantie en ik moest op de keet passen. Dat wilde Turis graag: waarschijnlijk omdat-ie helemaal geen vrienden meer had aan wie hij de gunst kon vragen. Kosta woonde ver weg met zijn zigeunerin en Mahir verzon telkens een nieuw excuus om het maar niet te doen.

Net als Kareltje kreeg ik ook de indruk dat Meltem van lotje getikt was. Mijn kamer moest geheim blijven. Misschien zou ze na een afwijzing voor m'n deur staan. Beetje de psycho uithangen, net als Levine... Dat huissitten kwam me dus goed uit. Al kon ik vader wel vermoorden toen ik zag dat-ie met waterdichte viltstift streepjes had getrokken op de flessen in zijn drankkast. Zo kon hij na zijn vakantie de inhoud controleren. Als er wat ontbrak zou-ie mij natuurlijk uitschelden.

'Maar goed. Ik kap dus in de keuken. Ik word maffia. Dat heb ik gister besloten.' Kareltje klopte trots op z'n borst.

'Jij wordt maf, ja. Maar vertel… Wat ga je doen?'

'Dat ga ik je niet zeggen. Ik laat het je zien. Volgende week. Dan neem ik je mee. Of ben je te druk met je verloofde?'

'Krijg maar last van je hart, flikker.'

Veel zin in een kroegentocht hadden we niet. Daarom bleven we tanken tot het licht werd. Toen we zondagochtend het restaurant verlieten, bouwden een paar lui de zondagse braderie op. Ze zongen vrolijke liedjes en schreeuwden elkaar leuzen toe. Kareltje stelde voor om niet over de Bokkingshang maar langs de IJssel naar huis te lopen.

Onder de Wilhelminabrug begon-ie te vertellen over 'n oorlogsfilm. Bevlogen zei hij dat grote acteurs als Sean Connery, Gene Hackman, Anthony Hopkins en Robert Redford ooit op deze plek in de Koekstad waren om die film op te nemen.

Ik gaapte wat achter m'n hand. Kareltje wist veel te veel.

54

Het was een warme lenteavond.

Meltem zeurde al een paar dagen over mijn wenkbrauwen, die ze per se wilde epileren omdat ze te vol waren – naar haar smaak. Ze had een schaartje nodig en een klos garen. Dat vond ik na lang zoeken in een vergeelde naaidoos onder het bed van mijn ouders. Ik zette het doosje op het nachtkastje en holde naar beneden. Vroeger repareerde moeder onze kleding, als we tijdens het buiten spelen ergens aan bleven haken of op de grond flikkerden, maar nu deed ze dat niet meer.

'Niet bewegen, Eus.'

Meltem en ik zaten op de bank, of ja, zij zat op mij. Ingeklemd tussen haar benen kneep ik mijn ogen stevig dicht, intussen drukte ik haar lekkere lichaam tegen me aan. Ik dacht aan het medaillon dat aan haar ketting hing, daar stond haar voornaam in gouden letters op gedrukt. Misschien zou mijn naam ooit aan die ketting hangen.

'Dit kan een beetje zeer doen,' zei ze, 'maar een echte man gaat niet klagen.'

De teevee stond aan. Een commerciële Turkse zender zond een populaire soap uit. Ik luisterde naar de geluiden. Een rijkeluiskind besodemieterde z'n vrouw met de werkster, die ook al het bed deelde met de vader van dat jong. Het kwam allemaal nogal ongeloofwaardig over. Meltem smulde ervan.

'Pijn.'

'Nee,' zei ze streng. 'Stil zijn!'

Ik weet niet precies hoe ze 't deed, maar het voelde alsof mijn hele gezicht werd gesnoeid. Ze rolde de draad over de huid en trok zonder mededogen overtollige haartjes eruit. Mijn ogen traanden. Van tijd tot tijd moest ik niezen en ik kreeg overal jeuk.

'Lekker voor je! Wij vrouwen voelen deze pijn dus om de paar dagen.'

'Dat is niet mijn schuld. Zijn er niet minder pijnlijke manieren om haartjes te verwijderen?'

Zuchtend ging ze verder, alsof ik iets heel doms had gezegd.

Vanavond bleef Meltem bij mij slapen. De hele nacht. Hoe ze dat thuis met haar ouders regelde wist ik niet, en eerlijk gezegd kon het me ook niets verrotten. Selma liet mij anderhalf jaar wachten tot deze stap in onze verkering, veel te lang als je kijkt naar hoe het allemaal eindigde. Nu mocht ik er waarschijnlijk binnen een maand op.

De ontharingssessie was afgelopen. Ik gaf Meltem een kus en liep opgelucht naar de drankkast. Er stonden flessen vieux, wijn, whisky en raki. Die laatste kocht Turis waarschijnlijk ooit taxfree op een luchthaven, meer voor de show dan echt met de bedoeling hem leeg te drinken. Mijn eigen whisky lag in de koelkast.

'Ik heb echte Turkse drank voor je.'

Opgewekt stond ze op. 'Raki?'

'Ja, natuurlijk. Maar kun je dat hebben? Het is wel vijfenveertig procent.'

Meltem trok beledigd haar kin op. 'Natuurlijk kan ik dat!'

Ze klokte haar eerste longdrink meteen naar binnen terwijl ik nog ijsblokjes zocht in de grote diepvries, die door ruimtegebrek in de schuur stond. Buiten heerste de geur van gegrild vlees op barbecues. De buren spraken hardop. Spelende kinderen probeerden hun ouders te overstemmen.

Voor ik goed en wel naast haar kwam zitten had ze het tweede glas ook soldaat gemaakt. Opgewonden door het vooruitzicht dat ik die nacht met haar mocht slapen bekeek ik Meltem. Hoe meer ik dronk, hoe mooier ze werd.

Ze begon te vertellen over haar ex. Die jongen zou haar schandelijk hebben behandeld. Als ze te weinig aandacht voor hem had sloeg-ie haar in elkaar, soms wel drie keer per week. Bovendien toonde hij nooit interesse. Niet in haar school, niet in haar hobby's en al helemaal niet in de toekomstige schoonfamilie.

Ze ging steeds harder en sneller praten. Op een lompe manier werd ze intiem. Zonder schaamte legde ze haar hand op mijn kruis. Als de jacht op een vrouw zo eenvoudig verliep, verloor de hele zaak voor mij zijn waarde. Er moest spanning zijn. Ondeugende tegenwerking. Meltem hield open huis.

Inmiddels had ik de luxaflex dichtgedraaid. Tegen beter weten in bleef ik doorschenken. Toen ze haar vierde of vijfde glas had leeggedronken, stond ze moeizaam op om duizelig richting de trap te slingeren. Haar grote gouden oorbellen lagen op de salontafel, evenals een pakje sigaretten en 'n okergele aansteker.

'Ga je mee?' vroeg ze.

Besluiteloos bleef ik op de bank zitten. Er viel geen eer te behalen bij dit meisje. Weer viel haar sombere gezicht op. Ik atte een glas whisky. Misschien kon ik alle bezwaren in mijn hoofd verlammen. 'Ben je niet veel te dronken?'

Meltem gaf geen antwoord, in plaats daarvan strompelde ze de treden omhoog, op weg naar de slaapkamer. Ik doofde beneden de lichten en ging haar achterna. Ze zat midden op het bed van m'n ouders. Ooit vreeën zij ook met elkaar. Was het uit liefde? Ik kon me er amper een voorstelling van maken. Toch bestond ik.

'Pak me…' riep Meltem. 'Ik wil je!'

Twijfelend bleef ik staan. Zo veel brutaliteit bracht me in verwarring. Waarom wilde zij zo graag en zo snel met mij naar bed?

'Schiet op. Je bent toch geen homo?!' Alle aantrekkingskracht die zij ooit op me had verdween in een oogopslag: haar lichtblauwe spijkerbroek vertoonde een nat plekje ter hoogte van haar flamoes. Ik vond het er goedkoop uitzien. Het was een wijf zonder klasse.

'Volgens mij ben jij te dronken. Laten we maar gewoon gaan slapen. Morgen kijken we wel weer.'

Ze begon te krijsen en kleedde zich uit. Elk kledingstuk smeet ze theatraal tegen me aan. 'Neuk me, klootzak! Ik wil je. Nu…'

Poedelnaakt lag Meltem op bed. Ik greep haar neukteugels vast en verloor de controle over mezelf. Ze knoopte mijn broek los, trok mijn geslacht eruit en propte dat in haar lijf. Godverdomme… Serieus… Het leek wel of ik buiten mezelf was getreden. Met flink wat tegenzin begon ik te stoten. Ik wilde haar pijn doen.

Het duurde niet lang, want een ogenblik daarna schoot ze overeind. Die trut kotste de hele teringbende onder. Daarna wilde ze meteen verder. De kamer stonk zuur en haar smoel zag er niet uit. Maar ik liet me weer gaan. Net zo lang tot ik in haar was gekomen. Zij viel meteen in slaap.

Beduusd tuurde ik naar de ravage in de kamer. Er dreef braaksel in het naaikoffertje van moeder. De kamer stonk. Meltem stonk. Het hele zaakje stonk.

55

We hobbelden in 'n ouwe wagen over een paar verlaten landweggetjes. Kareltje staarde geconcentreerd voor zich uit, met twee handen aan het stuur, zoals je tijdens rijlessen verplicht moet rijden. De auto was een reserve van zijn vader, die kreeg er dagelijks een paar binnen op het sloopbedrijf. In sommige van die bakken kon je gewoon rondscheuren, ook al waren ze total loss of verbeurdverklaard.

'Wat je straks ziet, mag je tegen niemand zeggen,' herhaalde Kareltje steeds. 'Anders ben ik mooi genaaid.'

'Nee, jongen. Doe niet zo spastisch. Je weet dat je me kan vertrouwen.'

Meltem belde voortdurend om af te spreken. Ik sms'te dat ik druk was, maar daar had ze geen boodschap aan. Daarom deed ik de telefoon uit.

Eindelijk zou Kareltje zijn nieuwe biznis laten zien. Hij had nog geen ontslag genomen bij de fascisten, want eerst moest-ie zeker weten dat 'alles goed ging'. Ik had geen flauw benul van wat hij bedoelde, maar vond het allemaal best. In elk geval besloot ik ook te nokken met het restaurantwerk, mocht Kareltje echt vertrekken. Zonder hem was er geen flikker aan. Dat wist ik zeker.

Het dorp rook fris en zag er vredig uit. Toch reden we een kleurloze straat in. Aan beide kanten stonden hoge rijtjeshuizen. Verderop speelden drie blonde kinderen met een bal. Kareltje parkeerde de auto langs de stoep en sloot het portier af. Behoedzaam slofte hij naar nummertje twintig, een huis met afgebladderde kozijnen en een verwaarloosde tuin. De voordeur was smurfenblauw.

'Woon je tegenwoordig hier?'

'Ssst! Niet zeiken. Maak even aan.' Hij trok me de hal in en deed de deur op slot. Het zag er vanbinnen onbewoond en verwaarloosd uit, net als mijn kamertje toen ik het opgeleverd kreeg. De reclamefolders en enveloppen lagen kriskras op de vloer. Het enige wat ik hoorde was het getjilp van vogeltjes.

'Kom mee naar boven.' Kareltje ging me voor. De trap kraakte.

'Check. Hier gebeurt het allemaal.' We stonden voor een slaapkamer. Hij deed de deur open en ik zag meteen een fel licht. Er stonden kleine plantjes in bakken met aarde.

'Wiet?'

Triomfantelijk begon Kareltje te knikken.

'Ja, man! Ik ga rijk worden. Nog zeven weken te gaan.'

'En dan wat?'

'Dan ga ik oogsten, broodgoochem. Knippen en verkopen. Nu zijn het nog stekken.'

'Wow. Maar hoe kom je aan dat spul en die apparatuur?'

'Ja. Dat was nog wel een ding. Je moet echt speciaal materiaal hebben voor deze shit, weet je.'

Kareltje begon aan een rondleiding.

'Kijk, die ton, daar kan tweehonderd liter water in. Ik heb bijna veertig zakken *plagron* gekocht, dat is zand. Ik moest een afzuiger hebben van vijfduizend kuub en twaalf lampen van zeshonderd watt.'

'Jezus!'

'Nee, wacht. Er is meer, man. Zie je die folie? Dat is speciale antidetectiefolie. Ik heb ook vijverfolie.'

Hij raapte een flacon van de grond en liet het etiket aan mij zien.

'Dit is voeding. Ook heel belangrijk.'

Ik deed mijn handen in mijn broekzakken en keek nieuwsgierig om me heen.

'Mijn pa kent een elektricien, die pipo regelt het met de meterkast. Dat noemen ze voor de meter pakken of zo. Iets met een stroombot. Geen idee. Hij fikst dat wel. Ik geef hem een meier en die sukkel houdt zijn bek. Moet ook wel. Hij is gewoon een medewerker van Essent. Dus die gek loopt ook risico.'

'En hoe vaak kom je hier per week dan?'

Kareltje trok een plantje uit het zand, zodat ik het van dichtbij kon zien.

'Minimaal twee keer per week. Om water te geven. De lampen gaan vanzelf aan en uit. Ik geloof dat ze twaalf uur per dag branden.'

'Po, je bent echt maffia geworden.'

Hij lachte trots. We bleven nog een halfuur lanterfanten in het huis en reden toen terug naar de Koekstad. Onderweg dacht ik aan de poen die Kareltje zou vangen. Als hij vier kilo wiet overhield, verdiende hij bijna vijftienduizend euro. Niet slecht voor acht weken. Dat wilde ik ook! Maar ik had geen ruimte en geen geld om te investeren.

Wel had ik last van een mokkel dat me constant bleef bellen. Die conclusie trok ik nadat ik mijn telefoon had aangezet en er een melding kwam van veertien voicemailberichten. Meltem had het met verschillende nummers geprobeerd, volgens mij ook anoniem. Ze was niet goed.

56

De slijter tikte fluitend de code van het etiket over. Een zonnebril hield zijn manen bij elkaar. Hij zette de fles terug op de toonbank en las het antwoord van een flinterdun beeldscherm; blijkbaar beurde die bloedzuiger goed.

'Hm. Dit merk heb ik niet in de winkel, maar ik kan het wel bestellen.'

Als vader in het najaar terug zou keren van zijn vakantie moest er een ongeopende raki staan. Anders brak de hel los. Misschien had ik me bevrijd van zijn tirannie, maar moeder, die arme vrouw, kreeg het gelazer ongetwijfeld dubbel en dwars op haar bord. De mondigheid om hem van repliek te dienen bezat ze ook niet. Dat gedoe wilde ik afwenden.

'Ja, bestel maar.' Ik rekende meteen af en verliet de winkel.

Doelloos sjokte ik door de binnenstad. Mijn vrienden waren druk met de biznis, die hadden geen tijd voor mij. Door de tropische hitte was de stad afgeladen met blije terrasgangers. Ik verveelde me en had geen reet te doen.

Meltem stuurde een sms. Ze schreef dat ze in de buurt was en vroeg of ik haar wilde zien.

Voor een robbertje seks voelde ik wel iets, maar dan moest ze daarna meteen optieven. Ik tikte terug dat ze langs mocht komen én dat ik om vijf uur keukendienst had, waardoor we elkaar maar kort konden ontmoeten. Dat vond ze geen probleem.

Terwijl ik thuis de boel een beetje opruimde, peinsde ik over wat ik me nu eigenlijk op mijn hals had gehaald. Ik walgde van Meltem. De kans op een toekomst met haar was uitgesloten. Toch ging ik in op haar verzoek. Misschien was ik gewoon een beetje eenzaam.

Gelukkig waren de buren van m'n ouders ook met vakantie. Van pottenkijkers hadden we in elk geval geen last. Ik ging languit op de bank liggen. De Nederlandse zenders zonden praktisch allemaal belspelletjes uit. Maar er zaten een paar geile presentatrices tussen. Verveeld zapte ik naar de Turkse teevee. Alle kanalen toonden een identiek programma: de studiogasten stelden zich uitgebreid voor en deden een trouwoproep. Geïnteresseerde kijkers konden live inbellen. Vooral de mannen stelden aparte eisen. Sommigen verlangden dat de vrouw een hoofddoek droeg of niet dronk en rookte. Vrouwen vroegen constant aan de mannen of ze een auto bezaten. En een huis. Religie bleek vaak een breekpunt.

De telefoon ging over. Het was een anoniem nummer. Ik dacht een poos lang dat Meltem me voortdurend stalkte, maar toen ik geïrriteerd opnam, schold een jongen me in het Turks helemaal verrot. 'Hoerenzoon! Bastaard! Respectloze flikker!' Hij beloofde mij binnenkort een kopje kleiner te maken en zei dat ik een gevaarlijk spelletje speelde.

Ik probeerde die knakker uit te leggen dat-ie een verkeerd nummer had gedraaid, maar hij was niet voor rede vatbaar.

Dat was dus de laatste keer dat ik een onbekend nummer zou beantwoorden. Jezus! Vorige week belde zo'n miep van de creditcardfirma. Ook anoniem. Ze begon me een pot te zaniken. Die gasten wilden per se poen zien. En veel ook. Er stond een aantal termijnbetalingen open. Het meisje dreigde met incassobureaus en het Bureau Krediet Registratie. Mijn pasje zou sowieso per direct worden geblokkeerd.

Misschien moest ik m'n mobiele nummer veranderen.

De bel ging. Ik kwam overeind, zag door het raam de Golf van Meltem en liet haar binnen. Eigenlijk voelde ik meteen al spijt. Ze had hier niks te zoeken.

'Lieverd. Ik heb je zo gemist!' Overdreven begon ze me te zoenen. 'Laten we meteen naar boven gaan.'

'Waarom zo'n haast?' vroeg ik.

Meltem droeg een rok, een spaghettitopje dat een beetje inkijk bood en had bloedgeile oorbellen in. Ze rook mierzoet. De geur was veel te sterk.

Ik trapte de voordeur in het slot, terwijl zij me praktisch verkrachtte.

'Je moet straks werken, toch?'

'O, ja.'

We renden naar boven. Het bed van m'n ouders kreeg het zwaar te verduren. De kamer rook nog vies van de vorige keer. Meteen begon ze mijn riem los te maken.

'De gordijnen moeten nog dicht.'

Ze nam de klus voor haar rekening en ging op het bed liggen. Ik klom op Meltem. Op de automatische piloot nam ik haar. Ze had me weer verleid, maar het klopte allemaal van geen kanten. Weer niet. Er was iets niet in orde met dit meisje, dat voelde ik heel sterk. Ik wilde een condoom pakken, maar dat stond ze niet toe.

Ze krabde mijn rug open en schreeuwde het uit van genot. 'Jij bent mijn nieuwe man! Met jou ga ik trouwen!'

Ik vond haar eng en besloot nooit meer met haar af te spreken. Deze keer echt. In de toekomst zou ik vast een ander meisje ontmoeten.

Na een kwartier waren we klaar. Ik duwde Meltem van me af.

'Is dit alles?' Leunend op een elleboog keek ze me aan.

'Ja. Lang zat.'

Die Turkse tafelschel raapte haar kleren bij elkaar. Stampvoetend liep ze naar de badkamer. Ze liet de deur openstaan en begon te douchen. Ze keek me van onder de straal aan. 'Werk aan je conditie, klootzak! Dit is helemaal niks.'

57

Kareltje besloot te kappen in het restaurant. De zaken gingen goed. Hij reed nu in een splinternieuwe Polo. Een vierdeurs. De Suryoye probeerden hem op andere gedachten te brengen, onder meer met het argument dat goed personeel onvindbaar was, maar hij hield voet bij stuk: hij nam ontslag. Terecht. Die emotionele chantage van hen sloeg natuurlijk nergens op. Als ik zo veel geld verdiende zou ik ook mijn hielen lichten.

Het was zaterdagavond. Een sombere bui hield me gegijzeld. De laatste paar dagen voelde ik me sowieso vrij kut. Ik wist niet waar het vandaan kwam. Ik denk dat ik Selma heel erg miste, maar ik was te koppig om aan het gevoel toe te geven. Terwijl ik het ene na het andere gerecht wegstuurde, bracht Haakneus me in het geniep colawhisky. Misschien had de chef-kok door dat ik me aan het bezatten was, maar de ballen om er iets van te zeggen had hij niet. Als ik ook zou vertrekken, bleef er weinig personeel over.

Het leek wel of iedereen goede zaken deed. Kosta mailde foto's van zijn nieuwe auto. Een Audi A8. Niet mis voor een bats uit de Bergpoortstraat. Bovendien huurde hij samen met zijn zigeunerin een soort van kasteel. Het huis telde zeven slaapkamers. Ongelooflijk! Die schoonvader moest wel heel rijk zijn. Kareltje en Ata zwommen tegenwoordig ook in de poen. Alleen ik bleef achter.

Haakneus greep iedere mogelijkheid aan om met me te kletsen. Ze vertelde over haar studieachterstand en hoe haar vader, de pastoor, door anderen werd aanbeden. Daar ging ze prat op. Slaapverwekkend allemaal, maar veel meer dan met Haakneus ouwehoeren kon ik niet.

De nieuwe afwasser was een jonge Suryoyo. Een godsdienstfanaat. Die oelewapper raaskalde heel de dag over het geloof van die kwezels. Door dat geklets kon hij de aanvoer van vuile borden niet bijhouden. Ik moest zo nu en dan bijspringen.

Ergens die avond besloot ik ook te stoppen in het restaurant. De tyfus voor ze! Ik leek wel een ezel. Altijd maar ploeteren in die vieze keuken. En voor wat? Een fukkin' hongerloontje! Intussen kwam ik geen stap vooruit. Dat moest afgelopen zijn. Het werd tijd om écht wat geld te maken, net als mijn vrienden en Kosta.

Toen ik eenmaal het besluit had genomen voelde ik me bevrijd. In codetaal beval ik Haakneus nog meer drank te brengen. Ik wilde lazarus worden. Morgen was de laatste dag van Kareltje. Dan zou ik ook meteen afscheid nemen. Ik werkte toch zwart. Ze konden me niks maken.

Haakneus vertaalde mijn plotselinge vrolijkheid in een soort belangstelling voor haar. Dat zag ik aan die misvormde kop. Ze kwam steeds vaker naast me staan. Als niemand keek wreef ze met een hand over m'n rug. Blijkbaar haalde ze daar voldoening uit. Gelukkig was de werkdag bijna afgelopen. We stuurden de laatste maaltijden weg, boenden het hele zootje schoon en rond elf uur verliet ik de keuken. Er zaten nog een paar gasten in het restaurant. De bedrijfsleider en de meisjes van de bediening leunden verveeld aan de bar.

Boven in de grote woonkamer van Nathan wilde ik me omkleden, maar het licht bleek weer kapot. Of misschien was het nooit gerepareerd. Ik had er eigenlijk niet op gelet. Die mafketel woonde tegenwoordig overal en nergens. Niemand wist wat-ie in zijn schild voerde. In elk geval zagen we hem nooit meer. Echt bizar. Er viel geen hoogte van hem te krijgen.

Ik nam een slok van de cola-whisky die ik van beneden had meegenomen en voelde me duizelig worden. Het was donker. Alleen de straatlantaarns op het grote plein verlichtten de kamer een beetje. Een vlieg vocht zoemend tegen het raam. Hij wilde er dwars doorheen.

Ineens hoorde ik de bank kraken. Daar lag Haakneus. Ze loerde me uitdagend aan.

'Wat doe jij dan?'

Haar ondeugende ogen parelden in de schemer. Ze had enorme borsten, misschien wel cup F. 'Niks.'

Ik leegde mijn glas en was teleurgesteld omdat ik niets meer te zuipen had.

'Wil je misschien een nieuw drankje voor me halen?'

'Nee, doe ik straks wel. Kom jij eens hier… Ik heb iets voor je.'

Haakneus begon haar borsten te kneden, net als de meisjes in seksfilms. Af en toe liet ze een hand over haar schaamstreek glijden. Ze slaagde in haar missie: ik wilde haar pakken.

Ongemakkelijk bekeek ik het hele gebeuren. Dit had ze allemaal uitgedacht. 'Kleed je aan, gek. Straks komt je broer nog.'

Ze staakte haar toch al geslaagde pogingen me op te geilen.

'Ach, die is er nooit!' Misschien moest ze zichzelf even geruststellen, want ik zag haar naar de deur loeren. Daarna ging ze verder.

Ik liet haar begaan. Drank maakt een mens minder kritisch.

Er viel van Haakneus veel te zeggen, maar het lichaam van dat wijf was om door een ringetje te halen. Alleen haar dichtbegroeide pruim zag er niet uit. Om het in die streek weer een beetje op orde te krijgen moest iemand flink tekeergaan met een zeis. Of een elektrische boommaaier.

Morgen was mijn laatste werkdag.

Ik ging naast haar zitten en streelde haar grote tieten. Ze voelden zacht aan, het waren net kussentjes. Ze had tepelhoven als pannenkoeken. Dat loopse wijf trok mijn kop naar beneden en begon me onbeholpen te zoenen. Van tongen had ze weinig verstand.

Haakneus kwijlde me helemaal onder. Bovendien stonk ze uit haar bek. Haar kroeshaar rook naar goedkope haarspray en plakte aan mijn gezicht. Voor ik het wist had ze mijn koksbroek omlaag getrokken.

De vamp kwam van haar plek en knielde op de grond. Ik rook het vieze vaatwater uit de keuken en al die andere smerige geurtjes, maar het deerde haar blijkbaar niet. Berustend leunde ik achterover, met mijn hoofd op de rug van de bank en m'n ogen gesloten. Ze ging als een beest tekeer, zo nu en dan beet ze.

'Rustig aan met je tanden,' fluisterde ik.

Terwijl Haakneus een uiterste poging deed om me voor altijd aan zich te binden, bleef ik behoedzaam. Ik luisterde naar eventuele geluiden op de trap en hield me met van alles en nog wat bezig, maar niet met haar. Ik dacht aan alle verhalen die ik ooit in de keuken had gehoord. Over de pastoor en zijn volgzame aanhang. Aan het verhaal van een meisje dat door een paar Suryoye uit Duitsland werd omgebracht, omdat ze had liggen krikken met een bats. Ik herinnerde me de woorden van de chef-kok, die altijd zei dat de beste Turk een dooie Turk was. En ik wist dat de pastoor, de vader van Haakneus, maar een soort fatwa hoefde uit te spreken en ik zou binnen de kortste keren peiger zijn. Zes meter onder grond!

Juist op het hoogtepunt zag ik de waanzin van mijn actie in. Ik sprong overeind. Haakneus trok aan mijn shirt. Die kon niet genoeg van me krijgen. Het was net een junk!

Ik spoot haar onbedoeld helemaal onder. Zij liet het zich welgevallen. Haar snuit glinsterde van de klodders. In allerijl trok ik mijn kleding aan. Tevreden ging ze op de bank liggen. Ze stak een hand uit.

'Ik wil je!'

In doodsangst spurtte ik de trap af naar beneden, op zoek naar Kareltje. Ik vond hem in de bijkeuken van het andere restaurant en vertelde wat er gebeurd was. Het ene na het andere doemscenario doorkruiste mijn gedachten. Misschien zou ik in mootjes in een kofferbak eindigen... Of op de bodem van een rivier, met twintig kilo lood aan mijn poten.

We kochten een fles whisky in de kroeg en slopen naar de IJsselkade. De kerkklok sloeg twaalf keer. Ik besloot de volgende dag niet op te komen draven. Via een sms liet ik de bedrijfsleider weten dat ik ontslag nam, net als mijn beste vriend. Daarna schakelde ik mijn telefoon uit. Kareltje deed hetzelfde.

Ik bad tot een God in wie ik niet geloofde dat Haakneus nooit aan iemand zou vertellen van die avond. Mocht haar familie het ooit ontdekken, dan kon ik alvast een grafzerk gaan bestellen.

58

Meltem informeerde telefonisch naar de fotoshopkunsten van mijn broer Mahir.

Ik schakelde de teevee uit en hoorde haar binnensmonds vragen of hij gemeentelijke papieren kon vervalsen, om precies te zijn een uittreksel uit het bevolkingsregister. Ze had het document nodig voor een verhuizing. Thuis had ze dikke mot, met wie en waarom vertelde ze niet, alleen dat ze haar biezen wilde pakken, zo snel mogelijk. Nu zocht ze iets in de Koekstad.

Mensen buiten bepaalde postcodes kregen op de website van de woningstichting vierenvijftig punten na hun inschrijving. Met zestig stuks kon je al een prima studentenkamer huren. Meltem woonde in de regio en zou dus normaal gesproken niet in aanmerking komen voor die extra punten, met een vervalst document hoefde ze niet lang te wachten.

'Ik regel het wel,' zei ik, 'daarna wil ik eigenlijk niks meer met je te maken hebben.'

'Wat bedoel je daar nou mee?'

Er viel een ongemakkelijke stilte.

'Je hoort me toch, of niet?'

'Ach, doe niet zo gek, man. Wanneer kan ik het papiertje komen ophalen?'

'Ik ben serieus, Meltem. Daarna zijn we klaar...'

'Er komt iemand,' zei ze samenzweerderig. 'Ik haal het overmorgen op.'

'Nee, ik moet eerst helemaal naar hem toe en...'

Ze hing op.

Ik keilde de Nokia op het bed in mijn kamer. De limbo had bezoek van drie bloedmooie schoolvriendinnen. Mijn deur stond open. De meisjes keuvelden met elkaar, terwijl mijn huisgenote een prakje in elkaar knutselde. Het gesprek ging over school. Elke keer als ik de keuken bezocht om een glas Jack Daniel's in te schenken, begonnen de meisjes giechelend elkaar aan te stoten.

Ik genoot van de aandacht. Het waren van die alternatieve wijven, die zichzelf kunstzinnig vonden en zo, maar eigenlijk niks konden, behalve zich heel erg aanstellen. Eentje had vorig weekend een straatshow met lichtprojecties georganiseerd. De foto's van het evenement stonden op haar veel te dure Canon, die ze ongetwijfeld van haar rijke pappie had gekregen. Ze vroeg of ik de plaatjes wilde zien.

Met het glas aan mijn mond tuurde ik naar het scherm.

'Mooi, hè?'

'Echt wel. Dat doe je heel knap.'

Het mokkel monterde helemaal op. Ze stak haar hand uit en stelde zich voor. Haar naam was Inez. 'Ik heb nog meer plaatjes. Die staan in een fotoalbum. Wil je die ook zien?'

De andere meisjes zetten hun gesprekken voort, terwijl Inez fanatiek begon te vertellen over haar projecten. Ze kreeg er extra studiepunten voor. De docent prees haar initiatief. 'Ik moet mensen uit hun huizen jagen! Het is een doel geworden. Als ik in alle rustige wijken, waar bewoners helemaal vervreemd zijn van elkaar, dit soort projecties kan organiseren, dan komen de mensen vanzelf naar buiten. Dat is wat ik wil: sociale samenhang!'

Ik bleef er bijna in. Wat een onzin. Maar Inez had wel de lekkerste kont die ik ooit had gezien. En een smal gezicht met uitstekende jukbeenderen. Echt mooi. Op haar neus prijkten een paar van die sexy sproetjes.

'Ik krijg een beetje last van m'n voeten,' verzon ik om van haar af te zijn.

'O. We bekijken de rest wel in jouw kamer!'

Ik gaf Inez tips om bij de gemeente subsidies los te peuteren voor haar werk, daar moest ze gewoon een aanvraag voor indienen. Dat had ik van Kosta geleerd. Op mijn laptop vonden we allerlei adressen van instanties die ze kon aanschrijven. Ze kroop dicht tegen me aan en legde een arm op mijn schouder. Het beloofde gezellig te worden.

Met een hoop kabaal kondigden de andere meisjes hun vertrek aan. Ik bedacht ineens dat Inez in al haar enthousiasme het eten had overgeslagen. De alcohol zou haar flink raken. Haar hippievriendinnen gingen naar het café en vroegen of wij mee wilden. Inez stond op, kuste beiden drie keer ten afscheid, besprak nog iets over een studieopdracht en kwam weer op de bank zitten.

Tegen middernacht trok ze haar vestje uit. Het was warm in de kamer. Nu droeg ze alleen nog een top. Ze had heerlijke borsten, groot en rond, eigenlijk perfect. Alles klopte aan haar lichaam, alleen de inhoud van haar kop liet te wensen over. Omdat de wijn op was besloot ze met mij mee te doen. We zopen Jack Daniel's. Niet zo kinderachtig ook. Er moest een tweede fles aan te pas komen.

'Denk je dat ik rijk kan worden met mijn project?' vroeg ze ineens. De onzekerheid droop ervan af. 'Ik vind het belangrijk om mensen te helpen. Ik moet er alleen wel van kunnen leven.'

Stevig kneep ik in haar hand. 'Ik heb je pas vandaag ontmoet, maar als ik luister met hoeveel passie jij over het project praat en hoe hard je al hebt gewerkt... Nou, dan denk ik dat het wel goed komt.'

Van de weeromstuit besprong ze me, alsof mijn vertrouwen van enig belang was. Of misschien zocht Inez gewoon een reden om van bil te gaan. Het leek me geen meisje dat 't nauw nam met de exclusiviteit van haar lijf. Maar dat kon me verder aan mijn reet roesten.

Ik tilde haar op en wankelde naar het onopgemaakte bed. Haar benen omstrengelden mijn lendenen. In straf tempo trok ik haar kleding uit. Bijna pathetisch schreeuwde Inez de wijk bij elkaar. We lieten ons flink gaan.

Door de whisky was mijn leuter verdoofd.

Halverwege krabbelde ze overeind, ineens getroffen door een overpeinzing. 'Moet je geen condoom om? Ik slik de pil niet meer, daar word ik dik van.'

Ik duwde haar naar achter en wilde verder drillen.

'Eus, even serieus.' Ze blokkeerde.

'We kopen een morning-afterpil, die is maar vijftien euro.' Ongeduldig gleed ik weer in Inez, terwijl ik haar polsen beethield.

Ze draaide zich na een paar seconden om.

'Wat nu weer?'

'Ik heb geen vijftien euro.'

'Die krijg je van mij.'

'Maar is het morgen niet te laat voor zo'n morning-afterpil?'

Ik rolde van haar af. Met een onnozele blik staarde ze me aan.

'Was dat nou een serieuze vraag?' vroeg ik.

'Sorry.'

De kamer meurde naar zweet en drank. Zo goed als ik kon maakte ik 't karwei af, al leek het nu vooral een zakelijke transactie. Ik holde voor het zingen de kerk uit. Het was beter om geen risico's te nemen. Meteen lag Inez te ronken. Ik trok de deken over haar lichaam, tot aan haar hals. Anders zou ze kou vatten. Dat hoefde nou ook weer niet.

Duizelig kwam ik uit bed. Mijn telefoon lag op de grond. Iemand had een paar keer anoniem gebeld. Een paar minuten geleden nog. Dat zou Meltem wel zijn geweest.

Op de bank en de grond lagen de kledingstukken van Inez. Ik

vouwde alles netjes op en legde ze op tafel. Dan hoefde zij morgen niet te zoeken.

59

Bij de gate liep het storm. Moeder liet demonstratief haar kleine armpjes langs haar lichaam bungelen, terwijl ik me vooroverboog om haar eens stevig te omhelzen. Niet dat ik haar had gemist of zo. Haar afwezigheid bespaarde mij een hoop gedoe. Mijn ouders waren in alles afhankelijk van anderen: instanties bellen, post lezen, meegaan naar de huisarts enzovoorts. Een blok aan mijn been. Gelukkig hoefde ik alleen nog moeder te helpen. Vader zocht het maar uit.

Hele families waren uitgerukt om elkaar te verwelkomen. Met een hoop lawaai en aanstellerij vlogen de batsen elkaar in de armen. Wij stonden er maar lullig bij met zijn tweetjes. Moeder was eerder teruggekeerd van haar vakantie omdat ze moest werken. De zes weken waren voorbij. Turis had nu het rijk alleen.

'Waarom ben je niet bruin?' vroeg ik.

Ze droogde haar bezwete voorhoofd met de mouw van haar jasje.

'Ik ben het huis niet uit gekomen.'

'Zijn pa en jij niet naar de stad geweest, of het strand, of de terrasjes?'

'Welnee, jongen. Die man vertrok 's morgens rond acht uur en keerde pas laat terug.'

'En wat deed jij dan?'

'Ik maakte het huis schoon en dronk thee.'

'Elke dag?'

Ze keek me boos aan. Ik stelde onnozele vragen.

Elke keer als ik haar voorstelde om te scheiden lachte ze een beetje minzaam en sprak ze over geloof, traditie en cultuur. Ik snapte er geen zier van. Alsof ze normaal zulke vrome mensen waren. Waarom wogen die zaken mee als het om een huwelijk ging?

Ik rolde haar reiskoffertje naar de garage. Daar stond de Polo van Kareltje geparkeerd, die ik een paar uur mocht lenen. Moeder kreeg de veiligheidsgordel niet goed bevestigd. Ik moest haar helpen. Daarna liep ze te kutten met haar stoel, die te ver naar achter stond.

'Deze auto is echt raar!' zei ze. Maar het lag niet aan de wagen. Het lag aan moeder, die gewoon niet gewend was om te rijden. Op de snelweg at ze een stukje biscuit dat de stewardessen hadden uitgedeeld tijdens de vlucht. Ze reinigde haar gezicht met een mentholdoekje. Ook uit het vliegtuig.

'Volgens mij heeft je vader nog een vrouw.' Uiterlijk onberoerd bleef moeder voor zich uit staren.

'Waarom denk je dat?' vroeg ik.

Ze toverde een stuk papier uit haar handtas. Het was een lange lijst met nummers.

'Ik heb de telefoonspecificatie opgevraagd in Turkije, daar versta ik de mensen tenminste wél. Er is een nummer dat heel vaak vanaf ons zomerhuis is gebeld. Ik heb het gedraaid en er nam een dame op. Toen ik me voorstelde, zei ze dat ze medelijden met me had. Meer niet.'

Ik kreeg kippenvel op mijn armen en benen, maar liet niets merken. 'En nu?' vroeg ik.

'Wat kan ik doen?'

'Scheiden!'

Ze vouwde het document op en propte dat terug in haar tas.

De rest van de rit zweeg moeder. Zelfs mijn aanbod om naar de KFC te gaan – toch haar lievelingsrestaurant – sloeg ze resoluut af.

Het nieuws bracht me in verwarring. Dat Turis er een scharrel op na hield vond ik eigenlijk niet bijzonder. Hij was een man. Wij doen zulke dingen.

Maar dat moeder weerloos zou toekijken, zonder protest, vond ik wel erg. Het was zo'n cliché. Waarom moest ze op al die andere vrouwen lijken?

Ik dropte haar thuis, reed de auto naar Kareltje en hij bracht me terug naar de woning van mijn ouders. Op de eettafel lag een stapeltje brieven en rekeningen. In zes weken tijd had ik geen moeite genomen om de post op te rapen, nu had moeder in een kwartier de belangrijke brieven geordend en reclamefolders weggegooid. Dat kon ze nog wel.

We gingen samen aan tafel zitten en ik vulde tientallen formulieren en acceptgiro's in. Zij kon ook over de rekening van vader beschikken. Dat scheelde. Zijn uitkering bleef netjes gestort.

Na een uur was het papierwerk in orde. Ze gaf een kus op mijn kruin, ruimde de boel op en plofte neer op de bank. Daarna deed ze de teevee aan.

Er was weer een trouwprogramma op. Moeder keek met veel leedvermaak naar de sores van anderen.

60

Ik had mezelf intussen zo'n leefstijl aangemeten, vol met drank, uitgaan en goed eten, dat ik amper mijn kop boven water kon houden. Zonder inkomsten uit het restaurant werd het leven een stuk lastiger. De studiefinanciering bleef wel netjes binnenkomen, maar ik zat inmiddels in het derde schooljaar: veel langer konden mijn geluk en hun slordigheid niet duren.

Ik was er ruim twee jaar niet geweest. Geen enkele keer! Dat moest iemand toch zo langzamerhand doorkrijgen? Alleen voor de jaarlijkse herinschrijving toog ik naar het ROC. Naar de receptie. Het karwei was in vijf minuten gepiept.

De driehonderd euro huur betaalde ik keurig op tijd, net als de kosten voor het internet en mijn mobiel, maar het ziekenfonds, de postorderbedrijven en de creditcardfirma kregen geen cent van me. Fuck die rijke viezeriken! Mij niet gezien. Ze plukten maar mooi anderen kaal, mensen die werkelijk wat pegels te makken hadden.

Het was maandagmorgen en het eerste wat ik deed toen ik wakker werd was Kosta bellen. De avond ervoor lag ik urenlang te peinzen, terwijl ik naar muziek luisterde en me volgoot met vieux – dat was nu eenmaal goedkoper.

'Ja?'

'Ik ben het, Eus.'

'Ja?'

'Alles goed?'

'Schiet nou maar op, wat is er?'

'Jezus, vrolijk als altijd. Nou, ik heb momenteel weinig geld, en ik dacht: misschien heb jij een leuk baantje voor me. Met je schoonouders en zo.'

Kosta zat in de auto, ik hoorde hem toeteren en schelden.

'Ja, nu je toch belt. Toevallig hadden we iets voor jou bedacht. Maar dat is pas over een maand. Kun je zo lang wachten? Anders ga je maar in de doppenfabriek werken.'

'Nee, ik wacht wel.'

'Goed zo. Houd je bek tegen de anderen, goed? Tegen niemand hierover praten.'

Hij verbrak de verbinding.

Ik bleef opgelucht in bed liggen. Over een maand zou het geld weer binnenstromen. Dat hield ik wel vol. Gelukkig verbleef Turis in Turkije, waardoor ik elke dag thuis kon eten, dat scheelde enorm in de kosten. Bovendien deed ik moeder er een plezier mee. Dan was ze tenminste niet eenzaam.

Net op het moment dat ik weg dreigde te doezelen, voelde ik het bed trillen. Het was mijn Nokia. Versuft nam ik de telefoon op.

'Ik moet je zien,' zei een vrouwenstem.

'Wie ben jij?'

'Meltem. Stomme idioot! Kan ik bij je thuis op bezoek komen?'

'Nee,' ik sprong op. 'Mijn moeder is terug van vakantie. Je kan hier niet komen. Nooit meer.'

'Dan wil ik ergens met je afspreken.'

Ze fluisterde weer. Dat deed ze praktisch altijd als we met elkaar belden. Die ouders van haar moesten wel heel streng zijn, een soort kampbeulen, anders zou ze niet zo voorzichtig zijn. Aan de andere kant was ze weer een enorme vrijbuiter. Sommige dingen waren moeilijk te vatten.

'Goed,' zei ik om van het geëmmer af te zijn. 'Kom maar over een uur naar de McDonald's aan de A1. Maar je moet niet denken dat ik iets met je wil of zo. Wij zijn klaar met elkaar.'

Ik hoorde haar zuchten.

'Mannen zijn echt allemaal hetzelfde. Ongelooflijke klootzak! Ik zie je zo...'

Ze hing op.

61

In de uiterste hoek van de grote parkeerplaats stond de Volkswagen Golf van Meltem. Het terrein lag bestrooid met voedselresten en verpakkingspapier, een mekka voor lokale zwerfkatten, maar ook een hindernisbaan om over te rijden. Ik had de auto van Kareltje weer geleend, hij zat toch alleen maar thuis te wachten tot-ie kon oogsten. Het ideale leven.

Tegenover de McDonald's stond het grootste hotel van de Koekstad. Een touringcar wachtte voor de poort, minimaal vijftig bejaarden moesten instappen, het verliep allemaal niet zo soepel.

Ik parkeerde de auto, klom uit mijn stoel en wandelde naar Meltem. Opgewekt keek ze me aan, terwijl ik verveeld een elleboog op haar portier liet rusten, in afwachting van het gezeur.

'Ik ben niet helemaal eerlijk tegen je geweest,' stak ze meteen van wal.

'Wat bedoel je?'

Meltem droeg een roze trainingspak en witte schoentjes van Adidas. Ze was niet opgemaakt, haar gezicht zag er verwaarloosd uit, de enige opsmuk was het diamantje op haar hoektand, plus een paar gouden oorbellen, die groot en rond waren, net hoepels. Het medaillon was weg.

'Je weet toch van die ex van mij?'

Ik knikte.

'Nou, kijk... Met hem ben ik eigenlijk getrouwd.'

'Wat?!'

'Ja, ik wist dat je zo opgewonden ging reageren. Luister nou maar gewoon eventjes naar me.'

Een gitzwarte kat mankte onze kant op. Het dier geeuwde en staarde stom voor zich uit.

'Ah, wat lief...' zei Meltem. 'Ik wil later een poes, dat zijn zulke leuke beesten.'

Ik trok een leeg blikje Red Bull uit haar deur en smeet dat op die vieze kat. Hij slaakte een kreet en maakte zich uit de voeten.

'Waarom doe je dat, dierenbeul?'

'Vertel jij dat verhaal nu maar.'

'Pff. Nou, goed dan. Ik ben dus eigenlijk met Osman getrouwd, maar ik wil van hem af. We wonen al een tijd niet meer samen. Daarom zocht ik ook een nieuw huis, snap je?'

'Ja, en verder?' Ik snapte geen kut van dat rare wijf.

'Osman wil niet scheiden. Hij valt me lastig en belt elke dag. Die jongen is gek. Hij smeekt me hem terug te nemen, maar ik ben het zat. We zijn een jaar getrouwd en ik zag hem nooit. Als hij er wel was, zocht-ie de hele dag op Marktplaats naar goedkope auto's. En hij vindt dat ik niet kan koken. Die maniak werd altijd agressief, soms sloeg hij me.'

'Wat is nu het probleem dan?' vroeg ik.

'Osman heeft door dat ik een relatie met jou heb, mongool!'

'We hebben geen relatie.'

'Doe niet zo gek, Eus. Ik heb geen zin in grapjes. Hoe dan ook, hij heeft achterhaald wie je bent en zo, en ik ben bang dat hij je komt opzoeken.'

'Hoezo opzoeken? We leven niet in de bergen van Turkije. Wat wil hij doen dan?'

'Weet ik veel. Maar hij is niet helemaal goed. Er zitten wat steekjes bij hem los. Ik denk dat-ie gewoon niet kan accepteren dat ik van hem af wil... En dat er een ander in mijn leven is.'

'Wat zeggen je ouders?'

Meltem keek me laatdunkend aan.

'Die vermoorden me als ze erachter komen dat wij verkering hebben. Ze willen dat ik het goedmaak met Osman, omdat scheiden een schande is. Mijn vader is imam. Het is niet goed voor zijn imago, wat denk je wel niet?'

‘Kutzooi. Ik denk helemaal niks. Waar ben ik nu weer in beland?’ riep ik.

‘Kun je niet teruggaan naar die knakker? Ik wil hier gewoon niets mee te maken hebben.’

De telefoon in mijn broekzak trilde, net toen Meltem zich behoorlijk boos wilde maken over mijn laatste woorden, dat zag ik aan haar kop, die was rood en haar samengeknepen ogen staarden me woedend aan. Er stond ANONIEM op het scherm.

‘Wie is het?’ vroeg ze.

‘Geen nummer.’

‘Dan belt hij. Shit, ik weet het zeker.’

Een beetje angstig nam ik de telefoon op. Dat moest. Ik wilde me niet laten kennen.

‘Hallo, wie is dit?’

Een tijd lang hoorde ik niets.

‘Je speelt gevaarlijke spelletjes, vriend,’ zei een schorre stem ineens.

‘Wat, wie ben jij?’

‘Je weet donders goed wie ik ben. En ik weet dat je met mijn vrouw rommelt, en ook dat jij in de Gieterijstraat woont.’

Meltem hield de hele tijd een hand voor haar geopende mond. Ademloos gaapte ze me aan.

‘Daar woon ik niet,’ zei ik, ‘mijn ouders wonen daar.’

‘Ontvang jij vrouwen bij je ouders? Dan ben je nog zieliger dan ik dacht.’

‘Luister, chef. Ik ken je niet en dat wil ik ook zo houden. Val me niet meer lastig.’

Die knakker herhaalde traag en treiterend m’n woorden en lachte me toen uit. ‘Zeg maar tegen Meltem dat ze snel naar huis moet komen. Anders maak ik haar kapot, dat is een belofte. Ik heb toch niets meer te verliezen: mijn familie heeft geen respect meer voor me, mijn vrienden schamen zich én ik ben m’n baan kwijt. Ik maak haar dood en ga tien jaar zitten. Kan het mij wat schelen… Zeg dat maar tegen die hoer!’

‘Ik ken geen Meltem.’

Nu gierde hij het uit.

'Beledig me niet, Eus. Ik houd een dossier bij over jou. Ik weet alles. Als je niet oppast, neem ik jou ook te grazen! Selma zei dat ze jou een stomme kneus vindt. En dat ze spijt heeft van de tijd dat ze met jou was. Of ken je haar ook niet meer?'

Ik slikte twee keer moeizaam. Op het voorhoofd van Meltem verschenen zweetdruppels, ze had inmiddels een knalrode knop en trilde helemaal.

'Bel me niet meer. Ik wil niets met je zaken te maken hebben.'

Ik beëindigde het gesprek en schakelde meteen de telefoon uit.

De zwarte kat trekkebeende naar de linkerachterband van de Golf, niet gehinderd door de herinnering aan onze ontmoeting van een paar minuten geleden, toen ik het blikje zijn kant op mieterde. Het beest loerde ons smakkend aan.

'Wat zei Osman?' vroeg Meltem.

'Hij vertelde dat hij z'n baan kwijt was.'

Ze stapte uit de auto.

'Dat komt door mij. Ik heb zijn baas gebeld en gezegd dat-ie mij onder werktijd stalkt.'

Ik knielde en lokte de kat naar me toe door m'n duim over mijn wijs- en middelvinger te wrijven.

'Zei hij verder nog iets?'

'Ja, je moet snel naar jullie huis gaan. Osman wacht op jou. En anders maakt-ie je dood. Dat beloofde hij.'

Ze snifte een paar keer, schokte met haar schouders en barstte toen uit in luid en kinderlijk gehuil. Kreupelend vertrok de zwerfkat weer.

'Ik weet niet wat ik moet doen!' dreinde Meltem.

Met tegenzin trok ik haar naar me toe. Het bovenstuk van haar trainingspak was nat van de tranen. Ze omhelsde me stevig terug. Bevreesd hield ik het hele parkeerterrein in de gaten, bang voor die hersenzieke bats die helemaal niets meer te verliezen had, alleen nog zijn vrijheid.

62

Op een doordeweekse dag scheurden we naar 'n dorp aan de Belgische grens. Ata kreeg nog geld van een gozer die weken geleden een quad van hem had gekocht, maar veel te weinig had overgemaakt. We stopten voor een enorme boerderij en parkeerden langs de weg. Een houten hek schermde de tuin af. Op het erf liepen dieren en kinderen.

Meteen verscheen een oudere vrouw uit het huis.

'Mijn man is niet thuis. Laat ons met rust.'

Een tractor bolderde achter ons langs. Ata stak z'n handen in zijn jaszakken.

'Ik kom alleen mijn geld ophalen, mevrouw.'

Hij wees naar mij. 'En dit is mijn bodyguard, die is hier om me te beschermen.'

'Ik wil niets met jullie te maken hebben. Dat geld heb je allang. Nu wegwezen.'

Soms kon mijn vriend assistentie gebruiken bij zijn hossels. Vaak betrof het sjouwwerk, dan moest-ie partijtjes afleveren bij mensen en hielp ik spullen van een opslag naar een auto overhevelen. Maar zo nu en dan nam hij me mee voor rugdekking.

'Mevrouw, we gaan hier niet weg voor ik dat geld heb. Het gaat inmiddels om vijftienhonderd euro, want ik moest helemaal hierheen rijden en mijn bodyguard werkt niet voor koekjes, dat zijn allerlei extra onkosten.'

Ata had me in de auto geïnstrueerd dat ik iedereen vooral boos moest aankijken. Ik staarde woedend naar een kind, dat direct begon te huilen.

'Jullie zijn barbaars,' zei de vrouw. 'Goed, ik zal even contact met hem zoeken, maar ik beloof niets.' Ze wandelde het huis binnen en belde haar man. De kinderen staken vingers in hun mond en staarden schichtig onze kant op.

Ata knikte tevreden. Hij stak een sigaret op en controleerde zijn BMW op krasjes.

Ik had hem niets verteld over Meltem en het gezeik met haar

echtgenoot. Hij zou me dom vinden, dat wist ik zeker. Daarbij wilde ik hem niet meesleuren in mijn problemen.

De vrouw kwam weer naar buiten. 'Hij neemt niet op. Kom maar een andere keer terug.'

Ata gooide de peuk van zich af. Met samengeperste handen hield-ie de houten tralies van het hek vast. 'Luister,' zei hij, 'ik moest drie uur rijden om hier te komen. We kunnen dit op een normale manier oplossen, maar het kan ook anders.'

Ik keek weer boos.

De vrouw deinsde achteruit. Ze had een paarse bril op en was gekleed in vuile zomerkleding. 'Rustig, ik probeer het gewoon nog een keer.' Snel liep ze weer het huis in.

'Ze gaat ons betalen,' fluisterde Ata. 'Dat doen ze altijd. Ik heb gewoon gelijk.'

Binnenkort moest ik mijn eigen geld verdienen. Dit schoot niet op.

Alle kinderen staarden ons verdrietig aan, net als de honden en katten.

Ata ging op de motorkap zitten, leunde nonchalant achterover en floot een deuntje. 'Waar verdien jij tegenwoordig je doekoes mee?' vroeg hij opeens.

'O, ik heb wat gespaard.'

'Veel?'

'Een paar knaken, niks bijzonders.'

Het sloeg nergens op, in werkelijkheid was ik een kruimeldief geworden. De handtekening van moeder viel bijvoorbeeld doodeenvoudig na te maken: haar voorletter met een grote krul erdoorheen. Elke keer als zij op haar werk of op de eerste verdieping van het huis was, skoepte ik acceptgiro's uit de la. Ik pende mijn rekeningnummer erop, schreef bij het betalingskenmerk VERZEKERING en vervalste haar krabbel.

De bewoonster van het enorme huis dook weer achter het hek op. In haar hand hield ze een autosleutel en een portemonnee. Het kind dat ik eerder aan het huilen had gemaakt staarde me duimend aan.

'Rijden jullie achter me? In ons dorp is geen pinautomaat, dus we moeten een endje om.'

'Natuurlijk mevrouw,' zei Ata, 'dat is geen probleem. Rijdt u maar voor ons uit. Wij volgen.'

Tevreden stapten we in de auto. We reden een paar minuten rustig achter de Audi van de vrouw aan, over dijkjes en langs boerderijen, in bijna onbewoond gebied, toen ze ineens besloot te stoppen.

'Wat wil die hoer?' verzuchtte Ata. Hij parkeerde de BMW in een berm.

Geduldig bleven we wachten tot haar auto weer in beweging zou komen, maar er gebeurde helemaal niets, bijna bewegingloos bleef de vrouw achter het stuur zitten.

De lucht rook ziltig. Overal waar ik keek zag ik water en weilanden. Vergeleken met hier was de Koekstad een metropool.

'Misschien heeft ze een hartstilstand, man,' fluisterde ik.

Het was een ongelukkige opmerking. Ata moest een paar keer slikken en dacht waarschijnlijk aan zijn vader. Hij wilde de vrouw mobiel bellen, maar we hadden beiden geen bereik.

'Kom, we gaan even kijken,' zei ik.

We stapten uit de auto. Ik speurde de wijde omgeving af op huizen, eventueel om hulp te vragen als er echt iets mankeerde aan de vrouw, maar er was alleen natuur.

Ata klopte op haar raampje. Ze liet het naar beneden rollen. Dat scheelde: dood was ze niet.

'Zeg, mevrouwtje, waarom stopt u hier?' vroeg hij.

'Goed, niet te veel praatjes. Ik wil dit snel achter de rug hebben. Wie gaat eerst?'

Onbegrijpend keken we elkaar aan. 'Wat bedoelt ze, man?' vroeg Ata in het Turks. Ik haalde mijn schouders op.

'Waar heeft u het over?'

'Kom, kom... Niet terugkrabbelen. Om de beurt. Geen getreuzel verder.'

'Volgens mij,' zei ik in het Nederlands, 'wil ze dat we haar bonken.'

Ata keek me aan.

'Wilt u met ons neuken, mevrouw? Zodat we uw schuld vergeten?'

Nu moesten we allebei lachen.

'Lelijke graftak... Wat denk je zelf?'

Snel liep Ata naar de andere kant van de auto. Nog steeds zat de vrouw op haar plek, doodsbang voor ons en de straf die we voor haar zouden bedenken. Terwijl Ata het dashboard plunderde, snaaide ik de portemonnee van haar schoot. Er zat tweehonderd euro in.

Ik stak het geld in mijn achterzak en gaf de lege beurs weer terug. Ze keek me zielig aan. Eigen schuld. Dan had ze maar aan haar verplichtingen moeten voldoen.

Mijn beste vriend vond wat hij zocht, wapperde met het kentekenbewijs van de Audi en wierp een tevreden blik op me. Hij huppelde naar de bestuurderskant van de auto. 'Mevrouw, uitstappen. Deze auto is nu van mij.'

Ik keek hem aan.

'Ja,' zei Ata. Hij duwde zijn eigen sleutels in m'n hand.

'Rijd met de BMW achter me aan.'

De vrouw protesteerde eventjes, maar hij trok haar krachtig uit de wagen. Zijn carrière als uitbener had hem geen windeieren gelegd.

Met twee auto's reden we terug naar huis. Het was een kutrit: Ata had alleen een cd met Turks kattengejengel en als de radio uitstond hoorde je het machtige geronk van de motor, dat shitgeluid werkte op mijn zenuwen.

In elk geval was ik mooi twee meiers rijker.

63

Meltem kreeg een kamer aan de rand van de stad, vlak bij mijn voetbalvereniging. Op een dag belde ze op, een tikkeltje euforisch, met de vraag of ik kwam kijken.

Wat te doen? Ik voelde mij ergens verantwoordelijk voor haar lot, al dankte ze dat grotendeels aan zichzelf... Toch was het zielig voor dat meisje. Helemaal alleen in een vreemde stad en zo, zonder ouders of bekenden, en dan ook nog een gozer die haar stalkte.

Ik wandelde vroeg in de avond naar haar nieuwe huis. Het stond vlak naast een kamp, dat onder meer door twee teamgenoten van mij werd bewoond. De Golf was slordig voor de deur geparkeerd. Dat wicht had me best kunnen ophalen. Ik drukte op de bel, bleef een poos wachten en hoorde toen een aantal doffe klanken op de trap.

'Hallo,' zei een kleine jongen puffend, 'wij hebben niks besteld, hoor.'

'Ik kom voor Meltem.'

'O, natuurlijk. De nieuwe bewoonster. Loop maar mee.'

Die knaap droeg een broek die strak om z'n reet zat. Door zijn diepe v-hals zag ik rode bultjes op zijn borst, volgens mij had-ie zich net geschoren. Hij was een sodomiet, dat kon niet missen.

Hij navigeerde me naar de grote kamer op de eerste verdieping, tussen de plee en een andere trap, die volgens mij naar de zolder leidde, zo op het oog een ideale plek voor wietkweek.

'Hier is m'n nieuwe buurmeisje wel,' zei de jongen.

Meltem zat op 'n matras te pielen met een lamp. Ze veerde overeind toen ze me zag. Overal lagen dozen en gereedschap. Uit haar telefoon klonk een Turks deuntje. Zo blij als een kind sprong ze in mijn armen.

Haar kamer was groter dan die van mij. Bovendien zagen de vloer en muren er veel verzorgder uit.

'Blijf je vannacht slapen?' vroeg ze.

Ik keek om me heen. 'Je hebt nog helemaal geen spulletjes, of een bed.'

'Ach, zeur niet zo. Er is toch een matras.'

De flikker gniffelde. 'Nou, ik laat jullie Turkse tortelduifjes alleen.' Hij trok de deur achter zich dicht. Een paar tellen later hoorde ik muziek van Linkin Park uit zijn kamer schetteren.

Maniakaal zoende Meltem me in mijn hals, ze trok mijn spijkerbroek omlaag en nam m'n piemel in haar mond. Ik stond al een tijd droog, dus liet haar begaan.

Het duurde allemaal niet langer dan een minuut. Ze waste haar mond, dronk een fruitsapje en liet zich op de matras vallen. 'Eindelijk vrijheid, nu heb ik mijn eigen leven.'

‘En Osman dan?’

‘Die moet gewoon wegwezen. Ik ben een zelfstandige vrouw, dat moet hij begrijpen.’

‘Wat zeggen je ouders?’

Ze lachte.

‘Die hebben me verstoten... Nee, hoor. Dat zeggen ze alleen tegen anderen, mijn moeder belt elke dag. En ze maken elke week geld over. Ik heb het nu eindelijk écht goed voor elkaar.’

Ik liep naar het raam, staarde naar buiten en zag een paar kinderen met vuurwerk spelen. In een kring stonden ze te kijken hoe een sierpot krachteloos wat glitters spuwde. ‘Na alles wat je over Osman hebt gezegd denk ik niet dat-ie zomaar eventjes accepteert dat jij een nieuw leven begint.’ Ik bleef naar de straat kijken.

‘Maak de zaken niet zo ingewikkeld, Eus.’

‘Jij moet gewoon de waarheid onder ogen zien. Gedraag je niet als een verwend wijf.’

Meltem werd boos. Ze sloeg keihard op mijn rug met een schoen.

‘Klootzakken. Jullie zijn echt allemaal hetzelfde. Ik haat je, piç herif. Flikker op!’

Als een haas verliet ik de kamer, terwijl ze door bleef slaan. Ik trok de kamerdeur achter me dicht en hield de klink stevig vast, zodat ze niet achter me aan kon komen.

‘In elk geval weer wat leven in de brouwerij,’ zei de buurjongen op de gang. ‘Ik heb gehoord dat Turkse vrouwen veel temperament hebben. En dat Turkse mannen graag hun vrouwen slaan. Dat wordt wel snel bevestigd, zeg.’

64

Doordat die Osman mij voortdurend bleef lastigvallen vroeg ik bij mijn provider een ander telefoonnummer aan. Het werd me duidelijk dat het die freak menens was. Hij zou niet rusten voor Meltem bij hem terugkeerde. Van mij mocht ze. Ik was dat mokkel helemaal zat. Maar omdat we nu een gemeenschappelijke vijand hadden, moest ik wel contact blijven houden.

Een paar dagen later vroeg ze via sms of ik kon helpen met verhuizen. Bovendien zouden er nieuwe ontwikkelingen zijn tussen haar en Osman, daar wilde ze over praten.

Mijn nieuwsgierigheid bracht me wederom naar haar kamertje. Toen ik daar arriveerde, zeulden drie batsen met vuilniszakken en meubels, ondertussen zongen ze Turkse nummers. Het waren studiegenootjes van haar.

Ik ergerde me meteen dood aan die kneuzen. Het was stom, achterlijk volk, geteisem van de bovenste plank. Ze maakten domme grapjes, plaagden elkaar en dansten op straat de halay. Een godverdomde verschutting. Die gozers leefden nog steeds in hun eigen Turkse wereld. Elke keer als ze in hun moerstaal iets vroegen, gaf ik antwoord in het Nederlands. Maar dat hadden die platte achterhoofden niet door.

Ik ging tegenover het huis op een stoepje zitten, strekte mijn poten en bleef geduldig wachten tot Meltem mij bij zou praten. Maar elke keer als ze buiten stond en die kliek van haar instructies gaf, werd ik straal genegeerd. Dat wijf maakte me helemaal gek. Echt waar.

Pas na een uur slofte ze mijn kant op.

'Voel jij je te goed om te helpen of zo?' vroeg ze.

'Volgens mij heb je genoeg personeel.'

Meltem griste haar telefoon uit haar kontzak, drukte op een paar knopjes en stopte het toestel weer terug. Ze bleef voor me staan, waardoor ik omhoog moest kijken. Achter haar straalde de zon.

Ik zag dat ze een paar kilootjes was aangekomen, misschien van de stress.

'Mijn ouders hebben gezegd dat ik mag scheiden van Osman,' vertelde ze ineens, 'maar dan moet ik het voor een allerlaatste keer proberen met hem. Een soort van stage.' Meltem hinnikte als een hoer met kiespijn.

'Wat houdt dat in?'

'Ik moet vijf dagen met hem samenwonen. Hij krijgt dus een tweede kans. Dat heeft-ie met mijn ouders geregeld; als ik daarna nog steeds van hem af wil, dan mag het.'

'Ook van hem?'

'Nee, alleen van mijn ouders. Maar dan heeft hij niets meer te willen.'

Ik schudde mijn hoofd.

'Wat nu weer?'

'Je bent naïef. Hij gaat je echt niet met rust laten. Nooit. Die jongen heeft er een eerkwestie van gemaakt, dat heb ik toch aan de telefoon gehoord. Hij ziet jou als zijn bezit.'

Meltem schopte een keer hard tegen mijn benen. Ze stak een vingertje uit en boog voorwaarts.

'Luister betweter, jij bent alleen negatief,' zei ze fluisterend. 'Houd gewoon je bek als je me niet gaat steunen. Ik wil niet afgaan bij mijn vrienden... Dus rot gewoon op!'

Ik krabbelde overeind, zag de trillende lip van Meltem en verliet de straat zonder wie dan ook gedag te zeggen. Onderweg naar huis nam ik voor de zoveelste keer het besluit het contact definitief met haar te verbreken, daarna moest ik lachen.

Ik hield mezelf voor de gek.

65

De frikandel was hard en droog en smaakte naar aangebrand frituurvet. Balend smeet ik het verrotte vlees in een vuilnisbak. Ik had het gekocht van mijn laatste eurootjes, opgedoken uit de portemonnee van moeder. Een persoonlijk faillissement kwam dichterbij. Het baarde me zorgen. Straks moest ik nog inbreken, oude vrouwtjes beroven, banken overvallen of weet ik veel wat. Alles om maar te overleven.

Ik las de tijd op de enorme stationsklok. Kosta liet al een klein halfuur op zich wachten. Die klojo was écht altijd te laat. Hij had me gevraagd hem te helpen met een klus, of in elk geval om met hem mee te rijden. Er zou een beloning op me wachten.

Een halfuur later kwam-ie in zijn dikke bak voorrijden. Terwijl ik langzaam naar de auto liep, toeterde hij een paar keer asociaal, het geluid echode door de stille stationsstraat.

'Rustig maar, meikever,' zei ik in mezelf.

Ik stapte in de auto. De hele bekleding was van leer. Op het glimmende dashboard zaten zo veel knopjes dat het wel de cockpit van een helikopter leek.

'Wil je eerst mijn huis zien?' vroeg Kosta.

Ik vond het best. Voor mij was het een toeristisch uitstapje. Veel hoefde ik niet te doen. Alleen met hem meegaan en poen incasseren.

We reden door een winkelstraat, passeerden een paar vrijstaande huizen en kwamen vervolgens aankarren bij een enorme villa die aan een landweggetje stond.

'Woon je hier?' vroeg ik opgewonden.

Kosta toetste vier nummers in het elektrische beveiligingssysteem en de poort ging tergend langzaam open. 'Nee, hier woont mijn schoonfamilie, *change of plans*,' zei hij. 'Luister, ze kunnen alleen Engels, omdat ze heel lang in Amerika hebben gewoond. Dus houd daar rekening mee. Voor de rest niks geks doen. Beleefd blijven.'

Met tegenzin kwam ik uit de auto. Er speelden kleine kinderen in de grote voortuin. Ze zagen er stuk voor stuk hetzelfde uit: donker haar, lichte ogen en nogal mollig.

'Ik laat je even het huis zien,' zei m'n broer. Hij klom de buitentrap op, tikte op het raam van 'n deur en iemand deed open. Meteen verdween die persoon weer.

We liepen een keuken in, er stonden vijf vrouwen te beppen en kokkerellen.

'Kijk,' zei Kosta in het Engels, 'dit is mijn broertje.'

Niemand begroette mij. Ze staarden me kort aan en kletsten toen verder.

'Trek je schoenen uit en loop achter me aan.'

Ik gehoorzaamde braaf. Stiekem achtervolgden een paar nieuwsgierige kinderen ons.

Overal stonden beeldjes en antiek meubilair. Ergens leek het huis op de wagen van Kareltje, daar zagen de kamers er ook zo opgedirkt uit.

In de enorme woonkamer zaten vijf mannen teevee te kijken. Het waren de schoonvader van Kosta en zijn zoons. Om de beurt gaven ze me een hand.

'Jullie lijken echt op elkaar,' zei een jongen met een ringbaard. Ook hij was potig. Volgens mij vraten die lui elke dag in de Burger King.

Ingetogen vroeg Kosta iets aan zijn schoonvader, die een soort van *godfather* was. Hij gaf sloom antwoord. In zijn mond prijkten twee gouden tanden.

Ik verstond er geen reet van. Ze gebruikten *slang*. Het bleek later een zigeunertaaltje. Romani.

Voor ik goed en wel mijn jas had uitgetrokken moesten we alweer op pad.

'Eus, we gaan snel ergens heen,' zei mijn broer. '*Duty calls.*'

Ik gaf iedereen opnieuw een hand en wandelde achter hem aan, intussen nieuwsgierig geworden naar zijn vriendin, die ik nu wel eens wilde ontmoeten. Het grut schaduwde mij nog steeds.

Net toen ik van plan was in de auto te stappen, trok een van die kinders aan m'n broek. '*Money*?' vroeg hij.

Glimlachend staarde Kosta me aan.

'Ik heb niets, jongen,' zei ik tegen de knul, die daarop verward de betekenis van mijn woorden ging vragen aan zijn broertjes of neefjes of wat ze ook van elkaar waren.

'Hier, geef ze dit maar.' Mijn broer stak een vuist uit, gevuld met muntjes.

Ik wierp het geld op het gazon en de kinderen vlogen eropaf. Ze vochten letterlijk met elkaar om ieder geldstuk. Een paar begonnen te huilen.

'Wat heb je gedaan, kneus?' brulde Kosta. Blijkbaar moest ik ze uitdelen.

Twee vrouwen kwamen naar buiten en namen de jankers in hun armen. Mijn broer keek geïrriteerd. Ik ging maar in de auto zitten. Wist ik veel!

Nadat Kosta zich had ontfermd over een paar van die knapen, bijna alsof het zijn eigen kinderen waren, kwam-ie naast me zitten. Boos reed hij weg. Ik besloot niets te vragen. Ik zag vanzelf wel waar we heen gingen.

Een klein kwartier later reden we het stadscentrum van de Lichtstad in.

Ik ontving een sms van Meltem waarin ze vroeg of ik haar morgen wilde helpen met 't kopen van een teevee. Die vijf dagen met Osman verliepen kennelijk niet goed. Ik ging akkoord, maar dan vooral omdat ik benieuwd was naar de details van hun proefperiode.

'Gewoon achter me aan lopen en niets zeggen. Begrijp je dat?' zei Kosta. Hij parkeerde de auto in een garage, haalde van onder zijn stoel een envelop tevoorschijn en stiefelde met grote passen naar de uitgang. Slaafs achtervolgde ik hem.

Achter de balie van het casino zat een mooi meisje, dat iedere bezoeker beleefd om een identiteitsbewijs vroeg en vervolgens de persoonlijke gegevens in haar computer tikte.

We stonden tweede in de rij.

Kosta hield een groen pasje vast. Het was zijn vasteklantenkaart. Toen we aan de beurt waren, gaf-ie hem aan het mokkel en na een paar tellen mocht hij doorlopen. De envelop stak uit zijn kontzak.

'Heeft u een geldige legitimatie, mijnheer?' vroeg ze aan mij.

Ik legde mijn paspoort op de balie. Dat droeg ik altijd in mijn binnenzak. Ze tikte de gegevens over en bleef vriendelijk lachen. Het leek me een goed meisje, iemand die weinig gezeik met zich meebrengt, gewoon een normaal mens. Ik had ook zo'n wijf nodig.

'Dat is dan drie euro vijftig,' zei ze ineens.

Ik raakte in paniek. Kosta liep al een end verderop en ik had geen cent te makken.

Om haar te misleiden zocht ik zogenaamd wat geld in mijn broekzak. 'O,' zei ik toen. 'Mijn broer heeft mijn portemonnee op zak. Die heb ik hem net gegeven.' Ik wees naar Kosta.

Gelukkig had-ie snel in de smiezen dat er iets aan de hand was. Hij racete onze kant op. 'Wat is er?' vroeg hij.

'Jij hebt mijn geld in je zak zitten. Wil je haar even drie euro vijftig geven?'

Hij zei niks, maar ik zag de woede op zijn smoel. Die gek trok de envelop uit zijn kontzak, scheurde hem open en haalde een briefje van vijf eruit. Het ding was barstensvol. Niet normaal! Er zat volgens mij wel vijftigduizend euro in.

Hij liep rondjes langs de gokautomaten, op zoek naar een geschikte plek. Ik achtervolgde hem. Het wemelde in het casino van de Chinezen, die zenuwachtig rond de tafels stonden of zaten. Ze speelden roulette, poker en blackjack. Ze juichten en treurden uitbundig. Het waren overduidelijk liefhebbers.

Mijn broer vond in het hoekje bij de toiletten 'n apparaat dat hem aanstond, keek omzichtig of niemand ons achtervolgde en ging toen op een kruk zitten. Mechanisch liet hij de inhoud van de envelop in de automaat glijden, terwijl hij nog steeds de omgeving in de gaten hield. Ik besloot maar geen vragen te stellen.

Toen al het geld in het apparaat zat, tikte Kosta iets in. Er werd een bon uitgeprint. Het doel van onze komst. Er stond 44.000 euro op.

Hij sprong overeind en banjerde naar de kassa, onderweg kegelde hij bijna een paar mensen onderuit. Ik werd door zijn slachtoffers op boze blikken getrakteerd en verontschuldigde me een paar keer. Kosta bereikte de kassa's en overhandigde het bonnetje aan de medewerker.

'U heeft niet gespeeld,' zei een slungel. 'Mijn collega haalt nu het apparaat leeg. U krijgt uw eigen geld weer terug.'

Kosta begon te zweten, maar protesteerde niet. Hij kruiste zijn armen en leunde knarsetandend tegen de muur.

Intussen verzamelden een paar medewerkers zich bij onze kassa. Een grijze man was duidelijk de chef, hij deelde orders uit en hield met een moeilijke frons de boel in de gaten. Twee mannen brachten via 'n deurtje het geld naar hun collega, de lange man, die meteen begon te tellen. '...Acht, negen, maakt tien... Acht, negen, maakt tien.' Hij turfde elk biljet op een kladblok. Het ging ontzettend langzaam. We werden een soort van attractie voor de andere casinobezoekers, iedereen kwam nieuwsgierig kijken.

Toen hij klaar was, boog-ie over het geld en schoof de stapeltjes naar voren.

'Kijk aan, dit zijn uw coupures. Fijne dag nog, heren.'

66

Voor de kringloop stond Meltem een peukie te roken. Ze zag er sip en slecht uit, als een crackhoer wier klandizie tegenviel. Toen ze me in het vizier kreeg, fleurde ze een beetje op. We staarden elkaar schaapachtig aan.

Om de ongemakkelijke situatie te beëindigen, trok ik haar sleutel uit mijn jaszak. Zwijgend nam ze hem over.

Een plensbui stortte pal boven ons hoofd neer.

Meltem sloeg beide armen om me heen, zo stevig dat het pijn deed en ik nog amper lucht kreeg. We stonden nog steeds voor het gebouw, terwijl we zeiknat werden.

'Hoe ging het met Osman?'

Ik hoorde haar snikken. Nieuwsgierig bekeken een paar rennende bezoekers ons, stuk voor stuk op de vlucht voor de regen, sommige met een doorweekt krantje boven hun hoofd. Ze zagen er allemaal oud en versjofeld uit, armoedzaaiers van beroep, net als mijn ouders.

'Het is nu definitief klaar,' zei ze. 'Het komt nooit meer goed.' Ze veegde haar neus schoon met de rug van haar hand.

Hoewel het moment allesbehalve erotisch was, raakte ik een beetje opgewonden omdat ze zich tegen me aandrukte. Het onweerde nu ook.

'We moeten die teevee voor je kopen.'

Beledigd staarde ze me aan. Blijkbaar had ik het moment verpest. Haar bloeddoorlopen ogen straalden een diep ongeluk uit.

Terwijl we naar binnen liepen, voelde ik me opgelucht. Eindelijk kon ik het contact met haar verbreken. Voorgoed! Nu die Osman uit beeld was voelde ik me niet langer verantwoordelijk voor haar lot.

Ze zigzagde naar de elektronica-afdeling. De apparaten en machines waren slordig uitgestald. De medewerkers hadden plichtsgetrouw zoveel mogelijk op elkaar gestapeld, maar de orde en het overzicht kon ze duidelijk gestolen worden.

Meltem liet haar keus vallen op 'n beeldbuis van Philips. Het ding kostte dertig piek. Ze vroeg een passerende medewerker of ze ook kon pinnen. Dat kon.

Ik tilde het apparaat naar de auto. Zelf was ik met de bus gekomen, dus reed ik met haar terug. Bij haar thuis sloot ik hem meteen aan.

Lusteloos zapte ze langs de zenders.

'Geen Turks kanaal?' vroeg ze teleurgesteld. Haar make-up was helemaal uitgelopen.

'Nee, dan moet je een schotel hebben.'

Ze deed de teevee uit, wierp de afstandsbediening op bed en ging er zelf ook op liggen.

Ik hoorde voetstappen op de trap. Haar kamerdeur stond nog open. De angst schoot door mijn lichaam, straks was het die gestoorde man van haar. De laatste tijd hield ik sowieso voortdurend de omgeving in de gaten, bang om aangevallen te worden door Osman.

Zuchtend en kreunend verscheen de buurjongen boven aan de trap.

'Pokkeweer, of niet?' Hij liep mijn kant op. Toen hij in de deuropening stond en Meltem ontwaarde, liet-ie met veel tamtam zijn vreugde blijken. Ze vlogen elkaar in de armen.

Dom gedoe. Die twee kenden elkaar pas 'n paar weken. En zo lang was zij niet weg geweest.

Ze kwebbelden samen wat af. Het ging helemaal nergens over. Die nicht liet op zijn telefoon foto's zien van mannen die hij op internet had ontmoet en met wie hij allerlei viezigheden had uitgehaald.

Ik vond een ongeopende fles wodka in haar koelkast en zette het op een zuipen.

Tegen de avond bestelden we pizza's. Omdat Meltem niet wist dat ik varkensvlees at en ze helemaal dol zou worden als ik dat vertelde, bestelde ik een margarita.

Toen ze even op de plee zat, skoepte ik een slice van haar buurjongen, die dromerig een pizza salami zat op te peuzelen. Hij had niets in de gaten.

Rond middernacht vertrok die hufter pas. Nu kon ik Meltem uithoren.

'Wat is er precies gebeurd met Osman?'

'Ik wil er niet over praten.' Ze trok ongegeneerd haar kleding uit, terwijl ze me boos aanstaarde, alsof het allemaal mijn schuld was. In haar nakie stond ze in het midden van de kamer. Het leek of ze nog meer was aangekomen.

Ik zag blauwe striemen op haar lijf, ter hoogte van haar ribbenkast.

'Wat is er met je gebeurd?'

'Ik zei godverdomme toch dat ik er niet over wil praten!'

Intussen was ik flink aangeschoten. Ik liet het er niet bij zitten.

Meltem kroop in bed en rolde zich stevig in de dekens.

Ik ging naast haar liggen.

'Heeft-ie jou iets aangedaan?'

Ze kon de schijn niet langer ophouden en barstte uit in een luid gehuil. Simultaan begon het buiten opnieuw te hozen, de regen tikte driftig tegen het raam. Ik probeerde haar te sussen, maar het had weinig effect, hoezeer ik ook mijn best deed. Die Osman had haar deze keer goed te pakken.

'Zeg het, Meltem, wat heeft hij gedaan? Ik maak hem kapot. Zeg het me.'

Ineens sprong ze overeind.

'Nee, jij mag je er niet mee bemoeien, dit is allemaal jouw schuld. Waarom heb je me verleid?'

Tyfus. Dat wijf was echt van het padje. Ik klom van 't bed en schonk mezelf een nieuw glas wodka in; met moeite kon ik mijn woede bedwingen. 'Als je niet wilt vertellen wat gebeurd is, vind ik dat prima. Maar val mij er dan niet mee lastig.'

Als een imbeciel rolde ze over de matras, terwijl ze keihard begon te krijsen. Het was allemaal zo nep en uitbundig dat ik aan de echtheid van haar verdriet ging twijfelen.

'Hij heeft me verkracht, klootzak!' riep ze ineens. 'Ben je nu tevreden? Keihard verkracht.'

Ik nipte kalm van mijn glas.

Nu kroop Meltem ineens ook uit bed, nog steeds spiernaakt. Ze kwam voor me staan, greep mijn vrije hand beet en legde hem op haar buik.

'En ik ben zwanger... Van jou! Mijn familie maakt me dood.'

Ik kreeg 't warm en voelde mijn gezicht gloeien.

'Zwanger, van mij? Hoe kan dat nou?'

Meltem begon nog harder te janken. Ik was bang dat de buurjongen het zou horen.

'Ik heb lang nagedacht,' snotterde ze. 'Het is die ene keer gebeurd, toen ik moest kotsen van de raki. Bij je moeder thuis. Vlak daarvoor had ik de pil ingenomen. De dag ervoor was ik hem vergeten... Mijn ouders maken me dood!'

67

De daaropvolgende dagen zochten we naar een oplossing. Het was niet simpel. Dat wicht dacht niet rationeel. Keer op keer verviel ze in lange huilbuien. Ze werd lelijk als ze jankte.

Ik wilde haar niet onder druk zetten, maar liet wel doorschemeren dat wat mij betrof het kindje eruit werd gelepeld bij een kliniek. Mijn leven zou voorbij zijn met een baby: nooit meer op kroegentocht, altijd rekening houden met een ander en wat kostte dat allemaal wel niet?

Op internet las ik dat de klinieken in Zweden en Portugal snel behandelden, bovendien kon je daar na twaalf weken zwangerschap ook terecht. Bij ons in Nederland was de termijn korter. Ook was er een bedenktijd van vijf dagen.

Haar ouders zouden in elk geval het kind niet omarmen. Dat stond als een paal boven water. De schande voor de buitenwereld was te groot. Ik kon mijn ouwelui ook niets vertellen, aan hen had je simpelweg geen flikker.

Meltem stelde een vlucht naar het buitenland voor. Dan moest ik maar simpel productiewerk doen. Geld verdienen. En zij zou in ons nieuwe huis, duizenden kilometers verwijderd van Nederland, op de koters passen.

De rest van mijn leven met haar... De hel op aarde! Maar ik hield me gedeisd en sprak haar niet direct tegen. Een man moet zijn verantwoordelijkheid nemen, zelfs als je daarmee tekent voor een ongelukkig leven met iemand aan wie je een schurfthekel hebt.

Ik bleef hinten op abortus, net zo lang tot zij ook inzag dat wij de baby weinig te bieden hadden. Ze ging twijfelen. Als we niet met die klotetermijn zaten, kon ik subtiel mijn gang gaan, haar tactisch overtuigen van mijn voorkeur, maar nu drong de tijd. En hoe zou Osman reageren als hij dit allemaal ontdekte?

Ik wierp een balletje op: misschien moesten we hem wijsmaken dat het zijn kind was. Maar al vrij rap zagen we daarvan af. Als hij later zou ontdekken dat-ie jarenlang andermans kind had grootgebracht, een bastaard, werd de situatie alleen nog pijnlijker.

POQUITO
KAPOET

68

Kut.

Osman hield Meltem beet bij haar arm. Hij drukte haar tegen het aanrecht van de nieuwe kamer, terwijl-ie scheldend vertelde waarom ze direct moest terugkeren naar huis. 'Slet, bij mij had je het veel beter!' Hij wees op het teeveetoestel dat we op de kop hadden getikt bij de kringloop. 'Ik heb tenminste een plasmascherm!'

Die psychopaat had haar gevonden. Hij had Meltem gevonden en zou haar terugwinnen, dat was zijn plan. Ik liep de kamer in met een bosje bloemen dat ik had gekocht om haar te troosten en legde 't op de tafel. Er was geen mogelijkheid tot vluchten – hij zag me meteen. Door die bloemen dacht die knakker natuurlijk dat we one big happy family waren. Hij moest eens weten.

'Zo,' zei ik prevelend, 'ik zie dat je visite hebt. Is dit je broer?'

Haar wettige echtgenoot, aan wie zij in aanwezigheid van een imam eeuwige trouw had beloofd, in voor- en tegenspoed, was niet helemaal achterlijk, al zag hij er wel zo uit. Osman kende mij donders goed. En ik hem.

Die bergturk was in de greep van een ziekelijke obsessie. Hij zou alles doen om zijn vrouw terug te winnen. En natuurlijk werd-ie opgenaaid door alle batsen in zijn omgeving. Die roddelden wat af. Ongetwijfeld met duizend-en-een overdrijvingen om het verhaal nog smeuïger te maken. Als je 's middags in een Turks café tegen een andere bezoeker zei dat je 'n griepje had, verklaarden ze je aan het eind van de avond aan de andere kant van de stad dood.

Triomfantelijk keek Osman me aan, als iemand die een lang gekoesterde wens in vervulling zag gaan. Hij liet haar arm los en dook mijn kant op.

Ik kon zijn vuistslag ternauwernood ontwijken.

'Niet doen,' schreeuwde Meltem, 'laat hem met rust!'

Maar hij was niet voor rede vatbaar. Die hufter dook op me af en sloeg en schopte tegen mijn lichaam.

Door de enorme woede die hem dreef, vocht hij ongecontroleerd. Zijn slagen en stoten misten keer op keer hun doel. Mijn hoofd.

'Wie ben jij, man? Wat wil je van me?' vroeg ik terwijl hij door bleef maaien.

Het zweet parelde op zijn voorhoofd. Hij begon hevig te ademen en van alle opwinding kreeg-ie een rode kop.

Ik gaf niet toe aan de verleiding om hem terug te slaan. Voor je het wist werd ik opgepakt door de wouten, die zouden naar m'n verleden kijken en míj de schuld van alles geven. Leer mij de politie kennen.

Maar godverdomme, die flapdrol raakte me een paar keer heel erg goed. 'Je weet wel wie ik ben, hoerenzoon,' brieste hij in het Turks. 'Niemand neukt ongestraft mijn vrouw. Niemand!'

Toen hij 'n voltreffer op mijn lip plaatste en het bloed eruit sijpelde, raakte mijn geduld op en maakte het beetje verstand dat ik had plaats voor wraakgevoelens. Ik liet me niet in elkaar meppen door zo'n heikneuter. Kom nou! Ik duwde hem hard naar achter en gaf 'n karatetrap op zijn kop.

Hij viel, krabbelde meteen overeind en keek verbaasd door zo veel plotseling verzet.

Intussen had Meltem het niet meer. Ze kwam huilend tussen ons in staan en kreeg vrijwel direct een pets op haar smoel van die gozer, wat ik weer grappig vond en in gedachten kwalificeerde als niet meer dan terecht. Haar hoererij had mij in dit lastige parket gebracht. Dan moest zij ook maar voelen. Alleen zou het wel behoorlijk kut zijn als-ie dat kind uit haar buik sloeg. Dat kon een arts toch beter doen. Maar dan op de gangbare manier.

Veel tijd om na te denken had ik niet. Osman begon weer te meppen.

In mijn ooghoeken zag ik dat de buurjongen in de kamer verscheen. 'Meltem, wat is er aan de hand?!' riep hij dreinerig.

Ik had zin om die bruinwerker een paar klappen te verkopen. Die kneus moest hulp halen, in plaats van dat gezeik.

'Bel de politie, ze zijn gek geworden. Ze vechten om mij!' riep Meltem.

Dat klotewijf! Die stoephoer! Alsof ik ooit vrijwillig om haar zou vechten. Mijn leven was een fukkin' cliché geworden. Is dit nu wat ze eerwraak noemen? dacht ik. Het was godverdomme nog waar ook.

Ik kreeg een knietje in mijn ribbenkast en toen ik vooroverboog, ineengekrompen van de pijn en happend naar lucht, sloeg hij keihard op m'n ruggengraat.

'Politie? U moet komen. Er is hier ruzie.' Meltem belde op de gang met het alarmnummer.

Die galbak hoorde het en stormde als een tornado haar kant op, voordat ze het gesprek kon afmaken. Ze wilde zich in de plee opsluiten, maar hij was haar te snel af en blokkeerde de toegang. Die twee begonnen te kissebissen, zoals ze dat het afgelopen jaar van hun huwelijk onafgebroken hadden gedaan.

Ik kreeg de kans een uitvlucht te zoeken. Hevig gebarend maakte ik de buurjongen duidelijk dat hij de wouten erbij moest halen.

Hij knikte, trok zich terug in zijn eigen kamer en belde die lui op.

Osman verscheen weer voor m'n neus. 'Het is tijd om dit eens en voor altijd op te lossen.'

Ik luisterde naar zijn overdreven woorden en vroeg me af wat-ie ermee bedoelde. Meltem had zichzelf ondertussen alsnog in de wc weten op te sluiten.

'Jij bent met mijn vrouw naar bed geweest. Dat vergeef ik je niet. Je moet boeten.' Hij friemelde met z'n rechterhand in de binnenzak van zijn leren Pall Mall-jas, die hij tijdens het gevecht niet had uitgetrokken. Ik trakteerde hem in 'n reflex op een flinke uithaal, raakte zijn borstkas en een enorme pijnscheut trok door mijn hele lichaam.

Er verscheen een vals glimlachje op zijn smoel. Het was een mes. Die hufter droeg een mes op zak!

In zijn klauw hield hij het mes vast, of eigenlijk de sabel. Het ding had een kromme kling en zag er ouderwets uit. Zijn onderlip beefde en zijn inktzwarte haar was door ons gestoei uit model geraakt.

Berustend in het lot dat me te wachten stond liet ik mijn schouders zakken, elk moment kon hij de fatale steek uitdelen. Maar die ouwehoer treuzelde enorm.

'Waarom heb je mijn huwelijk verpest?' vroeg-ie schreeuwend in het Turks.

De tranen biggelden over z'n wangen.

Ik kon hem wel breedvoerig vertellen dat Meltem mij er ook had in geluisd, maar hij wekte niet de indruk mijn gezanik te willen aanhoren.

'Zij is mijn alles! Hoe kan je zoiets doen?'

Beneden klonk gestommel. Iemand drukte op de bel. De wouten!

Zenuwachtig begon Osman rondjes om zijn as te draaien. Hij voelde de bui al hangen. Ik trapte voor de zekerheid de sabel uit z'n hand. Het leverde me een blik van totale verslagenheid op. Even vroeg ik me af of hij wel achter zijn eigen klopjacht stond, of dat zijn familie en vrienden hem hiertoe hadden aangezet.

De dienders klommen met veel bombarie de trap op. Meltem stoof uit de plee, stampvoette naar de kamer en wees Osman aan als schuldige, waarop hij meteen werd geboeid. In het Turks begon-ie aan een monoloog, over zijn liefde voor Meltem en dat hij niet zou rusten voor hij wraak had genomen. Eerlijk gezegd werd ik toen pas voor het eerst écht bang voor die knul. Hij wilde ons killen, andere opties waren er niet, of jawel: Meltem moest bij hem terugkeren. Daarna zou Osman alleen mij vermoorden.

Terwijl hij werd afgevoerd, bleef-ie van alles naar ons hoofd slingeren, maar dan wel in het Turks, zodat de politie hem later op het bureau die feiten niet ten laste kon leggen.

Buiten hield een groepje batsen zich op. Ik kende ze niet. Toen Osman passeerde, werden ze opstandig en schreeuwden ze de agenten van alles toe. Meltem fluisterde in mijn oor dat het zijn vrienden waren. De tyfus. Nu wisten ze allemaal hoe hun prooi eruitzag. Binnenkort zou mijn foto op het dartbord van hun lokale moskee hangen.

'Komen jullie snel naar binnen?'

Ik keek omhoog en zag hoe de buurjongen uit het raam hing. Hij wees met een vingertje naar de groep.

'Dat volk is op niets goeds uit.'

'Klootzakken, zijn jullie nu tevreden?' schreeuwde Meltem richting de jongens. 'Opdonderen uit mijn buurt. Ik wil jullie nooit meer zien. Anders laat ik jullie ook oppakken.'

Ik trok haar mee naar binnen, deed alle sloten op de deur en maande Meltem tot kalmte. Pas een uur later zagen we die gasten vertrekken.

De politie belde 's avonds om te vragen of we verklaringen wilden afleggen. Dan moesten we wel naar het bureau.

We reden er met zijn drietjes heen. Meltem vertelde in geuren en kleuren dat ze maandenlang werd gestalkt en deed meteen aangifte.

Veel mocht het niet baten, want nog diezelfde avond, toen wij ons opmaakten om naar bed te gaan, belden ze weer op, deze keer met de mededeling dat Osman was vrijgelaten.

Meltem raakte in paniek en smeet alles in de kamer stuk, alsof ze in een trip zat. Opeens rammelde ze mij door elkaar.

'Je moet hier weg. Vlucht voor een tijd, tot alles een beetje is overgewaaid. Hij zal je doodmaken, dat weet ik zeker. Ik ga wel naar mijn ouders.'

Nog diezelfde nacht belde ik Ata op. Ik vertelde eerlijk wat er was gebeurd, tot in detail, behalve over de zwangerschap. Voor zijn doen reageerde hij vrij opgewonden, misschien omdat hij de ernst van de zaak goed begreep. Hij beloofde dat-ie meteen de volgende ochtend twee tickets ging regelen. Samen zouden we naar Turkije vliegen, naar het hoge noorden, waar zijn vader ooit een huis had laten bouwen. Nu vond ik er mijn toevluchtsoord. Voor een poos.

De rest van de nacht kon ik niet slapen. Meltem wel. Zij sliep als een marmot.

69

Twee dagen later liepen Ata en ik het vliegtuig in, op weg naar de geboorteplek van zijn ouders. Een klein dorpje aan de Zwarte Zee. We hadden een beetje pech: de ramadan was net begonnen en in het gebied woonden veelal vrome mensen die zich keurig aan de wetten en regels van de islam hielden. Ata deed allang niet meer aan de vastenmaand. Zijn vertrouwen in het Opperwezen verloor hij tegelijkertijd met zijn vader.

In de charter staarden de mensen ons schamper aan, omdat we beiden een zonnebril droegen en stevig naar alcohol roken. Die gasten vonden ons natuurlijk twee grote kafirs: eerloos, onbeschaamd, maf en wat dies meer zij. Turken vinden altijd wat van elkaar. Maar ik wilde gewoon mijn rooddoorlopen ogen verbergen. Dat scheelde een hoop vragen.

De paar dagen daarvoor had ik erg stroef geslapen. Ik kreeg flunitrazepam van Kareltje, slaappillen die goed werkten, alleen namen ze het vermoeide gevoel niet volledig weg. Bovendien stompte de medicatie af. Niets interesseerde me meer. Het middel maakte me apathisch. Gevoelloos. Alle emoties werden verdoofd. Voor mijn part kon alles en iedereen de tyfus krijgen. Het was in elk geval beter dan urenlang woelen in bed.

Ata en ik gingen in onze stoelen zitten en hoewel het vliegtuig nog van de grond moest komen viel hij meteen in slaap, nog steeds met de bril op zijn kop. Onder het linkerglas blonk een traan. Na de begrafenis van zijn vader was hij niet naar diens graf geweest, simpelweg omdat het duizenden kilometers van ons vandaan lag. Ik bevestigde zijn veiligheidsgordel en staarde uit het raampje.

Het enige wat mij bezighield was geld. Of eigenlijk het gebrek eraan. Ik moest in Turkije meteen Kosta bellen. Voor een lening. Of een voorschot op wat ik straks met hem zou verdienen. Desnoods vertelde ik hem over mijn avontuur met Meltem. Het kon me niks meer schelen. Hij mocht alles weten.

Een stewardess vroeg bekakt of we iets wilden drinken. Het mantelpakje zat strak om haar mooie lichaam. Ze rook naar een fris parfum. Ik maakte een dubbelzinnig grapje, maar zij lachte niet. Ongeduldig loerde een man ons aan. Ik nam een bekertje thee. Ata sliep nog steeds.

Halverwege de reis hield iedereen zich muisstil. Af en toe krijste een kind. Maar de moeder wist het snel te sussen.

Toen de piloot de landing aankondigde, schoot Ata wakker. Hij trok de bril van zijn neus, veegde zijn ogen schoon en las de tijd van zijn horloge.

'We zijn er, vriend,' zei ik.

Hij glimlachte en strekte zich uit.

'Om één uur halen twee jongens ons op. Ze zijn echt tof.'

Ik vond het allemaal best.

De luchthaven was klein. Er was maar één hal. De douanier bestudeerde mijn paspoort en het document van het consulaat waarop beschreven stond dat ik uitstel had gekregen voor mijn dienstplicht. Ik plukte onze koffers van de band en voor ik het wist stonden we buiten.

De lucht was kurkdroog, anders dan bij ons in Nederland.

Er stonden twee mannen te wachten. Ze waren in de dertig en leunden tegen een zwarte jeep. Toen ze ons zagen, riepen ze Ata. We schudden elkaar de hand. Ata kuste ze ook.

'Hoe was de reis?' vroeg een van de jongens.

'Lang en zwaar,' zei mijn beste vriend, 'maar iedere tocht naar huis is de ellende waard.'

Die nationalistische prietpraat stond hem niet. Verbaasd keek ik hem aan. Waar haalde hij die onzin vandaan?

'Zo is het, Ata,' zei dezelfde jongen weer. 'In de geschiedenis van de mensheid was nooit een volk moediger, werklustiger of hygiënischer dan de Turken. Wat gelukkig is hij die kan zeggen dat hij een Turk is.'

De bagage werd in de achterbak gegooid en de rit naar het dorp begon.

70

We reden stapvoets langs verlaten kades.

De zomerterrassen stonden ondanks de naderende winter buiten. Afgezien van een paar zwerfhonden viel er geen levend wezen te bekennen. Om de paar meter dook een minaret op, fel verlicht met moderne neonverlichting. De snelwegen waren goed belijnd. Het asfalt lag er piekfijn bij, anders dan ik mij herinnerde van mijn eerdere vakanties, toen we over honderden hobbelwegen moesten rijden voor we thuis waren. Misschien verschilde het gewoon heel erg per regio.

Ik zat samen met mijn makker achter in de jeep. Er lagen kinderspeeltjes op de bank. Ata haalde met de jongens een paar anekdotes op. Ze lachten hard en rookten alle drie als ketters. Ik veranderde de instellingen van mijn telefoon. Hij was overgeschakeld op een Turks netwerk.

Na ruim anderhalf uur werd de auto aan 'n weg geparkeerd, pal naast een tankstation.

'Kom, de spullen moeten eruit,' zei Ata in het Nederlands. Ik stapte uit en liep naar de achterbak. De straat was donker. Het enige geluid dat ik hoorde was het getjirp van krekels.

De jongens namen vriendelijk afscheid van ons. Deze keer werd ik ook gekust. Toeterend vertrok de jeep, het enige spoor dat-ie achterliet was een enorme stofwolk.

Ik keek om me heen. 'Wat nu?'

'We worden opgehaald door een dorpsbewoner. Hij kan er elk moment zijn.'

Een paar tellen later verscheen inderdaad een stokoude Opel. De wagen kraakte en piepte in zijn voegen. In Nederland zou het ding nooit door de apk komen. Het portier ging open en daar stond ineens een oude man, die zich in allerlei vodden had gewikkeld. Hij droeg sandalen, had een visserspet op en lachte zijn tandeloze mond bloot.

We kregen een formeel handje van die kaalhals en gooiden de koffers in zijn auto.

Het barrel bewoog zich moeizaam vooruit. Ik zat achterin. Hoe verder de wagen kwam, hoe donkerder het buiten werd.

'Oké,' zei de chauffeur ineens. 'Nu gaat het beginnen.'

Ata zat rechtop in zijn passagierszetel.

'Eus, we rijden de berg op. Het duurt ongeveer een uur. De wegen hier zijn echt gevaarlijk.'

De ronkende motor vocht tegen de steile bergwand. De weg naar boven was bezaaid met grote en kleine stenen. Af en toe moesten we stoppen om een paar keien van het pad te halen. Tot overmaat van ramp begon het te regenen. De auto slipte telkens door, waardoor ik zeven kleuren stront scheet, ook doordat er geen vangrails waren.

'Dit is echt gevaarlijk,' fluisterde Ata nog maar eens; intussen hield hij stevig het dashboard vast. We tuften nog een poos omhoog, om vervolgens aan een kronkelende daling te beginnen. Hevig draaide de chauffeur aan het stuur, alsof-ie een computerspelletje speelde. Uit zijn mondhoek stak een uitgedoofd sjekkie.

Plotseling verloor die idioot de controle en begon-ie hardop te jammeren, terwijl de auto doorgleed en wij richting het ravijn schoven.

'Doe iets, doe iets, doe iets...!' brulde ik.

In een reflex trok Ata aan de handrem. Precies op het juiste moment kwamen we tot stilstand, aan de rand van het bergweggetje. Mijn hart sloeg een paar keer over.

Ik loerde over de reling en zag de dood lonken.

'Klootzak, waar heb jij je rijbewijs gehaald, bij de bakker of zo?'

Ata hield de chauffeur bij zijn keel vast.

Schuldbewust keek die kwibus ons aan. Hij ademde snel en diep, waardoor we de penetrante anijsgeur van raki roken.

'Ik rijd wel verder.'

De man en Ata wisselden van plek zonder uit te stappen en algauw zetten we onze weg voort.

Ik peinsde over een sms naar Meltem, gewoon om haar een hart onder de riem te steken, maar wist niet wat ik moest schrijven.

Diep in de nacht kwamen we aan in het dorp. Het was er pikdonker. De chauffeur hielp ons met het uitladen van de koffers en maakte weinig aanstalten om weg te gaan toen alles uit de auto was.

'Heb je geld op zak?' vroeg Ata.

Ik schudde mijn hoofd.

Hij haalde een tientje uit zijn binnenzak en gaf het aan de man. Die bestudeerde het biljet, glimlachte tevreden en reed langzaam weg.

71

In de vroege ochtend werden we gewekt door de zingende imam. Hij vertolkte zijn dagelijkse duet met de haan in het dorp.

Het was steenkoud. De ramen stonden open. Ata en ik lagen naast elkaar op twee matrassen, beiden diep verstopt onder muffige dekens die we in de linnenkast hadden gevonden. Hij kwam overeind en haalde een pakje sigaretten uit zijn spijkerbroek, die net als de rest van onze kleding over een keukenstoel hing.

'Tering,' zei mijn makker, 'ik rammel van de honger, man.'

Hij wreef met 'n hand over zijn maag.

Ik bekeek gapend het huis. Vanbinnen zag het er schoon en modern uit, met meubilair dat veel te mooi blonk voor een woning in zo'n boerengat.

'Ja, ik ook.'

Iemand was hout aan het hakken.

Ik kroop duizelig van de matras en begaf me naar het grote raam.

Het dorp straalde geen flikker uit. Puur natuur. Het herinnerde me aan mijn eerste vakantie in Turkije, toen we met het hele gezin op pad gingen. Ik dacht aan het lammetje, dat in koelen bloede werd vermoord.

'Kunnen we hier niks te bikken krijgen?' vroeg ik. 'Döner of zo?'

'Nee, er zijn geen winkels in het dorp. Er is niet eens warm water!'

Ik dacht eerst dat-ie een grapje maakte, maar nadat ik tevergeefs aan de knoppen van de kraan had gedraaid, bleek er zelfs hélemaal geen water te zijn. Dat moesten we ophalen bij een natuurlijke bron, de dorpskraan onder de berg.

'Kom, we kleden ons aan en lopen naar beneden,' zei Ata. 'Vanaf daar kunnen we met een dolmuş naar de grote stad.'

Nog geen kwartier later daalden we van de berg. Buiten werd Ata nog eerst verwelkomd door de houthakker, een gespierde man die mij volledig negeerde.

De bandensporen van de vorige nacht waren goed zichtbaar.

Af en toe stopte Ata om iets te vertellen over de omgeving. Hij wees naar een uitgestrekt veld. 'Kijk, dat land is van mijn familie. Het zijn allemaal hazelnotenbomen. In het seizoen komen Koerdische landarbeiders hierheen om ze kaal te plukken.'

Ik knikte.

Iets verderop stonden we stil bij een brug.

'Deze brug is door de Romeinen gebouwd. Die leefden hier vroeger. Weet je, we moeten een keer terugkomen met metaaldetectors. Volgens de mensen in het dorp liggen er heel veel waardevolle spullen in de grond. Munten en zo. Dat is goede handel...'

Ik wilde Meltem een sms sturen en haar geruststellen door te schrijven dat ik veilig was gearriveerd, maar mijn Nokia vond geen signaal. Ik stak mijn hand zo ver mogelijk omhoog, in de hoop dat ik wat bereik zou krijgen, maar het mocht niet baten.

'Doe geen moeite. Beneden doet-ie het weer. Hier niet.'

Ik stopte de telefoon weg.

'Je wilde toch niet die hoer gaan sms'en, hè? Je bent echt dom als je dat doet.'

De zon brak door. Zwijgend stapten we verder naar beneden.

Ata kwam regelmatig naar deze streek, hij kende er veel mensen en wist precies hoe we moesten lopen. In Nederland vertelde hij altijd hoe geweldig het hier was. Vooralsnog viel het in de praktijk tegen.

Mijn schoenen werden vuil van de zandpaden. Ruim een uur later zagen we de verharde weg. We sloften naar het tankstation waar we gisteren waren gedropt en bleven geduldig wachten op de dolmuş. Die verscheen vrijwel meteen, alsof-ie stiekem in de verte op ons had staan wachten. Ata betaalde de gebochelde chauffeur vijf euro, veel te veel voor de rit naar de grote stad.

We stiefelden zenuwachtig door het stadscentrum. Er was weinig bedrijvigheid. De meeste winkeliers zaten verveeld buiten. Ze lazen sportkranten of staarden doelloos naar passerende mensen. Ata werd met veel omhaal begroet en iedereen informeerde naar zijn familie, bijna meteen gevolgd door een korte stilte als zijn vader ter sprake kwam.

De mensen stonken uit hun mond.

Overal waar we stopten voor een praatje vroeg Ata, vlak voor we weer vertrokken, naar de verblijfplaats van ene Bilo. Dat moest een goede kennis van hem zijn. We vonden die gozer bij een autogarage, de enige plek leek het wel waar het volk hard werkte.

De mensen keken me raar aan. Een donker iemand kwam niet vaak in hun regio. In het noorden hebben de meeste Turken blond haar en blauwe ogen.

'O, ik geloof mijn ogen niet... Ata, ben je weer in Turkije?'

De twee vlogen elkaar in de armen. Daarna werd er ook gekust. Ik stond er verloren bij.

'Ja, kan ik je even spreken? Het is geheim.'

Bilo riep iemand toe dat hij vijf minuten pauze nam, veegde met een lap zijn handen schoon en wandelde met ons naar buiten.

'Luister, we hebben honger. Waar kunnen we eten?'

Bilo kneep zijn ogen samen. 'Waarom vast je niet?' vroeg hij.

'We hebben 'n virus opgelopen in het vliegtuig,' loog Ata. 'Serieus, je zou het huis moeten zien. Het is helemaal ondergekotst.'

Zijn vriend toverde een kladblok uit z'n borstzak en tekende een route. 'Het codewoord is COBRA.' Hij scheurde het bovenste blad eraf en frommelde het in Ata's hand.

We namen vluchtig afscheid, alsof er zojuist een criminele transactie had plaatsgevonden. Ik voelde de priemende blikken van de lokale bevolking, die mij met argwaan bekeek.

Alle restaurants en eethuisjes waren gesloten. De temperatuur knalde omhoog. Mijn maag knorde van de honger en ik stierf van de dorst. Aarzelend hielden we halt bij een klein pandje aan de kade. De eigenaar had de ramen en deuren volledig afgeplakt met oude kranten en reclamefolders.

'Moeten we hier zijn?' vroeg ik.

'Volgens de beschrijving wel,' zei Ata, die nog een keer naar het papiertje keek.

Met weinig hoop op succes klopte ik drie keer op een ruit. Tot mijn verbazing werd er meteen opengedaan. Er stond een klein kaal mannetje in de deuropening. Hij hield de klink vast en tuurde me streng aan.

'Wat moet je?'

Ata kwam direct naast me staan. Hij fluisterde: 'Cobra.'

De man stak zijn kop naar voren, controleerde rechts en links of niemand keek en trok ons toen hardhandig naar binnen.

De ruimte was amper vijftien vierkante meter, nog kleiner dan mijn kamer, en volgepakt met smoezelende mannen. Er was geen vrouw te bekennen. Aan de muren hingen eierdozen, die het kabaal moesten dempen. Ondanks de aanwezigheid van twee afzuigkappen die op volle toeren draaiden, stonk het er naar oud zweet.

Niemand merkte ons op. Rustig wurmden we ons een weg naar de achterkant van de rij.

Er stond een klein fornuis met daarop twee enorme pannen. Een iel mannetje met een koksmuts roerde zijn armen lam. Toen we aan de beurt waren kregen we beiden een kom soep. We moesten een mandje oud en hard brood delen. Maar dat deerde niet. Eindelijk konden we onze magen vullen.

Binnen tien minuten stonden we weer op de stoep. De aanwas van nieuwe mensen hield aan.

'Wat nu?' vroeg ik.

'Even ergens boodschappen doen. Zogenaamd voor de iftar. En dan naar huis. Kutturken… We zijn op een verkeerd moment gekomen.'

72

Drie weken lang voerden we geen kut uit. Helemaal niks!

Ik vroeg me de hele tijd af hoe het met Meltem ging. Of haar ex nog lastig deed. En hoe haar ouders hadden gereageerd op de botsing in haar kamertje. Misschien wisten ze inmiddels van mijn bestaan. Door toedoen van die sicko. Ik wilde er niet aan denken. In de korte periode dat Meltem in mijn leven figureerde verloor ik de grip op alles. Gelukkig was ze nu weg.

Het enige wat ik in het vreemde dorp kon doen was teevee kijken. En dan moest ik hopen dat het niet regende, want bij slecht weer ontving de satelliet maar één zender. Anders drie: TRT, ATV en STAR. De Turkse presentatrices waren heel mooi. Ze spraken deftig en snel. Ik vroeg me af of ik ooit zo'n vrouw zou kunnen schaken.

Ata bezocht dagelijks het graf van zijn vader en lag vooral heel vaak te maffen. Ik zag dat hij zich stierlijk verveelde. Ik voelde me schuldig. Door mij vertoefde hij hele dagen in het dorp. Anders zou-ie waarschijnlijk elke ochtend naar beneden gaan, op visite bij z'n vrienden en kennissen, met wie hij eindeloos kon ouwehoeren over van alles en nog wat.

Uiteindelijk bleven wij maar drieënhalve week in Turkije. Ik had moeder een paar keer gebeld. Ze voelde blijkbaar dat er stront aan de knikker was, want ze bleef maar doorzaniken over m'n gezondheid en leefstijl. Volgens haar moest ik beter op mezelf passen. Ongerust vertelde ze dat ik zo ontzettend op vader was gaan lijken en ze vreesde dat ik een kopie van hem zou worden. Ik vond dat ze overdreef.

Ata wilde voor het Suikerfeest terugvliegen, dat scheelde een boel verplichte familiebezoeken. De dorpsbewoners maakten er volgens hem ieder jaar weer 'n heel circus van. Er viel niet aan te ontkomen. In Nederland kon hij zich terugtrekken, hier niet.

Mij maakte het überhaupt geen flikker uit. Vroeger werd ik tijdens het feest wel eens vreemd aangekeken als ik in m'n alledaagse kloffie door de stad liep, terwijl andere Turken helemaal waren uitgedost in fonkelnieuwe pakken, maar tegenwoordig wist iedereen heel goed dat ik me nergens aan hield.

Hoewel we met zwaardere bagage terugkeerden dan we arriveerden, besloten we met de schoenmakerstram de berg af te dalen. Ata nam bulgur en tomatenpuree mee voor zijn moeder. Bij mij in de koffer zat namaakmerkkleding, die ik een paar dagen eerder op de bazaar had gekocht met het geld van Kosta. Hij stuurde via Western Union vijfhonderd euro. Pas thuis zag ik dat er op de shirtjes Prado en Armuni stond.

We konden nog niet inchecken omdat we een uur te vroeg waren. Tegenover het vliegveld zat een internetcafé. Daar liepen we heen om tijd te doden. Ik vond een plek tussen twee bebaarde jongens. Ata praatte een beetje met de uitbater.

Zowel mijn linker- als mijn rechterbuurman keek naar porno. Hun handen gingen onder de tafel zachtjes op en neer. Ik opende mijn mail en las een bericht van Meltem. Van een week geleden. Ze beschreef uitvoerig hoe de foetus uit haar buik was gekomen.

> Het was een mensje! Ik moest een pil slikken en daarna kwam het eruit. Ik heb urenlang gehuild. Het is verschrikkelijk. We zijn moordenaars!!!

Ik sloot het scherm af, slaakte een zucht van opluchting en zag tot m'n verbazing hoe een van de jongens een hoogtepunt bereikte. Ongegeneerd piepte hij van genot. Daarna trok-ie een koptelefoon over zijn kop en begon een schietspelletje te spelen.

'Wat een fukkin' rare mensen hier,' zei ik tegen Ata toen ik naast hem stond.

'Die jongens hebben niets beters te doen. Allemaal kanslozen.'

We bestelden een colaatje en pareerden de vragende blik van de eigenaar met de opmerking dat we reizigers waren en dat we dus niet hoefden te vasten.

In Nederland aangekomen klaarde ik een beetje op. Eindelijk weer thuis! De heimwee naar mijn eigen stad, kamer en bed was groter dan ik dacht.

Op het treinstation van de Koekstad namen Ata en ik afscheid.

'Bel me meteen als er wat is,' zei Ata. We omhelsden elkaar. 'Al is het midden in de nacht.'

Dankbaar legde ik een hand op zijn schouders. Zo veel goedheid verdiende ik niet.

73

De volgende dag zat ik in een volgepakte intercity met studenten en forenzen.

Terwijl de conducteur alle kaartjes controleerde, denderde de trein met een rotvaart richting het zuiden. De coupé rook naar een mix van deodorant, zweet en ochtendadem. Sommige reizigers lazen een boek. Andere luisterden naar het geluid uit hun koptelefoon. Een enkeling sliep.

Ik staarde uit het raam. De vermoeidheid van de vlucht zat nog in mijn lichaam. Toch was ik opgelucht. Eindelijk verlost van Meltem. Het voelde alsof een nieuwe fase van mijn leven inging. In de verte pakten donkergrijze wolken zich samen. Af en toe schoot een lichtflits uit de hemel. Als iedereen zich stilhield, hoorde je heel zacht onheilspellend gedonder.

Mijn voetbaltas lag ingeklemd tussen mijn benen. Omdat we vijf dagen op pad zouden gaan, moest ik wat kleding en toiletspullen meenemen, net als mijn rijbewijs en paspoort. Die laatste twee waren volgens Kosta heel belangrijk. Voor de rest wilde hij niet vertellen wat we gingen doen, ook niet toen ik meerdere keren telefonisch naar onze aanstaande activiteiten vroeg. Hij schreeuwde steeds dat ik mijn kop moest houden. Aansteller.

Een uur later reed de trein zijn dorp in. Meteen toen ik door de uitgang van het station wandelde zag ik de auto van mijn broer. Kosta belde met iemand en wenkte mij in te stappen.

Ik legde de tas op de achterbank en deed wat hij vroeg.

De hele rit spraken we niet tegen elkaar.

Voor het huis van zijn schoonouders stonden twee exact dezelfde wagens. Chryslers. Niet alleen het merk en de kleur kwamen overeen, ook het kenteken was op één letter na identiek. Hoe ze dat ooit voor elkaar hebben gekregen, snap ik nog steeds niet.

Die lui liepen opgewonden langs elkaar heen, in hun pyjama's, vooral de vrouwen maakten een enorme drukte. Een van de jochies trapte expres een bal tegen me aan, om vervolgens het huis in te vluchten, bang dat ik 'm een klap voor zijn kanis zou geven.

Het was tien uur en ik vroeg me af waarom die knul niet in de schoolbanken zat.

De achterbakken werden volgestouwd met koffers en plastic tassen. Het leek wel of ze op vakantie gingen. Ze spraken met elkaar in een taaltje dat ik niet kende, af en toe kreeg een van de schoonbroers stennis met zijn vrouw. Elke keer eindige het met een huilpartij van die mokkels.

De regen brak los. Met veel tumult holden de zigeuners het huis binnen.

Verlegen ging ik in een van de auto's zitten. Ik had mijn broer uit het oog verloren en wist niet precies wat ik moest doen. Met die mensen had ik geen stof om over te praten. Ze deden bovendien alsof ik lucht was.

Een paar minuten later zwaaide de buitendeur open en rende Kosta naar de auto waarin ik me schuilhield. Hij trok het portier open, stak de sleutel in het contact en reed achterwaarts van het erf. Zijn hoofd glom van de regendruppels.

'Luister, ik geef je nu instructies. Onthoud goed wat ik zeg.'

Hij gedroeg zich alsof we maffiosi waren. Oelewapper. Mijn broer was veranderd. Ik kreeg steeds meer het idee dat hij op zijn nieuwe familie wilde lijken. Misschien was hij bang dat ze hem zouden afkeuren als schoonzoon. Omdat hij anders was. Wat we ook gingen doen, het was niets voor hem. Dat wist ik meteen. Kosta was braaf. Geen crimineel.

'Straks rijden we met twee auto's richting Frankrijk. Alleen jij en ik hebben een rijbewijs dat in heel Europa geldig is, dus wij gaan chaufferen. In twee aparte auto's.'

Ik wilde zeggen dat ik me stierlijk zou vervelen met die gasten, maar bedacht me op tijd.

'We reizen met zijn achten. Drie vrouwen en vijf mannen.'

Kosta parkeerde voor een elektronicawinkel en keek me met grote ogen aan. 'Het is heel simpel. Met z'n zevenen lopen we een winkel in. Jij blijft in de auto en houdt de wacht. Terwijl wij allemaal het personeel afleiden, loopt mijn schoonmoeder het kantoortje in. Daar gaat ze zoeken naar de sleutel van de kluis.'

Fronsend staarde ik langs hem heen.

'Ja... Ik weet wat je denkt. Maar het is écht zo makkelijk. Winkeliers zijn heel slordig met die shit. De sleutel is vaak te vinden in een laatje of zo. Hoe dan ook, zij skoept dus de omzet en als ze naar buiten komt, verlaten wij met zijn allen de toko. Dat moet je goed in de gaten houden. Als iedereen weer in de auto's zit, karren we meteen weg. Niet met gierende banden of zo, maar gewoon onopvallend. Heel cool.'

Terwijl we de elektronicazaak binnenliepen, liet ik het verhaal op me inwerken. Als ze de buit tussen acht personen zouden verdelen, moest er meer dan tachtig mille worden verdiend, zodat het allemaal ook de moeite en het risico waard was. Zouden ze werkelijk zo veel poen maken tijdens een strooptocht?

Kosta sjokte naar een vitrine, ging op zijn tenen staan en las met geopende mond de specificaties op een prijskaartje. Hij keek naar een CB-radio, ongeveer hetzelfde systeem dat agenten gebruiken om in auto's met elkaar te communiceren. 'Deze kunnen ze niet tappen,' fluisterde mijn broer. 'Het werkt via radiogolven.'

Hij kocht twee apparaten, trok een stapel geld uit zijn broekzak en rekende af.

Intussen was de regenbui opgeklaard. We reden terug. In de voortuin van de villa krioelde het opnieuw van de zigeuners. Nu waren ze allemaal aangekleed. De mannen droegen spijkerbroeken met daarboven sportshirts. De vrouwen hadden dikke pluizige rokken aan, die tot over hun enkels hingen.

Pas tegen het middaguur vertrokken we richting de Belgische grens. Naast mij zat de jongste zoon van het gezin. Op de achterbank giechelden twee meisjes, beiden op het oog amper achttien jaar. Later hoorde ik dat ze bij elkaar al negen kinderen hadden uitgepoept. Maar goed, dat was iets van dat volk, dat stal als de raven en fokte als konijnen.

De jongen die naast mij zat heette Vinny. Hij rommelde wat met het CB-systeem, hield het mondstuk bij zijn smoel en zocht contact met de andere auto. Daarin zaten mijn broer, zijn schoonouders en nog iemand.

Ik lachte dom mee met alles wat ze zeiden. In werkelijkheid wist ik niet wat ik moest denken. Als het écht zo eenvoudig was, dan wilde ik wel een dofslag maken. Maar ik had geen zin in gedoe. Straks moest ik nog vluchten, terwijl de politie op mijn hielen zat. Daar had ik echt geen zin in.

'Testing. Kosta. Holla if ya hear me.'

'I hear you loud and cloud, hommie. Bon voyage.'

74

De rit naar Parijs duurde vijf uur, met af en toe een plaspauze. Elke keer op verzoek van een van die wijven, die zich steeds irritanter gingen gedragen. Ze voerden ongelooflijk domme gesprekken met elkaar, bijvoorbeeld dat er in de Bijbel zou staan dat zigeuners een uitverkoren volk waren. Onze-Lieve-Heer zou speciale plannen met hen hebben. Die katholieke klootzakken geloofden werkelijk in die onzin.

Kosta reed als een beest voor me uit. Ik had moeite hem bij te houden. Ik zag geen flikker. Vooral toen het begon te schemeren durfde ik niet over de snelweg te blazen. Mijn bril lag nog in de voetbaltas. Gelukkig kwamen we snel in een file terecht.

Vinny vertelde uitgebreid over zijn vroegere bestaan in de Verenigde Staten, niet opschepperig of zo, maar eerder doorspekt met heel veel heimwee. Naar eigen zeggen leefde hij daar als een koning, woonde hij in een kasteel en bezat-ie de duurste auto's. Eenmaal in Nederland waren ze stateloze burgers geworden. De hele familie. Ze verschenen zelfs op teevee en in landelijke kranten omdat Amerika om uitlevering had gevraagd aan de Nederlandse regering. Er hing de gipsy's een forse gevangenisstraf boven het hoofd.

Het leek me een sterk verhaal.

We parkeerden bij de Holiday Inn, aan de Rue Danton, en Vinny sprong meteen uit de auto. Ongeduldig liep hij heen en weer. Het uitladen van de wagens duurde hem veel te lang. Vooral zijn vrouw moest het ontgelden, een klein geblondeerd meisje met enorme wallen onder haar ogen. Hij tilde haar koffer op en werd razend om het gewicht.

Bij een receptioniste boekten we vier kamers – de stelletjes sliepen samen, mijn broer en ik moesten met elkaar een kamer delen. De rekening werd direct cash betaald.

De schoonvader van Kosta riep alle mannen bij zich. Hij vertelde schor dat-ie morgenvroeg wilde vertrekken, het liefst om zeven uur al. We moesten onze wekkers op zes uur zetten. Daarna sprak hij nog een paar woorden, maar daar verstond ik geen kut van. Volgens mij was het een waarschuwing, want ter afsluiting van zijn beheerste preek wierp hij een indringende blik op Vinny, die zich stilhield en ongemakkelijk op zijn poten schommelde.

Iedereen zocht de kamers op.

Mijn broer smeet zijn tas op het tweepersoonsbed en controleerde vluchtig de boel. Hij keek zelfs onder het bed. Het leek wel of-ie afluisterapparatuur zocht.

'Maak je klaar, we vertrekken straks.' Naast de teevee hing een spiegel. Met twee platte handen streek Kosta een paar keer over zijn gemillimeterde haar. We gingen steeds meer op elkaar lijken. Alleen had hij een bollere kop.

'Maar we moeten morgen toch heel vroeg op?'

Er werd op de deur geklopt. Een bediende bracht een plateau met eten, zette dat op de tafel en bleef geduldig wachten tot mijn broer een biljet van vijf euro in zijn broekzak vond. Dankbaar verliet de man onze kamer.

'We zijn op tijd terug. Eet nu maar. Ik vertel je straks wel wat we gaan doen.'

Gulzig vrat ik een taai stukje entrecote op. Buiten klonk lawaai.

Volgens mij zaten we redelijk in het centrum. Het raam keek uit op hoge gebouwen die een beetje ouderwets aandeden, maar het was best sfeervol allemaal. Als ik ooit nog een toffe vriendin zou vinden, wilde ik hier komen met haar.

Beneden in de lobby bestudeerden Vinny en zijn broer de plattegrond van Parijs. Die broer werd Angelo genoemd. Hij was een ingetogen jongen, die volgens mij nog het meeste verstand had van al die zigeuners. In elk geval gedroeg hij zich niet zo opgewonden.

Mijn broer voegde zich ook bij hen. Er ontstond een discussie. Ze gingen steeds harder praten en uiteindelijk werd de onenigheid beslecht door de receptioniste te raadplegen.

Vinny nam het voortouw.

'Where can we do focky focky?'

Ze staarde ons niet-begrijpend aan.

'Die klotefransozen verstaan geen Engels.' Hij sprak net als de mensen in de Amerikaanse sitcoms. Hij had hetzelfde accent. Dat gold voor de hele familie. Soms leek het wel of ik in een speelfilm liep.

Vinny begon tegen de balie op te rijden en fluisterde: 'O, yeah, baby. Give it to me.'

Met een rode kop veerde het meisje van haar stoel. Zij boog zich voorover en trok een cirkel om een bepaalde straatnaam. Ongeduldig griste Vinny de plattegrond uit haar hand. Hij bracht het papier dicht bij zijn hoofd en las de naam.

'Rue Saint-Denis?'

'Oui.'

Als een paar ouwe wijven kwebbelden Kosta en zijn schoonbroers in de taxi, maar waar het over ging, ik had geen flauw benul. De Arabier achter het stuur dropte ons in een drukke wijk, precies op een kruising. Hij wees richting een paar hoge huizen. Zo op het oog leken ze leeg te staan. Angelo betaalde de chauffeur met vijftig euro. Hij gebaarde dat-ie het wisselgeld mocht houden.

Besluiteloos loerden we elkaar aan. Bij de meeste winkels brandde nog licht. Op straat voerden mensen hele gesprekken met elkaar. Overal waar ik keek zag ik temeiers. Vaak van die Afrikaanse stoephoeren met grote boordkanonnen. Daar zou ik zelfs na twee flessen Jack Daniel's niet in willen poken. Doe mij maar een sopgeil Frans wijf.

We deelden de groep in tweeën. Over een uur zouden we elkaar weer zien op de kruising. Vinny en ik drentelden naar het rustige gedeelte van de straat. Ineens werden we aangeklampt door een pooierachtig type. De man sprak vloeiend Engels, waardoor hij algauw het vertrouwen van Vinny won. Hij dirigeerde ons naar binnen.

Ik volgde de twee.

Een Franse hoerenkast! Dit moest ik aan Ata en Kareltje vertellen.

Direct bij binnenkomst werden we ontvangen door 'n lang blond meisje. Haar enorme tieten staken pontificaal naar voren, strak verpakt in nietsverhullende lingerie. Ze rook heerlijk, naar bloemetjes of zo, weet ik het. In elk geval kon ik mijn ogen amper van haar afhouden. Plagerig toonde ze ons haar tong, die versierd was met een blinkende piercing, echt een ding om bronstig van te worden. Serieus, ze was het lekkerste mokkel dat ik ooit had gezien.

'Be cool,' fluisterde Vinny in mijn oor.

De gastvrouw gaf ons een rondleiding door het gebouw. In haar hand hield ze een kaart vast. Maar wat daarop stond kon ik niet lezen, doordat ze de voorkant tegen haar heerlijke lichaam drukte. Overal schenen rode lichtjes en het rook er naar zeep. De vloer glom als een spiegel. Er klonk zoetsappige muziek uit onzichtbare speakers. Franse chansons, dat idee. Er was veel activiteit om ons heen: de bedden kraakten door het hele gebouw, zo hard alsof het allemaal in scène was gezet. Maar dat kon me verder weinig verrotten.

Ineens hield ze halt om de tarieven op te noemen. Ze draaide de kaart om, liet haar hand langs een paar foto's glijden en somde de prijzen op.

'Nee, dit kan niet waar zijn,' prevelde Vinny, 'dit zijn allemaal fotomodellen.'

In mijn beste Engels sprak ik ook mijn twijfels uit. Vind je het gek! De vrouwen op de plaatjes zagen er stuk voor stuk uit alsof ze zo op een catwalk konden lopen.

'Nee, nee... Dit zijn echt de meisjes die bij ons werken,' sprak de opperhoer ons tegen.

'Wij willen ze eerst zien.'

Ik knikte om aan te geven dat ik achter Vinny's eis stond.

'Onmogelijk. Eerst betalen, dan kijken.'

Die zigeuner bestudeerde nogmaals alle profielen. 'Goed, ik wil dit meisje,' zei hij wijzend naar een foto, 'alleen fellatio. Wat kost dat?'

'Vijftig euro...'

Het mokkel draaide mijn kant op. 'En welke wil jij?'

Ik werd bloedgeil van haar grote pretogen. Ondeugend legde ik een hand op haar rechterzij. 'Ik wil jou. Ook fellatio. Wat kost dat?'

Zogenaamd verlegen ging ze giechelen.

'Vijfenzeventig euro.'

Ik keek naar Vinny.

'Ze is van jou, jongen.'

Geheel volgens gebruik moest er vooraf worden afgerekend. Ook Vinny had zo'n enorme stapel poen in zijn zak. Die lui waren echt rijk. Nog voor ik met zijn traktatie naar boven vertrok bedankte ik hem in woord en gebaar. Het was toch vijfenzeventig piek.

Het meisje en ik klauterden naar een peeskamer op de eerste verdieping, helemaal aan het eind van de gang. Alle andere deuren waren gesloten. Ik rook chloor, net als in het zwembad. In de kamer vertelde ze dat ik me helemaal mocht uitkleden, over een paar minuten zou ze terugkomen. Eerst moest ze iets doen. In een poep en een scheet lagen mijn kleren op de grond. Ik kon niet wachten. Een hoerenloper was ik nooit geweest, maar nu de mogelijkheid zich voordeed liet ik me de kans niet ontnemen.

Op het bed vond ik wat vieze boekjes. Sommige vrouwen poseerden met een hand op hun schaamlippen. Ik raakte opgewonden.

Na een paar minuten gingen de blaadjes vervelen. Ik smeet ze op de grond. De muren waren met rood papier behangen. Er hingen twee doeken in de kamer, aan weerszijden van het bed. Op beide had de kunstenaar rode bolletjes geschilderd. In verschillende tinten rood. Het leek nergens op. Ik leunde achterover, met mijn kin in de lucht en bleef naar de deur kijken.

Het duurde allemaal veel te lang. Ik wilde aan de slag.

Tien minuten later kwam ze eindelijk terug. Het ging nu echt gebeuren. Onverstaanbaar lulde ze tegen me aan, volgens mij was het de bedoeling dat ik er geil van werd. 'Schiet op,' zei ik, inmiddels met een harde snikkel.

'Je moet het zelf doen.'

'Wat moet ik doen?'

Verveeld balde ze een vuist en schudde daarmee in de lucht.

'Trekken.'

Ik sprong overeind, protesterend tegen haar suggestie. Die temeier dacht toch niet werkelijk dat ik voor haar neus ging rukken? Dat kon ik thuis ook. Terwijl ik daar een beetje verbouwereerd op het bed zat, stak zij een hand in haar slip. Bedreven masseerde ze met drie vingers haar clitoris, tegelijkertijd femelde ze in het Frans een paar geile woorden; om dat te begrijpen hoefde je de taal niet te spreken. Ze boog over me heen, hijgend en zonder me aan te raken.

Nou goed. Ik zat daar toch op dat bed, zonder pottenkijkers of wat dan ook, in een volslagen vreemd land. En ik was onderhand best hitsig geworden van dat wijf. Dus ik dacht: ik kan net zo goed de hand aan mezelf slaan.

Toen ik bijna het hoogtepunt bereikte en zij nog steeds haar uiterste best deed mij op te geilen – dat moet gezegd – stak ik een klauw uit naar een van haar bungelende borsten. Maar ze wendde hem meteen af, met de mededeling dat ik daar tien euro extra voor moest betalen. 'Dix euro, dix euro, dix euro.'

Dat geld had ik natuurlijk niet. Kutputain! Ik nam revanche door haar helemaal onder te spuiten, wat me meteen een scheldkanonnade opleverde, die zelfs aanhield toen ze boos over de gang liep, waarschijnlijk op weg naar de douche.

Voor haar pooier me in elkaar zou rammen kleedde ik me snel aan.

In de lobby stond Vinny al op me te wachten. Onderzoekend staarde hij me aan. 'We gaan,' riep hij.

We werden buiten aangesproken door een paar dealers en hoeren, maar negeerden alles en iedereen. Zonder wat te zeggen bleef

Vinny doorstappen, tot aan de kruising, waar mijn broer en Angelo nog niet waren gearriveerd.

'Heeft ze je gepijpt?' vroeg hij opeens.

'Ja.'

'Was het lekker?'

'Het was oké.'

Vinny stak een sigaret op en ijsbeerde van stoeprand naar stoeprand. Opeens bleef hij voor m'n neus staan. Er verscheen een vaag lachje op zijn gezicht.

'Ik kreeg een fukkin' Afrikaanse. Echt zo'n vies vadsig wijf. Ik wist wel dat die meisjes van de lijst daar niet werkten. En ze wilde me niet eens pijpen, die zwarte hoer. Ik moest me aftrekken van haar. Mooi niet. Ik ben meteen weggelopen... Dit mag je straks niet tegen de anderen zeggen, goed? Die lachen me vierkant uit.'

We grinnikten samen om het verhaal.

Vinny legde een hand op mijn schouder.

'Gelukkig kreeg jij wel wat je vroeg.'

75

De wekker van mijn telefoon ging.

Kosta draaide zich nog een keer om, duidelijk niet van plan het bed uit te komen. Hij riep dat ik op moest rotten nadat ik een paar keer in z'n zij had gepord.

Ik glipte slaapdronken onder de dekens vandaan en pakte mijn voetbaltas in. Eindelijk stond er wat echte actie op het programma. Ik douchte kort, kamde mijn haar en trok wat aan.

Op straat toeterden ongeduldige chauffeurs de hele wijk bij elkaar, alleen mijn broer leek doof voor hun herrie. Vroeger sliep-ie ook zo diep. Soms moest je keihard schreeuwen voor hij wakker werd. Ik trok het gordijn open, leunde met mijn ellebogen op het kozijn en staarde naar buiten – er waren al veel mensen op de been. Parijs stond vroeg op.

Langzaam dwaalden mijn gedachten af naar de Koekstad, naar

mijn twee beste vrienden en moeder, wat zouden zij nu uitspoken? Ik zat hier opgescheept met een paar zigeuners en hoewel ik waarschijnlijk heel veel geld zou verdienen had ik heimwee naar mijn eigen omgeving.

Een vogel scheet rakelings langs mijn hoofd. Ik deinsde achteruit en besloot niet langer op Kosta te wachten. Straks zou zijn schoonfamilie denken dat ik een luie flikker was. Op mijn tenen verliet ik de kamer, met de voetbaltas aan mijn schouder.

Precies op dat moment slofte de schoonvader over de gang. Tussen zijn lippen kleefde een dun sigaartje, volgens mij van het merk Moods. Het brandde niet. 'Heb je kunnen slapen?'

Overrompeld door onze plotselinge ontmoeting maakte ik een paar ongecontroleerde handbewegingen waaruit blijken moest dat ik redelijk had geslapen.

'Goed zo. Een chauffeur heeft misschien wel de belangrijkste rol.'

Zijn haar zat strak naar achter gekamd, een beetje zoals bij de stereotiepe maffioso. De glazen van zijn bril waren donkerbruin. Ik kon zijn ogen niet zien. Terwijl we in de lift stonden vertelde hij over Parijs, dat hij dertig jaar geleden deze metropool had bezocht en dat je er goed zaken kon doen. Ik vroeg me af wat voor zaken dat waren.

Het ontbijtbuffet zag er groots en mooi uit, heel anders dan ik me had voorgesteld. Veel chiquer. Ergens tijdens mijn wandeling langs alle versgebakken broodjes dacht ik opeens aan de hotelovernachting met Selma. Het ontbijt haalden we toen niet.

'Waar is de rest eigenlijk?' vroeg ik.

Hij sneed een stuk brood doormidden en haalde zijn schouders op. Van iemand in zijn positie had ik verwacht dat-ie de boel kort zou houden, maar het was intussen kwart voor zeven en de anderen lagen nog steeds te ronken in bed. Ik peuzelde twee croissantjes op en nipte rustig van mijn thee. Het personeel werkte zich uit de naad, een paar lekkere serveersters trokken mijn aandacht. Als een kopje leeg was, vulden zij dat meteen bij.

In de verte zag ik ineens de anderen richting het buffet strompelen. Het leek wel een Siamese zesling, zo dicht liepen ze tegen elkaar aan.

Kosta stevende op het brood af, propte een paar stukjes in zijn mond en kwam aan onze tafel zitten. 'Ik check ons zo wel uit.'

Angelo, Vinny en de schoonvader gaven hem de kamersleutels. Pas toen zag ik voor het eerst dat de gipsy's een team waren. Een goed geoliede machine. Het zag er vrijblijvend uit, maar ze wisten allemaal exact wat er van hen werd verwacht.

Klokslag zeven uur stonden we buiten, geheel volgens planning. Iedereen zocht zijn plekje op in de auto's. De CB-radio werd getest. Af en toe ving ons systeem signalen van anderen op, misschien wel van de politie, dat wist ik niet zeker. Kosta en Vinny besloten voor kanaal acht te kiezen. Daarna gingen we met zijn allen op pad. Ik was de volgauto.

Het ging beginnen.

76

Vinny zat naast me in de passagiersstoel. Er klonk zacht geruis uit de CB-radio. Wederom voerde hij oerdomme gesprekken met de meisjes achterin. Hij kon zijn poten niet stilhouden. Die zenuwlijer. In Parijs hoopten de zigeuners een grote klapper te maken, als voorschot daarop fantaseerden ze over bulten geld en potentiële bestemmingen om de poen in te investeren: een nieuw huis, kleding, sieraden, neuscorrecties en Vinny wilde ook een eigen zaak beginnen. Een multifunctioneel internetcafé of zo. Met vreten en strippers.

We reden ergens in een buitenwijk langs een paar winkels. Soms trapte Kosta op de rem, zodat de anderen, voornamelijk zijn schoonouders, rustig konden taxeren of er wat te halen viel – en of er een goede vluchtroute was. Ook die lui in mijn auto schuimden de boel af. Ze zouden er zowat nekkramp van krijgen. Om niet uit de toon te vallen deed ik mee, zonder enig benul van waar ik naar zocht. Het was allemaal voor de vorm.

De echte beslissingen werden in de andere auto genomen.

'Deze is goed,' klonk er opeens uit de CB-radio. 'We gaan naar binnen.'

Ik keek naar het pand en las de naam Monoprix op de voorgevel. Op het oog was het een luxe supermarkt, die ook kleding en klein meubilair verkocht. Dat zag ik aan de etalage. Oude vrouwtjes met boodschappenwagens liepen in en uit de winkel.

De rest sprong uit de auto's. De gezichten stonden op scherp. Kosta stapte mijn kant op. Ik liet het raampje naar beneden glijden en lachte hem een beetje toe, om niet te laten merken dat ik het eigenlijk best spannend vond. Voor hetzelfde geld werden we opgepakt en vastgezet in het lokale cachot. Alleen al bij het idee voelde ik rillingen over mijn hele lichaam.

'Laat de motor draaien. Als iedereen in jouw auto zit, moet je direct wegrijden. Je hoeft niet op mij te wachten, wij vinden jou wel.'

Ik ging rechtop zitten en hield de omgeving obsessief in de gaten, al was er nu geen hond op straat.

Ineens rijpte de gedachte dat ik helemaal niet wist wat ik moest doen als ik iets verdachts zag. Kut, zeg. Moest ik naar binnen om ze te halen als er buiten wouten verschenen? Of kon ik gewoon zonder hen vluchten, bijvoorbeeld als zij daarbinnen werden ingerekend?

Gelukkig waggelden de gipsy's een paar minuten later vrolijk uit de winkel. De schoonmoeder glunderde van oor tot oor. Zo opgewekt had ik haar nog nooit gezien.

'Bingo,' zei Vinny zwaar ademend toen-ie naast me zat. 'Now go!'

Hij pakte het mondstuk van de CB-radio en drukte het tegen zijn borst.

Op de achterbank hielden de wijven zich muisstil. Dat was ook nieuw.

Ik passeerde de auto van Kosta, gaf steeds meer gas en draaide de hoek om.

'Wij gaan richting de snelweg.'

'Roger,' zei mijn broer.

Instinctief navigeerde Vinny mij over de wegen. Die jongen was misschien een beetje apart, maar hij had wel boerenverstand. In een mum van tijd scheurden we inderdaad over de ring van Parijs, wachtend op instructies uit de andere auto. Zij lieten flink op zich wachten.

'Vinny?'

'Yeah?'

'Fifty g's!'

Schreeuwend vlogen de meisjes op de achterbank elkaar in de armen.

Vijftigduizend euro. Tering. Dat was niet verkeerd.

'Nice job,' zei Vinny alleen.

Daarop namen we de afslag naar een buitenwijk. Daar werd de strooptocht voortgezet.

Het verliep soepel. Geen enkel moment brak er paniek uit of wat dan ook. Ik zat de hele dag in de auto na te rekenen wat ik uiteindelijk aan de buit zou overhouden. Maar toen mijn broer de bedragen niet meer doorgaf, staakte ik ook het bijhouden van mijn persoonlijke boekhouding. Ik zou het vanzelf wel merken.

Vooral in de middag lukte het de zigeunerfamilie veel kluizen leeg te halen, misschien was het wel zeven of acht keer raak, dat weet ik niet precies.

Rond vijf uur nokten we ermee. De schoonvader vond het welletjes. We huurden kamers in een mooi hotel, nu aan de andere kant van de stad. De verdeling was weer hetzelfde: Kosta en ik kregen samen een kamer.

'Wat vond je ervan?' vroeg hij 's avonds.

'Waarvan?'

'Van vandaag, mongool. Wat anders!' Hij liep naar de spiegel en kneep een puist uit.

'Ik vond het wel mooi. Eenvoudig werk ook. Hoeveel denk je dat ik krijg?'

Mijn broer trok een ander overhemd aan en streek met een platte hand zijn haar weer naar voren. 'Reken maar op minimaal twintig mille.'

Ik kon mijn oren niet geloven, zo veel geld, het zou een oplossing voor alles zijn.

Angelo, Vinny, Kosta en ik togen 's avonds wéér naar de stad. Maar nu lieten we de hoerenbuurt achterwege. Daar was niks aan in Parijs. We dronken een paar biertjes, aten in een duur restaurant, bezochten een striptent en klokslag elf uur lag iedereen in zijn nest.

Opladen voor de volgende werkdag.

77

Een trip met de zigeuners duurde altijd vijf dagen. Van maandag tot en met vrijdag.

Na Parijs bezochten we een paar omliggende steden: Metz, Nancy, Troyes en nog wel meer. Allemaal iets zuidelijker in het land. Overal waar we kwamen was het raak. Het roofgoed bedroeg nooit minder dan vijfduizend euro. Soms zaten er ook kostbare juwelen tussen, van die familie-erfstukken – daar heb ik overigens nooit wat van teruggezien... Vuile laaielichters!

Al met al maakten de gipsy's een tevreden indruk. We reden vrijdag in de voormiddag terug. Eerst naar het dorp van mijn broer en zijn schoonfamilie en daarna zou ik nog anderhalf uur moeten treinen. Tijdens de rit uit Frankrijk borrelde een ontembaar enthousiasme bij me op. Het vooruitzicht van een terugkeer naar Nederland maakte me brutaal en overmoedig.

In België haalde ik mijn broer in. Voor de leuk. Kosta keek me boos aan. Hij hield zich keurig aan de verkeersregels, bevreesd voor de gendarmerie, die een fles champagne zou ontkurken mocht ze ons bij toeval aanhouden en de poet vinden. Met strakke koppies zaten z'n passagiers in de auto. Bij mij was iedereen ook al zo zwijgzaam.

De reis duurde ontzettend lang.

Ik reed rond zes uur het erf op. De thuisblijvers stroomden uit de villa en dankten God letterlijk op hun blote knieën dat we ongeschonden waren teruggekeerd. De kinderen vlogen hun ouders om de nek. Het tafereel hield nog lang aan, waardoor ik maar een beetje onwennig tegen de motorkap bleef leunen.

Kosta omhelsde een klein meisje.

'Hier, Eus, dit is mijn vriendin.'

Ze stak haar hand uit, maar zei verder niets. Er stonden nog een paar volwassenen buiten, die ik niet eerder had gezien. Het was duidelijk een grote familie. Maar woonden ze nu ook allemaal bij elkaar?

'Loop even mee,' zei Kosta. Hij trok aan mijn arm en wandelde de straat voor het huis in.

'Het was een eitje, toch?'

Ik knikte.

'We gaan ook naar Duitsland, Oostenrijk en Zwitserland. We kunnen je goed gebruiken.'

'Bel maar op. Ik ben van de partij.'

Kosta glimlachte. Hij trok een stapel poen uit zijn achterzak, keek zenuwachtig naar links en rechts en drukte hem toen in mijn hand. 'Dit is jouw aandeel. Geef het verstandig uit.'

Zonder ernaar te kijken deed ik het geld in mijn vestzak. Het paste er bijna niet in.

Samen liepen we terug naar de villa.

'Hoe gaat je broertje naar huis?' vroeg de schoonvader.

'Met de trein.'

'Nee, dat is niet goed voor die jongen. Kom even met me mee.'

Kosta en ik volgden hem naar de achterkant van de villa. Een land zo groot als drie voetbalvelden. Er stonden tien auto's op het gras geparkeerd, de een nog mooier dan de andere.

'Kies er maar een uit.'

Overdonderd gaapte ik mijn broer en zijn schoonvader aan.

'Je mag een auto lenen, volgende week breng je hem gewoon terug. Of nog beter: rijd erin tot je een eigen auto hebt. Een chauffeur zonder wagen, dat kan natuurlijk niet.'

Ik koos een dikke Mercedes. Hij zag er wat gehavend uit, maar ik zou er zeker de blits mee maken in de Koekstad.

Via een uitgang aan de achterkant verliet ik het terrein, onopgemerkt door wie dan ook. Omdat er overal files stonden, arriveerde ik pas drie uur later in de Koekstad.

Ik zag mijn buurmeisje met een grote koffer sleuren. Op weg naar de bushalte. Zij zou het weekend bij haar ouders in Limburg doorbrengen. Ik had het rijk voor mezelf.

Thuis deed ik de balkondeur open en ging op een stoel zitten.

Onverstoorbaar staarde dezelfde eenzame visser als altijd naar zijn dobber. De geur van de lente hing in de lucht.

Ik telde de biljetten uit de stapel. Voor de zekerheid telde ik ze nog een keer. En toen nog een keer. Vervolgens liet ik me tevreden in de stoel vallen.

Vijfendertigduizend euro. Alsof het niets was.

78

De meeste rekeningen betaalde ik direct. Maar sommige waren zo hoog opgelopen, door allerlei administratie- en proceskosten van deurwaarders, dat ik het gewoon vertikte. Die lui werden rijk van andermans armoede. Dat sloeg nergens op. Het enige wat ze moesten doen was enveloppen dichtlikken.

In één brief werd zelfs gedreigd met loonbeslag. Ze deden hun best maar: op papier kreeg ik toch niks. Alleen studiefinanciering, maar die viel onder de belastingvrije voet of zo, daar konden ze wettelijk niet aan komen.

Op een zomerse middag wandelde ik naar de woonwagen van Kareltje. We hadden elkaar een paar dagen niet gezien – krek in de week dat hij plantjes zou knippen ging ik op pad met mijn broer en zijn schoonfamilie.

'Eus, daar is-ie wel, hoor. Hoe was het met de reizigers?'

Hij droeg een korte broek en een voetbalshirt. Zijn kop was voller geworden. Er zat meer vlees aan. Ik trok mijn schoenen uit, liep naar binnen en vertelde over het avontuur.

Vol bewondering hoorde hij het aan, misschien op zoek naar inspiratie voor de nabije toekomst, mocht de hennepteelt minder succesvol blijken dan we beiden hoopten.

'Echt, zo eenvoudig…? Naar achter lopen en de kluis legen?'

Om hem te overtuigen van mijn verhaal nam ik zijn laptop op schoot en zocht op Google naar krantenberichten over de familie. Thuis had ik ze allemaal gelezen: Vinny sprak de waarheid, die lui kwamen regelmatig in het nieuws, bovendien werden er zelfs Kamervragen gesteld over de familie. Meerdere keren. In Amerika hadden ze nog een straf openstaan.

We keken een paar ouwe journaals, lazen artikelen en er stond ook een radio-item online waarin een verslaggever bij de villa probeerde te komen, maar vrijwel direct werd bekogeld met eieren en fruit. Op de achtergrond hoorde je typisch Amerikaans gescheld. 'Son of a whore!'

Wij moesten lachen.

'Ja, die Roma... Vies volk... Allemaal dieven. Ze komen vooral uit Roemenië en Bulgarije. Er zitten veel bedelaars tussen. Die steken je lek voor een stuk oud brood. Heb je trouwens honger?'

In de keuken roerde zijn moeder in een grote pan, onderwijl belde ze met een vriendin over een aanbieding van de buurtsuper. Later ging het ook over de bingo.

'Wat schaft de pot?'

'Humkessoep.'

'Wat is dat?'

'Och, hij kent het weer niet. Elke dag lahmacun, daar blijven jullie batsen beperkt van. Kijk, alle dooie beesten die we op straat vinden nemen we mee naar huis. Mijn moeder maakt ze schoon en smijt ze dan in een pan. Heel simpel. Vorige week vond ik drie egels. Dus vandaag eten we egelsoep.' Likkebaardend draaide Kareltje zich om naar de keuken. 'Is het al klaar?'

Zijn moeder stak haar beringde middelvinger op. 'Het is nog niet klaar.'

'Smeerkanis, je loopt me te fucken, hè?'

Kareltje smulde van zijn eigen grap.

We slokten beiden twee kommetjes groentesoep naar binnen en namen afscheid.

Nog een paar dagen en ik moest weer naar het zuiden. Deze keer zou ik naar Duitsland gaan met de gipsy's. Voor de reis wilde ik al mijn vrienden zien, dan was ik tenminste niet al te lang van de radar, dat scheelde een hoop cowboyverhalen.

Ik was in een uurtje klaar. Zo veel vrienden had ik niet.

79

Zonder enige doodsvrees knalde Kosta zijn wagen over de Autobahn, ongeveer tweehonderd kilometer voor Berlijn, onze volgende bestemming. Weer had ik de grootste moeite hem bij te houden. Ogenschijnlijk werd de weg minder breed als je met zo'n vaart eroverheen racete. Eén kleine stuurfout en je was game-over. Dat bracht herinneringen naar boven.

Ons boeventeam zag er hetzelfde uit. In Berlijn parkeerden we de wagens in het centrum.

De schoonvader wilde de boel verkennen en zocht een paar goede plattegronden. Routineus liep ik achter de kudde aan, gefascineerd door de vele batsen die op straat kuierden. Het leek Turkije wel. Zelfs een paar winkels hadden Turkse namen.

Volgens mij was ik niet eerder in Duitsland geweest. De beelden van een paar oorlogsfilms bliksemden door mijn hoofd, maar in werkelijkheid bleken de moffen helemaal geen naar volk. Integendeel: ze toonden zich behulpzaam, wezen ons de weg en brachten het geduld op onze vragen omstandig te beantwoorden. Je zou bijna sympathie voor die lui krijgen.

Ineens braken de gipsy's in extase uit. Verderop was een Dunkin' Donuts, een of andere keten uit Amerika die allerlei zoetigheden verkocht. Als een zwerm aasgieren holden ze erheen, getroffen door de herinnering aan hun thuisland. Schoorvoetend slofte de schoonvader achter de rest aan. Hij was niet een man van uitbundigheden. Met twee handen in zijn zakken monsterde hij de boel een beetje, toch ietwat verrast door een karakteristiek Amerikaanse winkel in deze Duitse stad.

Nadat de familie flink had gebunkerd – op het gezicht van Kosta waren deegkruimels en sporen van jam zichtbaar – reden we naar een geschikt hotel, pal in het stadscentrum van de hoofdstad. Mijn broer sommeerde mij de kamer te verlaten, omdat-ie eventjes met zijn verkering wilde bellen. Daarna zouden we uitgaan. Heel kort maar, alleen even kijken of we toffe uitgaansgelegenheden konden vinden.

Voor ik het wist liep ik weer in een bordeel. Een pand van vier verdiepingen. Die anderen waren kind aan huis in zo'n hoerenkot, maar voor mij voelde het nog steeds onwennig. Als zo'n meisje lonkte dat ik haar ruimte moest betreden werd ik een beetje nerveus. Meestal keek ik meteen weg. Ik wist me geen houding te geven. Liever ging ik op kroegentocht in de Koekstad. Met flink wat drank achter de kiezen. Dan durfde ik meer.

Elke bouwlaag telde ongeveer vijftien peeskamers. Als een deur openstond, lag de temeier klaar om haar diensten aan te bieden. Een gesloten deur betekende dat ze haar horizontale *unique selling point* juist ten uitvoer bracht, zodat je even moest wachten of doorlopen. Sommige mannen gingen drie keer bij hetzelfde meisje. Dat vertelden ze. Die waren verliefd.

Nieuwsgierig verzamelden alle poetebinkies zich om de vele deurlijsten. Intussen probeerden ze te pingelen, al had dat weinig effect: de hoertjes waren prijsvast. Alleen de minder populaire wijven, negerinnen en bejaarden, wilden wel eens een tientje korting geven.

Lurkend aan flesjes Smirnoff flaneerden we door het gebouw, soms opgehouden door iemand die zojuist had liggen krikken en per se het product van zijn bruikleenovereenkomst wilde recenseren. Iedereen bekeek dikdoenerig de hoeren. Soms bleven ze minutenlang praten over een meisje, dat ze zulke mooie borsten had of een goede kont, het waren net museumbezoekers. Gelukkig zijn prostituees meestal een stuk goedkoper dan de meeste schilderijen of sculpturen.

In no time waren we Angelo kwijt. Hij stapte binnen bij de eerste de beste hoer die hem vriendelijk toelachte.

Het dikke tapijt in het midden van elk gangpad verried de enorme activiteit in deze keet, overal zat slijtage, hier en daar zag ik brandplekken van gedumpte sigaretten en er kleefden bruine vlekken aan het dikke textiel, misschien was het wel stront.

Vinny en Kosta stuitten op een latina. Naar eigen zeggen kwam ze uit Mexico.

'Wieviel?' vroeg mijn broer. De zwagers stonden nu beiden op haar drempel.

Het mokkel stak vijf vingers op.

'You want her?'

Aarzelend wierp Kosta een blik op mij. Misschien schaamde hij zich. Om die shit uit te sluiten knikte ik 'm bemoedigend toe.

'Wacht.' Alsof zijn leven ervan afhing, stormde hij de trap af.

Blijkbaar wilde Kosta eerst nog een paar shotjes achteroverslaan, hoewel ik al een paar minuten eerder dacht dat-ie een stuk in zijn kraag had.

Hij keerde hijgend terug.

'Ik ben over een halfuur weer hier.'

Het meisje legde een hand op zijn borstkas en trakteerde ons op een knipoog voor ze de deur sloot. Vinny zakte door zijn knieën, met zijn linkeroor tegen het hout. 'Het gaat hem niet lukken.'

Ik keek hem vragend aan.

'Hij klapt altijd dicht bij die bitches.'

Niet veel later klonk er geroezemoes van achter de deur. De stem van Kosta klaterde door de kamer, jammerend vroeg hij de latina om een herkansing, steeds harder en in verschillende talen.

Onverwachts ging de deur open. Vinny verloor zijn balans en tuimelde zijwaarts.

'Poquito kapoet!' brulde het wijf. 'Error!' De piemel van Kosta haperde blijkbaar.

Ze leunde met haar rug tegen de klink, terwijl ze met een vinger naar buiten wees, mijn broer bevelend dat-ie moest optieven. Kosta stond half aangekleed naast het bed. Op zijn gezicht las ik teleurstelling, woede en schaamte. Het feit dat Vinny schuddebuikend over de vloer rolde hielp niet bepaald mee.

Met zijn drietjes besloten we beneden aan de geïmproviseerde bar flink te tanken.

Angelo wist van geen ophouden. Die gek hield een elfhoerentocht. Pas tegen middernacht wilde hij naar huis.

We bestelden een taxi en lieten ons droppen bij het hotel.

Kosta kotste de hele badkamer onder, kroop in bed en binnen een paar seconden lag-ie luid te snurken.

Ik keek peinzend naar hem. Weer bekroop me het gevoel dat mijn broer zich hele dagen anders voordeed. Hij moest het zelf weten.

De volgende ochtend zat ik als eerste aan het ontbijt. Samen met de schoonvader. De rest volgde snel.

80

'Tweeëntwintigduizend euro,' sprak Kosta door de CB-radio.

De meisjes op de achterbank gaven elkaar een high five. Stapvoets reden we weg.

In de binnenspiegel zag ik een oude man met een wandelstok naar buiten komen. Hij hief zijn rechterhand ten hemel en schreeuwde iets in de richting van onze wagens. We hadden 'm zojuist al zijn zuurverdiende centjes afhandig gemaakt. Een sigarenboer. Volgens Vinny runde hij een eenmanszaak maar lag er flink wat poen in de kluis, papiergeld dat met elastiekjes bij elkaar werd gehouden.

Ik wilde niet in sentimenteel gepeins vervallen, dat zou nergens op slaan, want die gozer had veel te veel contanten liggen, alsof hij dat geld later die middag netjes naar het belastingkantoor ging brengen. Echt niet. Die naaide de boel net zo hard. Maar toch knaagde het een beetje aan me: het beeld van de kreupele ondernemer die de ontdekking had gedaan dat heel zijn omzet foetsie was.

Veel tijd om erbij stil te staan had ik gelukkig niet, want een paar minuten later reden we in Kreuzberg. Een multiculturele wijk in het centrum van Berlijn. Bijna alle winkels werden door batsen bestierd.

'Wow,' zei mijn broer.

Vinny bracht het spreekgedeelte van de CB-radio naar zijn mond.

'Kosta, we zijn in jullie land gekomen.'

We parkeerden de auto's langs een stoeprand. Iedereen stapte uit, alleen ik bleef zitten.

De gipsy's hielden krijgsraad naast mijn auto. De schoonvader sprak de rest toe. 'Deze mensen hebben veel zwart geld. Eén goede slag en we rijden meteen de buurt uit.'

Meteen daarop trok de familie van de ene winkel naar de andere. Als ze binnen een minuutje buiten stonden, wist ik dat er geen succes was geboekt. Dan had bijvoorbeeld een medewerker de schoonmoeder naar het kantoortje zien lopen. Dat was geen ramp. Bij zo'n confrontatie vroeg zij gewoon naar de plee. Volgens Kosta werkte dat altijd. Zo'n koelie wees de weg. En ging door met zijn werk. Niks aan de hand.

Verveeld hing ik een arm uit het portier. Links en rechts waggelden allerlei batsen langs de auto. Het viel me op dat die lui zich merkwaardig kleedden, alsof het hippies uit de jaren zeventig waren, met van die wijde broekspijpen en foeilelijke slobbertruien.

Een halfuur verstreek en nog steeds zat ik doelloos in de auto op de rest te wachten. Inmiddels liepen ze helemaal in de verte, alleen een schim van Kosta herkende ik.

Mijn gedachten dwaalden af. Ik fantaseerde over mijn loon van deze week en nam het besluit er iets tastbaars van te kopen. Bijvoorbeeld een auto. Maar dan niet eentje die heel erg in het oog sprong, anders zou ik keer op keer worden aangehouden door de wouten. Van Kareltje had ik begrepen dat ze bepaalde lui met dure auto's staande hielden, vooral buitenlanders en woonwagenbewoners, gewoon om te treiteren. Daar had ik geen zin in.

Ineens zag ik twee zigeunerinnen mijn kant op rennen. Het waren de bruidjes van Vinny en Angelo. Verderop kwam de rest ook aanzetten, of een paar dan, maar het was anders dan gewoon: de kalmte waarmee ze normaal mijn kant op sloften had nu plaatsgemaakt voor paniek.

Ik startte de motor en ging rechtop zitten.

Hijgend doken die twee mokkeltjes op mijn achterbank. Intussen zaten de schoonouders in de andere auto. Alleen Vinny, Angelo en Kosta moesten nog arriveren.

'Euyus?' klonk het uit de CB-radio. De lijzige stem van de schoonvader. Het was de eerste keer dat iemand anders dan mijn broer het apparaat gebruikte.

'Yeah?'

'Ga je broer en de anderen helpen.'

Zonder te aarzelen kwam ik uit de auto. Ik moest me bewijzen. Ik was geen mietje.

Alle mensen op straat koekeloerden nieuwsgierig naar het tumult in de verte.

Terwijl ik met grote stappen richting de chaos liep, kwamen onze wagens in beweging, een werd bestuurd door de schoonvader en de vrouw van Vinny reed in de mijne.

De adrenaline kolkte door mijn lijf. Hier stond iets te gebeuren, daar twijfelde ik geen moment aan.

'Götveren hırsızlar. Şerefsizler. Sizi öldüreceğiz!' schreeuwden een paar gasten.

Toen ik eindelijk de mensenmassa bereikte, zag ik dat 'n grote groep boze Turken zich om Kosta en zijn zwagertjes had verzameld. Sommigen hielden een fietsketting of bezem in hun hand.

Ruggelings stond het drietal te midden van de kring. Mijn broer zag er bang en beverig uit. Angelo keek glazig naar de opgeschoten Turken. Vinny wachtte in vechtershouding op wat komen zou.

Alsof ik niets met de hele kwestie van doen had schaarde ik me tussen de woedende winkeliers. Ze roken naar knoflook en zweet. Een kale man vertelde opgewonden aan een collega wat er was voorgevallen, dat 'het tuig' geld had gestolen en het niet wilde teruggeven.

Juist op dat moment stak Angelo zijn handen in z'n zakken. Hij trok de binnenkanten eruit.

'We don't have your money. Let us go.'

Voor een kleine bebaarde man uit het publiek duurde het allemaal veel te lang. Hij stapte naar voren en begon de jongens onhandig te fouilleren. Kosta werkte gewoon mee. Zelfs toen die knakker in zijn schoenen wilde kijken stribbelde m'n broer niet tegen.

Het leek allemaal met een sisser af te lopen, want geld zouden ze toch niet vinden, dat zat nu waarschijnlijk goed verstopt in de rok van de schoonmoeder.

Maar de pleuris brak alsnog uit. Vinny gaf baardmans een lowkick omdat die kneus aan zijn ballen zat. Ziedend dook iedereen op m'n broer en de zigeuners. Binnen een paar tellen lag de hele kolerebende op de grond, er werd flink geslagen en geschopt.

Ik sprong er instinctief tussen. Alles wat in mijn blikveld kwam mepte ik naar de tyfus. Ik wist ook niet wat ik deed. Mijn knokkels scheurden open en het bloed droop langs mijn vingers. Toen een dikkertje Kosta kelend vloerde, trad ik helemaal buiten mezelf.

Intussen wisten Vinny en Angelo zich kranig te weren.

Ik trok de riem uit mijn broek, hing het leer als 'n lasso om de nek van mijn broers belager en trok dat kankerjong met stierenkracht naar achter.

'Ah…!' schreeuwde hij. 'Ah!' Hij gorgelde een beetje.

Kosta krabbelde overeind en wist zich los te maken van de vechtende menigte. Schommelend begaf hij zich naar de auto's, die intussen in de winkelstraat stonden, op een paar meter afstand van de vechtpartij.

We hadden geluk. Meer was het niet. Dom geluk! Die Turken moesten blijkbaar onderling ook nog wat rekeningetjes vereffenen. Oud zeer. Nu stonden opeens overal plukjes batsen met elkaar te vechten. De situatie was te absurd voor woorden. We hadden een veldslag ontketend. Het werd een kleine Ottomaanse oorlog.

De eerste loeiende sirenes bereikten de wijk.

Ik herpakte mijzelf, zocht Angelo en Vinny en samen strompelden wij naar de wagens. Met veel mazzel wisten we ons uit de voeten te maken.

Later die avond zagen we in het journaal beelden uit de wijk.

Bijna trots staarde Kosta naar de teevee. Ik verstond niets van het Duits, maar volgens mij wist de politie niets van onze rol in het geheel.

Terwijl hij wat pleisters op mijn vinger plakte, hoorde ik hem tevreden lachen.

'Wat is er?'

'Ik moet zo lachen om die Turken. Ze zijn echt dom.'

'Wat dan?'

Hij knikte richting het scherm.

'Weet je wat we daar hebben gepakt, alleen in die winkel?'

'Nee?'

'Negentigduizend euro.'

81

Ik wilde moeder mijn nieuwe Opel Astra showen.

In haar denkwereld stond een auto symbool voor welvaart. Die gedachte nam ze jaren geleden mee uit Turkije, toen veel van haar landgenoten vanuit een totaal armoedig dorp terechtkwamen in het rijke Westen, een wereld met andere tradities en culturen.

Best gek eigenlijk dat Turken in Turkije zich moderniseerden, terwijl die batsen in Nederland alle nieuwe invloeden buiten de deur hielden, omdat ze bang waren dat die ten koste zouden gaan van hun eigen identiteit, waardoor de meesten nu dom en bekrompen zijn.

'Wat heeft-ie gekost?' vroeg ze.

Altijd als ik iets nieuws kocht, of het nu kleding of een pennetje was, vroeg moeder meteen naar de prijs. Na het antwoord volgde steevast een afkeurend gebaar. Alles was te duur.

'Jezus, ga je niet kijken hoe hij er vanbinnen uitziet... Is dat serieus je enige vraag?'

Voor de vorm spiedde ze door een achterraampje naar binnen. Moeder was zo klein dat ze niet eens hoefde te bukken. Ze draaide weer mijn kant op. 'Nou?'

'Duizend euro,' loog ik.

Haar mondhoeken zakten omlaag. Verbijstering maakte zich van haar meester. 'Echt zoveel?!'

'Ja.'

'Hoe kom je aan dat geld?'

'Daar gaat het toch niet om... Ik heb godverdomme een nieuwe auto. Mijn tweede! Helemaal zelf gekocht. Zonder jullie hulp. Wil je niet dat ik je naar de KFC breng of naar de kringloop?'

Moeder wees op haar veel te grote fiets. Haar bagagetas was gevuld met schoonmaakkleding. 'Nee, daar heb ik geen tijd voor. Ik moet zo werken.'

'Wil je wel wat geld dan?' Ik stak mijn hand diep in mijn rechterzak en trok alle munten en biljetten eruit. Bij elkaar was het honderdveertien euro en vijftig cent.

'Daar moet ik een week voor werken.'

'Het is voor jou. Neem maar.'

Zwijgend pakte moeder het geld. Ze stak het in haar kleine portemonnee.

'Nu ik met vader heb gebroken hoef ik tenminste geen taxichauffeurtje voor hem te spelen. Ik heb nooit meer last van zijn domme praatjes. Daar kun jij ook voor kiezen.'

Mijn moeder was een beetje uit haar hum. Ondankbaar mens. Zij wist natuurlijk dat het geld van de biznis kwam – moeders weten alles – maar ze zei er geen woord over, misschien om conflicten te vermijden. Van een scheiding wilde ze nog steeds niks weten.

Voor ze op haar fiets klom, zwaaide ze met tegenzin naar me. Haar arm kwam amper omhoog.

Ik keek haar na. Daar ging mijn moeder. Anderhalve meter zekerheid, van liefde en leed en onverbeterlijke stupiditeit.

Ik stapte in de gloednieuwe bolide, pas een halfjaar oud en amper tienduizend kilometertjes op de teller, en reed naar Ata, die tegenwoordig ook op zichzelf woonde, in een huis met vier slaapkamers, iets buiten het centrum. Zijn BMW stond half op de stoep geparkeerd.

Ik belde aan en een klein blond meisje opende de deur. Ze droeg een shirt van hem dat half over haar blote dijen hing.

'Is Ata er ook?'

'Ja hoor. Moment, ik haal hem even.'

Slaapdronken en hevig in zijn ogen wrijvend verscheen hij in de gang. 'Ben ik een afspraak vergeten?'

'Nee, man,' zei ik, 'kijk even... Die Astra... Vind je hem tof?' Ik wees naar mijn auto.

'Ja, man. Po... Mooie bak. Sporteditie. Is-ie van je broer?'

'Nee, van mij.' Ik hield het sleuteltje omhoog en liet het aan mijn wijsvinger bungelen.

'Tering, die is wel duur of niet?'

Zuchtend zei ik het hem maar. 'Zesentwintigduizend euro.'

82

Met Ata toog ik een week later naar het tuigcafé van de Koekstad. De enige keet op het grote plein die alle dronkenlappen, drugsdealers en notoire probleemmakers toegang bood. De portier deed niet moeilijk over openingstijden. Als je hem een tientje in zijn hand drukte, keek-ie eerst of er geen surveillance langs tufte en daarna trok hij je naar binnen. Ongeacht het tijdstip.

Ata had me eerder die middag opgebeld om minutenlang te vertellen dat hij tien rooitjes had verdiend, gewoon door iemand af te persen. Een bange ondernemer met veel te veel geld.

Trots luisterde ik naar zijn verhaal. Mijn beste vrienden gunde ik alles. Dat ik nu meer dan zij verdiende zei ik nooit hardop. Dat dacht ik alleen.

We zouden het vieren, vonden twee lege krukken en bestelden Jack Daniel's.

Het gajes loerde ons aan. Blikken van jaloezie en afgunst.

Nog voor ik de bodem van mijn eerste glas mocht begroeten meldden drie vrouwen zich aan de bar. Ondeugend gekleed en aan de goede kant van de dertig. Ata trakteerde ze op cocktails. Als je geld hebt, dartelen alle wijven om je heen, het maakt niet uit hoe je eraan komt: hoe groter het stuk stront, hoe meer strontvliegen erop afkomen.

Een bikker in pak leunde met 'n elleboog op de toog en gaapte ons de hele tijd aan. Hij probeerde ons uit de tent te lokken.

Verderop stond een groep Turken die ik kende van het uitgaan. Elke keer als ze sjikker werden sloegen ze een glas kapot tegen de bar en sneden ze met de scherven in hun onderarmen. Nu waren die borderliners weer bezig met dat ritueel. Het bloed, dun van de drank, droop op de houten vloer. Intussen zopen zij vrolijk verder, met ogen zo groot al schoteltjes.

'Kies er maar eentje uit,' zei Ata, 'maar ik wil eigenlijk wel die blonde.'

Ik taxeerde de vrouwen, maar werd er niet warm of koud van. 'We zien wel.'

De avond sleepte zich voort, maar de alcohol smaakte zo goed, dat ik meteen een fles bestelde.

De Turkse jongens zagen het. Ze laveerden met lege of kapotte glazen onze kant op en schooiden om wat whisky. Omdat ik geen gezeik wilde, deed ik ze heel de fles kado en kocht zelf een nieuwe.

Maar die gasten keerden niet terug naar hun plek. Terwijl ze aan het nippen waren, bleven ze naar mij kijken, neutraal, haast met het gezicht van een dood iemand.

'Alles goed?' vroeg ik, om de spanning weg te nemen.

Geen van hen reageerde daarop. Onverstoorbaar staarden zij me aan.

Ata zag het gebeuren en draaide zich om naar de batsen.

'Hé, wat moet dat hier? Ga eens ergens anders staan.'

In alle talen zwegen die knakkers, duidelijk op zoek naar ruzie omdat ze nu eenmaal agressief werden als ze dronken. Misschien was het wel een genetische afwijking.

'Ik zei dat jullie moesten oprotten. Wegwezen!' In een vloeiende beweging sprong Ata van zijn kruk. Hij greep de voorman van de groep bij zijn bebloede shirt. Ik verwachtte dat de rest nu een aanval zou inzetten, maar ze bleven schaapachtig kijken, schijnbaar stoïcijns.

'Kijk eens naar jezelf, zwerver,' zei Ata. 'Je ziet eruit als een soytarı. Ga thuis naar je kinderen en vrouw. Wat heb je hier te zoeken?' Hij fluimde op de grond, vlak voor de voeten van de leider, die nog steeds geen spier vertrok.

'Jullie denken echt dat jullie wat zijn, hè?' brulde ineens een andere jongen. Met strak gespannen mond liet hij zijn woorden op ons inwerken.

Nu verzamelde ook een aantal andere mensen zich om het gebeuren. Een paar louter uit sensatiezucht. Anderen weer om tijdens het matten een der beide partijen fysiek bij te staan. Zo ging het altijd.

Ata klokte zijn glas naar binnen, droogde zijn mond met de muis van zijn hand en haalde toen woest uit. Hij raakte de leider van de bende vol op zijn neus. Daarna trapte hij ook de jongen met de grote bek omver.

Uit de richting van de voordeur kwam een of andere kale klootzak op ons afstormen. Een klein, afgetraind mannetje, wiens weg ik niet kon blokkeren door de drukte, waardoor ik besloot de fles op zijn smoel te smijten.

Als een kegeltje rolde die flikker over de vloer. Zonde van de drank.

De drie vrouwen wierpen zich op als vredestichters. Liefkozend en sussend sprak de blonde del woordjes in het oor van Ata, terwijl ze haar hand over zijn middel liet glijden, heel langzaam en met als eindbestemming zijn tokus.

Maar mijn beste vriend stond stijf van de adrenaline. Eerst drukte hij haar opzij en toen ontving de bikker die ons nog steeds aangaapte een uppercut vol op zijn onderkin. Bijna meteen ging hij nokkie. Dat gezuig zou hij nu wel afleren.

Iedereen met schade aan lijf en leden wankelde al dan niet met hulp van anderen naar buiten. Daar stonden al twee politiewagens en een ambulance. Vreemd genoeg kwamen de wouten niet naar binnen om het gevecht te beëindigen.

Hierdoor zagen twee boomlange kerels hun kans schoon: eentje sloeg me met zijn elleboog vol op mijn slaap. De pijn bliksemde door mijn lichaam. Als een boemerang werd ik door de toog teruggeworpen in de armen van de beul, die me ook nog een knietje gaf, kneiterhard en vol op mijn ribbenkast.

De andere jongen wilde Ata wurgen, deed meerdere pogingen hem in een houdgreep te houden, maar dolf uiteindelijk het onderspit toen Ata hem met zijn achterhoofd vol in het gezicht raakte.

Intussen krijsten de wijven de boel bij elkaar, helemaal gek werd ik van dat geluid.

Met zijn laatste krachten tackelde Ata mijn tegenstander. Hij trok die hufter overeind en bewerkte hem met roffelende vuisten.

Pas toen alles rustig was geworden stormden de agenten de keet binnen. Met versterking. Ze rekenden iedereen in, ook de vrouwen.

Ata en ik moesten drie dagen brommen, totdat de rechter-commissaris de conclusie trok dat ons weinig viel te verwijten. Toch kregen we beiden een taakstraf van veertig uur.

Volgens de politierechter hadden we naar buiten moeten lopen.

Weg van onze belagers. En dan het alarmnummer bellen.
Yeah. Right.

83

In een tankstationwinkel in België, vlak bij de Brusselse ring, wilden de zigeuners wat vreten kopen voor we de hoofdstad zouden inrijden. De reisafstand was zo kort, vanaf hun huis, dat we nog diezelfde dag een paar zaken konden bezoeken. Even voorzichtig de boel aftasten. Maar dan hadden we wel proviand nodig voor in de wagens.

'Kom mee naar binnen,' zei Kosta toen-ie me achter het stuur zag wachten. Voor ik het wist was ik onderdeel geworden van een afleidingsmanoeuvre.

Het was een BP. Vrijwel meteen trok Vinny me aan mijn pols naar de kassa. Er zat een glazen plaat tussen ons en de vrouw achter de balie. Jacques Brel zong uit de boxjes: 'Ne me quitte pas. Il faut oublier tout peut s'oublier...'

Vinny stak een wijsvinger uit richting de sigaretten.

'Let her show me the filtered cigars.'

De Belgische draaide zich om en begon een speurtocht langs alle pakjes. Het uitgelezen moment voor hem om de hele bups op de toonbank in zijn zakken te steken. Hij gaf me een por en wees met zijn kop hoekig naar het snoep, de aanstekers en de chocola.

'What?' fluisterde ik.

'Take it, stupid fuck.'

Met licht trillende poten snaaide ik een pakje Mentos weg. Het was deze week in de aanbieding: twee rolletjes voor een euro.

Vinny schudde zijn hoofd. Om een signaal af te geven greep hij de complete doos met de rollen en verstopte die ergens in zijn jas.

Mijn broer en zijn schoonvader stonden met 'n andere medewerker bij de ruitenwissers. Om de beurt stelden ze vragen aan die knakker, robuust van postuur en trotse bezitter van een ouderwetse krulsnor. Hij droeg een fluorescerend werkvest en vuile klompen.

Vinny knipoogde naar zijn vrouw, die voor de wc stond te wachten tot ze aan de beurt was. Angelo en zijn bruid stonden ernaast. Alleen de schoonmoeder verdween uit m'n zicht.

De medewerkster achter de kassa liet haar selectie zien. Het waren zeven verschillende merken.

Zogenaamd weifelachtig koos Vinny vier pakjes. Hij tipte de vrouw twee euro. 'I want to ask her another thing.'

Hij liep naar de tijdschriften. Braaf achtervolgde ik hem, net als de pompkracht. 'Let her show me the magazines about cars.'

'O, ik laat wel wat zien,' zei de vrouw nog voor ik kon tolken. Hurkend zakte ze neer. Haar vingers gleden over een serie tijdschriften. Als ze een exemplaar vond overhandigde ze dat meteen aan ons, langs haar schouder en zonder op te kijken. Er waren geen andere mensen in de winkel.

De schoonmoeder vloog ineens uit de nis bij de plees en raasde langs ons heen. Alle leden van de familie zagen haar vertrekken. Voor hen een duidelijk signaal – ze was klaar in het kantoortje, dat ook achter het bordje TOILETTEN zetelde.

'No, thanks,' zei Vinny. 'I will buy it somewhere else.'

Verbaasd kwam de vrouw overeind. Ik wilde me verontschuldigen, maar werd aan mijn shirt mee naar buiten getrokken. De anderen stonden al naast de wagens.

Toen iedereen was ingestapt reden we langzaam weg. Binnen een paar minuten bevonden we ons veilig op de ring.

'Vinny,' zei mijn broer.

'Yeah?'

'Sixty g's.'

Terwijl Vinny uit zijn zakken, mouwen, sokken en broekspijpen gestolen waar tevoorschijn toverde, kwamen we ineens in een file terecht.

Ik drukte op de knop van de alarmlichten en gluurde opzij.

'Hebben we daar geld gepakt in die BP?' vroeg ik hem.

Hij stak wat in zijn mond en keek me vaag aan. 'Hell yeah, Einstein!'

De meisjes lachten hard, die ongelooflijke kutwijven.

Ik draaide een raam open en staarde naar de stilstaande auto's.

Met deze vertraging zouden we weinig winkels kunnen bezoeken.

Heel langzaam kwam de gedachte bij me op dat ik voor het eerst écht medeplichtig was geworden aan diefstal, zij het in de minieme rol van afleider. Het interesseerde me geen kut. Ik moest overleven. Daarna stak ik een Mentos in mijn muil.

84

De dagelijkse ritjes gingen me steeds meer tegenstaan. Natuurlijk verdiende ik bakken met geld, veel te veel voor iemand van mijn leeftijd, maar het werk was gewoon geestdodend. Ik woonde praktisch in de auto. Na een dagje buffelen stonk ik als een bunzing. Elke dag in andere hotels pitten was ook geen pretje. De acht uur slaap per nacht haalde ik nooit. Maar ik moest niet zeuren.

Doodmoe van de werkweek in België, die me ruim dertig mille had opgeleverd, wierp ik mezelf thuis op de bank. Ik drukte de teevee aan. De limbo was niet thuis. Waarschijnlijk zat ze in de intercity naar het zuiden, op weg naar haar ouders.

Net toen ik een tumbler Jack Daniel's voor mezelf wilde inschenken trilde mijn mobiele telefoon en viel hij bijna van tafel. Ik zette het volume van de lcd zachter. 'Yes?'

'Hé, man. Ik moet even wat wiet wegbrengen,' zei Kareltje. 'Wil je meegaan? Ik geef je wel wat *dough* als compensatie.'

Ik vulde langzaam mijn glas, tilde het op en inhaleerde de vertrouwde geur van mijn lievelingsdrank. Een rokerig aroma van vanille en fruit en weet ik veel wat.

'Hoe laat zijn we terug?'

Er kwam geen antwoord.

'Nou?'

'Sorry, ik was even afgeleid. Duurt maar twee uurtjes of zo, als het meezit.'

'Kom me maar halen. En ik hoef geen geld.'

We hingen op zonder afscheid.

Schrokkerig werkte ik de whisky naar binnen. Een beetje knoeiend schonk ik nog eens in. *Ad fundum* deze keer. De koperen godendrank gleed door m'n lichaam. Het was alsof een engeltje in mijn bek scheet, zo lekker. Bijna orgastisch.

Opeens waaide een snerpende windvlaag de balkondeur tegen het kozijn. Buiten zag ik hoe de hemel van kleur verschoot. Donkere wolken trokken samen boven de stad.

Het duurde niet lang of Kareltje stond in zijn Polo voor mijn huis. Hij toeterde driemaal.

Ik sloot de boel af en vloog naar beneden.

Zijn auto rook naar wiet, ondanks vier geurboompjes die slordig aan de binnenspiegel hingen.

'Als de wouten me aanhouden, ben ik mooi genaaid. Doe je gordel om, man!'

Hij boog zijn hoofd over het stuur en begon te rijden. Heel langzaam. Als een opaatje.

We hadden de Koekstad amper verlaten of de hemel scheurde open en een enorme hoosbui daalde op de auto neer. De ruitenwissers piepten van inspanning.

'Dit is gunstig,' zei ik. 'Ze gaan ons echt niet aanhouden met dit weer. Die viezeriken zitten nu te klaverjassen in de bedrijfskantine.'

De hele rit sprak Kareltje niet – alleen als ik hem iets vroeg gaf hij kortaf antwoord.

We stopten voor een alledaags huis in een dorpje aan de Duitse grens. Nog voor wij uit de auto kwamen trok iemand de voordeur open.

Kareltje en ik stapten uit. De man controleerde links en rechts of er niemand was en schudde ons om de beurt de hand. Hij was een vervaarlijke dertiger met veel goud om zijn nek. Een bodybuilder. De zijkanten van zijn hoofd waren opgeschoren en hij had een matje.

'Vier kilo, toch?'

Kareltje knikte.

Het miezerde nog een beetje. De straat was uitgestorven.

Die twee gingen samen in de kofferbak kijken, terwijl ik er op afstand op toezag of alles goed en eerlijk verliep. De laatste tijd vonden er veel ripdeals plaats. Dan trok iemand een pistool en nam-ie zowel het geld als de wiet mee. Daarom moest je nooit alleen naar zo'n transactie gaan. Ik wist dat mijn beste vriend gummiknuppels onder zijn stoel had. In geval van nood konden we die gebruiken.

'Goed,' hoorde ik Kareltje zeggen. 'Ik mats je deze keer.'

De koper kreeg een donkergrijze vuilniszak. Hij liep naar de gang en gaf hem aan zijn vrouw, die daar kennelijk verdekt opgesteld had staan toekijken, in afwachting van de overdracht. Er werd afgerekend in het schemerlicht van een lantaarnpaal.

'Dat kan ik niet wisselen,' zei Kareltje. Hij hield het laatste paarse briefje in zijn hand.

Ze keken mij aan.

Ik trok een grote stapel poen uit mijn zak, coupures van vijf, tien en twintig euro. 'Hoe wil je het hebben?' vroeg ik die knakker.

'Ah, kijk aan, een bankier... Doe maar wat. Het maakt me geen fuck uit.'

85

We bleven maandenlang op boevenpad gaan.

Toch raakte ik nooit echt familiair met de zigeuners. Met andere mensen gingen ze niet om. Het was een gesloten volk dat eigen opvattingen en tradities had, vooral ingegeven door het geloof. En misschien ook wel door genen. Ik bedoel: stelen leerden ze van kleins af aan.

Dat mijn broer met een van hun meisjes mocht hokken vond ik vreemd en onbegrijpelijk. Hij kende hun maniertjes niet en was allesbehalve streng katholiek. Kosta schurkte maar wat tegen die lui aan, op zijn eigen onbeholpen manier. Door de liefde verloochende hij zijn eigen karakter. Ik herkende niets meer van mijn oude bevlogen broer. Hij was hun loopjongen.

Na een alledaagse werkweek in Zwitserland die vrij sober verliep – het letterlijke en figuurlijke hoogtepunt waren de vele bergen – stond ik weer met stapels geld in mijn kamertje. Ik telde het precieze bedrag: drieëntwintigduizend Zwitserse frank.

Bij het GWK moest ik de volgende dag alles omruilen, maar dan wel in zes beurten en bij evenzoveel vestigingen. Anders viel de list natuurlijk op. Dat hielden die lui wel in de gaten.

Terwijl ik een hoek van de Hästens-matras optilde, al mijn geld monsterend, belde ik Ata op. Hij kon misschien advies geven. Dat papier kon niet eeuwig daar blijven liggen. Het werd steeds meer.

'Ja?'

'Stoor ik? Ik wil je wat vragen.'

'Ja?'

'Ik zit met te veel cash. Wat moet ik ermee?'

'Hoe bedoel je?'

'Ja, wat ik zeg... Te veel geld. Ik kan het niet meer kwijt. Het neemt te veel ruimte in beslag.'

Ata wist ongeveer hoeveel ik verdiende, dat had ik diverse keren verteld, niet omdat ik het per se aan hem kwijt moest, maar omdat hij er heel vaak naar vroeg.

'Ik denk na...'

'O...'

Ik hoorde hoe hij een sigaret opstak. De aansteker klikte drie keer.

'Ben je al uitgedacht?'

'Ja, je hebt maar één keus: spullen kopen. Zo veel mogelijk spullen kopen.'

'En dan?'

'Dan stal je die ergens, Eus. En klaar. Koop anders een huis in Turkije! Dat is mooi. Dan gaan we elk jaar naar Bodrum. Turkse meisjes neuken...'

We hingen op.

Ik drukte de matras tegen de muur en maakte kleine stapels van de poen. Na een halfuur was ik het zat. Wat ik kwijt kon in mijn broek- en jaszakken nam ik mee naar de auto.

Ik karde richting het industrieterrein en gaf me aldaar over aan een koopwoede.

De nietsvermoedende medewerker van het BROM-SCOOTER CENTRE gidste me langs de nieuwste modellen Vespa's. Toen ik na afloop zei dat ik ze allemaal wilde, slikte hij drie keer. Het was zo onhandig dat hij bijna stikte.

Een contante betaling was helemaal geen probleem, sterker nog: hij werd er juist blij van.

De scooters zouden later in de week worden bezorgd. Ik huurde alvast telefonisch een garagebox om ze in te parkeren.

Daarna reed ik via huis, eerst moest ik m'n zakken bijvullen, naar een juwelier.

Met lichte tegenzin vroeg het oude mannetje of-ie mij kon helpen – over het algemeen betekende een bezoek van types met mijn uiterlijk niet veel goeds: of ze wilden geskoept goud verkopen, of ze kwamen voor een overval.

Ik wees willekeurig een paar pronkstukken aan. De prijzen stonden op kleine kaartjes voor de juwelen, alles met de hand geschreven. 'Ik wil ze allemaal.'

'Wablief?'

'Je hoort me toch, ouwe?' Ik toonde hem wat geld uit mijn broekzak.

Hij werd ineens vriendelijk en trakteerde me op een glas karnemelk, dat ik kon drinken terwijl hij de boel oppoetste en opborg in doosjes en zakjes.

'Heeft u ook van die grote gouden kettingen?' Die droegen de meeste van mijn voetbalvrienden om hun nek. Net als de zigeuners. Als ik toch met die mensen omging, kon ik me net zo goed aanpassen.

'Jazeker.' Hij toverde uit de kluis een enorme schakelketting tevoorschijn. Het ding blonk als een lichtsnoer.

'Mooi, hoor. Die wil ik ook.'

De juwelier sloot zijn voordeur af en drukte op een knop zodat de rolluiken omlaag kwamen.

'We hoeven hier geen pottenkijkers,' zei hij.

Waarschijnlijk was die knakker bang voor de belasting. Minimaal de helft van mijn pegels zou hij niet opgeven. Dat wist ik zeker. Maar het was hem gegund. Toen moest ik even aan de kreupele sigarenboer in Frankrijk denken. Soms win je. Soms verlies je.

Ik wachtte geduldig tot de goudhandelaar klaar was.

Misschien moest ik Mahir en moeder ook wat geld geven. Die ploeterden vijf dagen per week voor hongerloontjes. Maar de kans was groot dat ze vragen zouden stellen.

Gezeik. Daar had ik geen zin in.

Toen de man mijn zooi eindelijk had ingepakt, gingen de luiken omhoog en reed ik vlug naar huis. Het geld dat over was stopte ik terug bij de rest. Veilig onder mijn matras.

'Godverre… Godver!' klonk het opeens.

Buiten hield de grijsaard een gebroken hengel vast. Met een van woede trillende hand bestudeerde hij de afgebroken punt. De dobber dreef langzaam van hem weg, voor altijd verlost van de priemende ogen van de visser.

'Lukt het niet?' vroeg ik hangend over de balustrade.

Met een schok draaide hij zijn kop om. 'Weet je hoe duur die krengen zijn?'

'Nee?'

'Heel duur.'

Ik verliet het balkon, rolde zes briefjes van vijftig euro op, deed er een elastiek omheen en ging weer naar buiten. 'Vriend. Koop hier maar een nieuwe van…' De rol landde naast zijn koffertje.

Zacht kreunend boog de visser voorover om hem op te rapen. Hij keek me niet-begrijpend aan. 'Waarom?'

'Gewoon.'

Ik wandelde naar binnen, deed de computer aan en bekeek op Google een paar koophuizen in Turkije. Later zag ik ook toffe strandvilla's in Spanje. Via een banner kwam ik terecht bij een bedrijf dat speedboten verkocht. Het was allemaal ter oriëntatie. Pas als Kareltje en Ata hun mening hadden gegeven zou ik knopen doorhakken. Misschien hadden zij betere tips, per slot van rekening zaten zij langer in de biznis.

Voor ik een glas whisky inschonk stopte ik de overgebleven euro's terug onder de Hästens. Veel minder leek de sloot poen niet geworden. Ik betrapte mezelf op een glimlach.

Laat die hufters hier maar loonbeslag op leggen.

86

De bel klonk. Zonder tussenpozen hield iemand de knop ingedrukt, alsof het elektronisch mechanisme was vastgelopen. Ik draaide me geeuwend om. Een paar kunstmatige lichtflitsen flakkerden door de kamer – zaklampen. Er klonk geroezemoes langs de vijver, misschien een vissersclub die een doorwaakte nacht beëindigde. Vage stemmen voerden overleg.

Ik ging overeind zitten in bed en hoorde tegelijkertijd iemand op de voordeur bonzen. Even schoot de gedachte door me heen dat ik aan het dromen was, maar nadat ik een slok water uit de fles op het nachtkastje had genomen sloot ik die mogelijkheid direct uit.

'Opendoen, politie!' bromde ineens een zware mannenstem. 'Doe open. We weten dat je er bent.'

Ik streek met 'n hand door mijn haar en liep naar het balkon.

Beneden op het grasveld stond een politiewagen geparkeerd, met daaromheen vier of vijf of misschien wel zes wouten. Met hun hoofden in hun nekken keken ze omhoog. Naar mij.

'Hij is er!'

Ik schoot een paar slippers aan, trok een shirt over mijn ontblote bovenlijf en brak in lichte paniek uit. Ze kwamen me halen, zoveel was duidelijk. Maar wat moest ik doen? In de auto had Vinny wel eens over politie-invallen verteld. De meest heldhaftige fantasieverhalen kreeg ik toen te horen. Hij vertelde een keer hoe familie van hem op slinkse manier was ontkomen.

Nu het rampscenario mijn werkelijkheid was geworden kon ik helemaal niets bedenken. Ik tilde de matras op en keek naar het geld. Te veel om te verdonkeremanen, bijvoorbeeld door alles door de plee te spoelen.

De agenten maakten steeds meer geluid. Knokkels tikten tegen het raam.

Moeizaam kreeg ik de klep van mijn mobiele telefoon los. Ik legde de simkaart achter op mijn tong, bijna tegen mijn huig aan, waardoor ik zowat moest kotsen, en wist hem met pijn en moeite door te slikken. Later zou ik inzien dat het geen bijster intelligente daad was geweest.

'Doe open, Eus Budamar! Anders breken we de deur open.'

'Ik kom al,' fluisterde ik.

In de gang dacht ik ineens aan mijn buurmeisje. Hopelijk werd ze niet wakker. Als ze er überhaupt was. Ik trok de deur op een kier, heel langzaam, de scharnieren kraakten.

Een van die gasten bleek het ongeduldige type. Hij trapte met zijn hak tegen de dorpel. We stonden tegenover elkaar. 'Ben jij Eus Budamar?' vroeg hij amechtig.

'Uh... Ja?'

Ik werd meteen geboeid. Een vrouwelijke agent vatte naast mij post en hield mijn arm beet, terwijl haar collega's de kamer bestormden, op zoek naar weet ik veel wat. 'Ben je alleen thuis?' vroeg ze. Ze had helderblauwe ogen en rook naar koffie. Er stond een tekst op de voorkant van haar uniform. Die ben ik vergeten.

'Misschien is m'n buurmeisje thuis, maar dat weet ik niet zeker.'

Op de galerij liep een compleet arrestatieteam. Allemaal uitgerukt om mij in te rekenen.

Ik bleef kalm. Die gasten keken me beurtelings aan, alsof ze baalden. Ze hoefden niets te doen.

Een rechercheur in burger kwam bij ons staan. Hij schreef iets in zijn kladblok. 'We nemen je mee naar het politiebureau hier in de stad. Daarna ga je op transport naar het zuiden.'

'Transport? Is dit een razzia?'

'Grappenmaker... De bovenregionale recherche onderzoekt de zaak verder. Samen met Interpol. Je bent niet tot antwoorden verplicht, maar weet je waarom je bij dezen bent aangehouden?'

Ik kuchte. 'Nee, mijnheer.'

'Goed, ik noteer het. Wij gaan hier door met de huiszoeking.'

In een Mitsubishi werd ik naar het bureau gebracht.

87

De gekortwiekte gevangenbewaarster op het bureau ontdeed me van de boeien. Ze moest me inchecken. Net als in hotels. Ik doorliep de hele procedure – zakken leegmaken, fouillering, paspoort overhandigen, formuliertje ondertekenen –, leverde mijn schoenen in, kreeg een paar slippers en werd daarna naar een cel geëscorteerd.

Voor de deur hield de vrouw halt. Ze schoof een mouw van haar dienstbloes opzij en las de tijd van 'n spuuglelijk horloge. Het had een gifgroen bandje en knelde om haar pols. 'Even kijken… Het is nu halfzeven. Om kwart over acht komt het transport…'

'Waar ga ik precies heen?'

'Je moet naar een andere politiecel, ergens in het zuiden. Daarna weet ik het niet.'

'Is er óók nog een daarna?'

'Ja, jongen. Volgens mij wel. Maar dat komt iemand je straks vertellen.'

Ik kreeg een kartonnen bekertje thee en een stuk brood met kaas, dat nog een beetje bevroren was omdat ik door de aanstaande reis eerder ontbeet dan de andere boeven gewoonlijk deden. Berustend in alles wat me nog te wachten stond liet ik me achterover op de brits vallen. Er was een hoeslaken en kussensloop, maar die liet ik links liggen.

Na ongeveer vijf minuten opende een man het kijkluikje van de deur. Hij zag me zitten en kwam met twee grote passen binnen.

'Goedemorgen, ik ben de hulpofficier van justitie.' Ik kreeg een hand.

De lange man knielde voor me neer, legde een stapel papier op zijn bovenbeen en begon aan een hele opsomming van mijn rechten en plichten. 'Weet u waarom u hier zit?' vroeg hij afrondend.

'Ja, omdat jullie mij kwamen halen.'

Niet eens een grijns.

'U wordt verdacht van deelneming aan een criminele organisatie, fraude, diefstal, valsheid in geschrifte… Even kijken… Mishandeling, hennepkweek en afpersing, al dan niet in vereniging.' Hij keek me aan. 'Wat is daarop uw antwoord?'

Schokschouderend bleef ik zitten, niet van plan iets te zeggen.

'U beroept zich op uw zwijgrecht?'

'Ja.'

'Omdat uw broer betrokken is bij een paar van de tenlasteleggingen, is het mijn plicht u te wijzen op uw verschoningsrecht, weet u wat dat betekent?'

Ik schudde mijn hoofd.

'Nou, omdat er dus een familieband is tussen u beiden, kunt u ervoor kiezen niets te zeggen over elkaar. Is dat duidelijk?'

'Ja, hoor.'

Ook hij keek nu op zijn horloge.

'U bent in verzekering gesteld. Daarna zal de rechter-commissaris het voorarrest verlengen. Over een halfuur wordt u vervoerd. Zijn er nog vragen?' De knecht wipte omhoog en schudde me nogmaals de hand. Ik zei niks.

'Sterkte.' Met een knal, die nog enige tijd nagalmde, sloot hij de deur weer af.

Die hufter sprak over hennepteelt en afpersing. Misschien hadden ze wat zaken door elkaar gehaald en kon ik dadelijk naar huis vanwege een vormfout. Daar had ik wel eens over gelezen. Als de wouten een foutje maakten, mocht je gewoon weg. Heel simpel.

Het enige wat de zigeuners deden was rijk volk bestelen. Verder niets.

In dezelfde Mitsubishi werd ik overgebracht naar een politiebureau. Deze keer dus helemaal in het zuiden. Niet heel ver van de zigeuners. Twee rechercheurs zaten voorin.

Geboeid moest ik plaatsnemen op de achterbank, alsof ik uit een rijdende auto zou springen. Beide deuren waren nota bene voorzien van een kinderslot.

'Mag de radio niet aan?' vroeg ik op de snelweg, om de stilte te doorbreken.

'Nee, helaas,' zei de bijrijder, 'je hebt álle beperkingen.'

'Wat houdt dat in?'

'Dat je niet over teevee, radio, internet, kranten of tijdschriften mag beschikken.'

'Wat is dat voor onzin, man?'

De chauffeur grijnsde me aan in zijn binnenspiegel. Ik maakte me boos om zijn smoel.

'Het klinkt kinderachtig, maar zo weten wij zeker dat verdachten niet verklaringen met elkaar gaan gladstrijken. Andere mensen zouden signalen kunnen verspreiden via die media.'

Het was zinloos ertegen te protesteren. Ik probeerde me groot te houden, maar het gevoel van onmacht brak me langzaam op.

88

Twee uur later bereikten we het politiebureau in de Kruikestad.

De rechercheurs droegen me over aan de dienstdoende cipier. Ik bekeek het duo eens goed. Het waren jonge knapen, klein van stuk en prima afgetraind. Beiden vlot gekleed. Waarschijnlijk kwamen ze pas van de politieacademie. Voor hen was dit een grote zaak.

Terwijl ik nog een keer werd gefouilleerd, gluurden die gluiperds me streng aan. Die intimidatietactieken mochten ze in hun kont steken. Mij konden ze niet bang maken.

'Wij doen straks het verhoor,' zei de chauffeur. 'Eerst krijg je een cel toegewezen. Dan kun je alvast wennen aan je nieuwe leefomgeving. Tot over een halfuurtje.'

Ik moest weer alle procedures doorlopen voor ik daadwerkelijk in een hok werd gekooid. De norse cipier beval me mijn vest op te bergen, omdat er touwtjes aan hingen. Ze zouden een handig middel kunnen zijn voor als ik me wilde ophangen. Dat wilden ze niet hebben in de bajes. Daar kwam troep van.

Er was naast elke celdeur een opbergkast. Mijn spul moest erin.

Meteen viel m'n oog op een witte knop in de kleine ruimte. Er stond ON en OFF op. Hoewel die gozer me streng in de gaten hield, tikte ik stiekem met mijn elleboog tegen de schakelaar. Nu stond hij aan. Ik wist helemaal niet waar het goed voor was, maar het kon vast geen kwaad.

'Ze halen je straks op.' Hij sloot beide deuren af.

Er hing een luidspreker, met drie knopjes eronder, schuin boven een betonnen blok. Dat moest een stoel voorstellen, voor als de brits ging vervelen.

Toen ik zeker wist dat de bewaker de gang had verlaten, zette ik het volume van de radio wat harder. Op standje vier. Drie piepjes. Het NOS-journaal.

'*De bovenregionale recherche heeft in samenwerking met Interpol vanochtend vroeg meerdere invallen gepleegd in het land. Daarbij werden dertien mensen gearresteerd van een beruchte zigeunerfamilie uit Amerika. Er is beslag gelegd op grote sommen geld, meerdere auto's, twee wapens en twee huizen. Er werken 113 rechercheurs mee aan het onderzoek.*'

Ik raakte beduusd van het bericht. Blijkbaar was onze zaak zo belangrijk dat Radio 1, de grootste zender van het land, ermee opende. Ongelovig liet ik de informatie verder op me inwerken. Ruim honderd rechercheurs! In mijn belevingswereld werden alleen grote maffiosi met zo veel mankracht ingerekend, criminelen van de hoogste rang, mensen met wie je geen mot wilde.

Ik zette de radio helemaal uit.

Niet snel daarna kwam een van de rechercheurs me ophalen. Hij keek me ernstig aan. Achter hem stond de cipier, die verveeld op zijn buik krabde.

'Je gaat eerst naar de rechter-commissaris. Daarna beginnen we aan het verhoor.'

In een stoffig kamertje moest ik voor een groot bureau plaatsnemen. Daarachter zat een strenge man. Zijn wenkbrauwen groeiden naar voren. In kleine krulletjes. Een litteken ontsierde zijn voorhoofd en die pief depte voortdurend zijn neus met een snotlap.

In de bus had ik nagedacht over een waterdicht verweer. Ik zag kansen voor mezelf. Maar eenmaal in die ruimte, waar overigens ook een griffier zat die het hele gesprek overtikte, werd al snel duidelijk dat de ontmoeting louter een formaliteit betrof.

Het was geen kattenpis waarvoor ze me van bed hadden gelicht. Dat drong langzamerhand tot me door. Het ging er gewoon niet in. Misschien was ik dom.

Mijn voorarrest werd met drie dagen verlengd.

89

Er was een oude erecode in de boevenwereld: tegen de politie sprak je niet. Dat deden alleen verraders en bange broekpoepers. Van zulke mensen bleef weinig over. Die kregen hun portie wel als ze uit de bajes kwamen. Ze verloren hun vrienden en reputatie en als ze pech hadden, werden ze ook overhoop geschoten.

Ik moest er vaak aan denken in de cel. De ongeschreven wet was me met de paplepel ingegoten. Niet door mijn ouders of zo, maar door de jongens op straat, mijn vrienden van voetbal en andere bekenden. Natuurlijk zag je die shit ook steeds in stoere gangsterfilms terugkeren.

Toen ik eenmaal in een lange reeks verhoren zat, merkte ik algauw hoe kansloos deze opvatting was. Die wouten waren geen amateurs. Echt niet. Gedurende een paar maanden hadden ze telefoons en computers afgetapt. Eerst van de zigeuners. Later ook van mij. Ik kon zwijgen wat ik wilde, maar ze hadden me allang in de tang. Klootzakken.

Elke dag werd ik een paar keer verhoord. Terwijl de rechercheurs van achter het bureau hun bewijsmateriaal overlegden, staarde ik een beetje doelloos uit het raam. Naar de vogeltjes.

In metershoge transcripten kon iedere rechter alle gesprekken teruglezen die wij met elkaar, maar ook met anderen hadden gevoerd. Ondanks het gebruik van de CB-radio overlegden we blijkbaar ook regelmatig via onze mobiele telefoons, vaak genoeg om een heel dossier op te bouwen. Er stonden wel vijftig ordners tegen de muur. Allemaal bewijs tegen ons.

Bovendien vertelden de rechercheurs dat we waren geschaduwd. Tijdens al die ritten in het buitenland reed er steevast een paar man van Interpol achter ons aan, keurig noterend waar wij ons ophielden, soms maakten ze foto's, of stapten ze meteen na een roof de winkel binnen om de slachtoffers in te lichten over hun onderzoek.

Schijnbaar kalm, alsof het me allemaal geen kut kon schelen, onderging ik het triomfantelijke gepraat van de rechercheurs, die de ene bewijsvoering na de andere oplepelden, net zo lang tot ik eindelijk zou breken en alles bekennen.

Dat deed ik niet. Ik hield mijn muil. Alleen op algemene vragen gaf ik antwoord. Bijvoorbeeld als ze naar schulden of verslavingen vroegen.

Pas op de laatste dag van mijn verlengde voorarrest raakte ik een beetje de controle kwijt. Het gebeurde toen Kareltje en Ata ter sprake kwamen.

Ik had mijn beste vrienden genaaid. Per ongeluk. Hun biznis ging goed. Er was niks aan de hand. Maar toen de recherche mijn praktijken in het snotje kreeg en allerlei tapmethodiek op mij losliet, ontdekten ze bij toeval dat mijn vrienden zich ook met diverse zaakjes bezighielden. De wietkweek van Kareltje en alle hossels van Ata werden twee aparte dossiers.

De jonge rechercheurs vertelden dat mijn beste vrienden ook gestraft zouden worden. Beiden waren zelfs al ingesloten. In de Koekstad. Omdat het om relatieve kleine zaken ging, zou de plaatselijke politie het oppakken.

Van boosheid kreeg ik tranen in mijn ogen. Ik hoopte dat mijn vrienden het me zouden vergeven.

90

Mijn voorarrest werd weer verlengd door een rechter-commissaris. Deze keer voor tien dagen. Wettelijk mocht een verdachte niet zo lang in een politiecel vertoeven, dus brachten ze mij over naar een Huis van Bewaring. Een chic woord voor de bajes.

Het gezag koos de PI (Penitentiaire Inrichting) in Scheveningen.

Toen de geblindeerde bus voor de poorten van die toko stilhield, moest ik even slikken. Boven de metershoge muren hing schrikdraad. De grote jongens zaten hier vast. Moordenaars, verkrachters, pedofielen en meer van dat falderappes.

Ik kreeg een vrij grote cel. In de verste hoek stond een bed, aan het eind daarvan een ruime kledingkast. Ik mocht verder beschikken over een bureau en een koffieapparaat. Als ik niet 'alle beperkingen' had, kon ik ook een teevee huren.

Andere gevangen zagen elkaar, speelden spelletjes in de recreatiehal, konden samen koken en weet ik veel wat. Maar ik mocht helemaal niets. Alleen een uurtje luchten per etmaal. En tien minuten op de gang wandelen. Voor de rest moest ik het in m'n uppie maar uitzingen in die verdomde cel.

Het warme eten brachten ze rond het middaguur. Daarna moest ik het rooien met een halfje wit en wat beleg. Vrij karig allemaal.

Mijn gedachten en ik. Meer was er niet. Ik dacht dat ik gek zou worden.

Er lag een boodschappenlijst op het bureau. Er stonden zo'n honderd producten op. Daarmee kon je eens per week bestellingen doorgeven. Van rookwaren tot verzorgingsproducten. Er stond zelfs alcoholvrij bier op. Maar ik had geen geld. Dat moest iemand van buitenaf op mijn bajesrekening storten. Ik kon het ook niet zelf verdienen, omdat het werk in de gevangenis altijd in groepen werd gedaan. Dus ik zat er maar een beetje. Geen flikker te doen.

De verhoren met de rechercheurs waren de hoogtepunten van mijn dagen. Tijdsbesef had ik ook niet. Er hing geen klok of zo. Een horlogedrager was ik nooit.

Ik sliep als ik me een beetje moe voelde. Twee of drie uurtjes. Meer niet.

Ik werd er serieus bijna gestoord van.

91

De deur ging open.

Ik lag ruggelings op het bed, met twee handen op mijn achterhoofd.

'Vriend, wil je misschien een paar boeken uit de bieb?' vroeg de Surinaamse cipier.

'Waar is dat goed voor?'

Hij kruiste zijn gespierde armen over elkaar en ging op 't tafelblad van mijn bureau zitten. 'Afleiding. Dan verstrijkt de tijd wat sneller. Ik heb gasten gek zien worden met die beperkingen.'

Het eerste menselijke gebaar dat iemand in een week tijd maakte. Ik kroop loom overeind, gaapte een keer achter mijn hand en wreef daarna over mijn verstijfde kuiten. 'Kost dat geld?'

Op de gang klonk ineens tumult. Een collega had mot met een opstandige bajesklant.

De Surinamer aarzelde geen moment en vloog naar buiten, mijn deur liet hij wagenwijd openstaan.

Ik overdacht de mogelijkheid van een vlucht, waarop vrijwel meteen een glimlach volgde om zo veel naïviteit.

Een paar minuten later was het geouwehoer voorbij. Hij liep weer mijn cel binnen. 'Sorry, ik moest even helpen. Als je geen boeken wilt, zou je een notitieblok kunnen kopen. Dan schrijf je gewoon al je avonturen op. Een soort van therapie, al is het maar om niet door te draaien.'

'Hoe kom ik daaraan?'

De cipier pakte de boodschappenlijst van mijn bureau. 'Kijk, gabber. Dat kun je hier gewoon bestellen. We leveren iedere donderdag.'

Ik nam het papier over en mijn blik viel meteen op de kolom met prijzen. 'Het is niet duur allemaal, maar ik heb helemaal geen geld.'

'Hoe kom je daarbij, swa? Er staat *money* op je account.'

'Nee,' riep ik ongelovig. 'Wie heeft het gestort?'

'Dat weet ik niet.'

'Hoeveel is het?'

'Honderdveertien euro en vijftig cent.'